竜の道 昇龍篇

白川 道

幻冬舎文庫

竜の道　昇龍篇

1

一九八六年——昭和六十一年八月五日——。

眼下に、房総半島が浮かび上がった。

四年ぶりに目にする日本の土地だが、特別な感慨は湧かなかった。

スチュワーデスからもらった入国カードに、記入する。

氏名　和田猛《わだたけし》。出生日　一九五三年六月四日、年齢　三十三歳、入国目的　観光、職業　フリーライター。

目を閉じた。リオですごした日々が蘇《よみがえ》る。辛《つら》い日など一日もなかった。昼は英語学校に通い、夜は酒を飲みながら、ふたたび日本の土を踏んでからのことを夢に画《えが》いた。

着陸態勢に入った旨のアナウンスが流れる。ファーストクラスの窓から眺める八月の日本の空は、澄み渡り、リオの太陽光線に負けないぐらいの光で満ちている。

きょうのこの便で成田に到着することは、曽根村《そねむら》にも竜二《りゅうじ》にも教えていない。

顔の整形手術は、ロスアンゼルスで行った。金の威力は絶大だった。医者はなにひとつ質問することもなく、メスを握ってくれた。

一年弱をかけての整形で、自分の目から見ても驚くほどに容姿は変貌《へんぼう》した。目は切れ長だったが二重瞼《ふたえまぶた》にし、鼻骨と両の頬骨を削った。左右の生え際を脱毛したことで、パスポートの三十三歳という年齢よりもいくらか老けて見える。

若さはかけがえのない財産だが、仕事をする上で、日本という国ではそれが逆に作用する場合がある。若い才能よりも、老いたキャリアに敬意を払う傾向があるのだ。三十代半ばに見える今のこの風貌に、竜一《りゅういち》は心の底から満足していた。

着陸した軽い震動が心地よい。アタッシェケースを手に、降りる準備に取りかかった。

入国審査官の見つめる目には、なんの疑いの色もなかった。滞在日数は一週間。日本の空気を吸い、今後の予定を曽根村や竜二と協議してから、一度リオに戻る。そして次に来日するときは、咲《さき》の籍に入って、晴れて日本国籍を取得すると決めている。

税関では、スーツケースを入念に調べられた。南米国籍の人間には、麻薬所持の疑いを抱くのかもしれない。

ターミナルの外に出て、おもわず顔をしかめた。リオの暑さは日本以上だが、カラッとしていてさほど気にはならない。

久々に味わう日本の夏が、眠っていた北九州の街の記憶を呼び起こす。

十八歳のあの夏、最初のジョン・ドゥは、炎のなかで焼け骸《むくろ》と化した。

生きていてもなんの夢もなく、社会の片隅でゴミ屑のような人生しか送れなかったであろう、ジョン・ドゥ。焼け骸から再生したこのおれに、あの世から感謝の言葉を投げるがいい。

タクシーに乗り、虎ノ門のホテルオークラにむかうよう、言った。

チェックインし、部屋でひと息ついたのは、夕刻の四時だった。

真っ先に連絡を取らねばならないのは、曽根村に、だろう。しかし選んだのは竜二のほうだった。

キャリアの官僚は、就官して数年もすると地方局回りを経験させられる。つまり、運輸省に入って七年目になる竜二は、異動になっている可能性が高い。

リオに渡ってから、日本との連絡は一切絶った。竜二に電話をかけたり手紙を出す誘惑をどれほど覚えたことか。

電話を手にしたとき、さすがに胸が高揚した。

交換手に、矢端《やばた》竜二さんに繋《つな》いでいただきたい、と告げた。

所属もなにも問い返されずに、いきなりこちらの名前を訊《き》かれた。つまり、竜二は省内では知られた存在で、しかも異動はしていないということだ。

和田猛、と答えようとしておもいとどまった。知らない人物の名だと、竜二が拒否するかもしれない。懐かしい符丁、黒木《くろき》の名を出した。

呼出し音。すぐに電話が取られる。耳にしたのは、竜二の声ではなかった。

――黒木さん、と申されますと、どちらの？

「お伝えいただければわかります。旧《ふる》い友人です」

――失礼しました。只今、接客中なのですが……。

かけ直すべきかもしれない。だが別の言葉がくちをつく。

「私の名前を伝えていただけますか。ご本人が、かけ直してほしい、と言われるようでしたら、そのようにします」

強気な態度に、電話口の男が怯《ひる》んだ。すこしお待ちください、と言う。

なにひとつとして惧《おそ》れる必要はなかった。そのために時間を費し、姿を変え、ブラジルの国籍まで手に入れたのだ。

――お待たせしました。矢端です。

竜二の声が、心なしか上ずっているように聞こえた。

「ご無沙汰しております。いろいろとお世話になりました」

――いえ。こちらこそ。今、どちらに？

「ホテルオークラに宿泊しております。七時に、ここのロビーで、というのはいかがでしょう？　むろん、ご都合に合わせますが」

——承知しました。うかがわせていただきます。

抑えていた感情がこらえ切れなかったのか、電話を切るときの竜二の声は、かすかに震えていた。

きっと竜二は、約束の七時まで、仕事が手につかないだろう。自然と笑みが浮かぶ。

曽根村への連絡は竜二に会ってからにしようと決めた。日本を後にしてからのこの四年間の出来事を竜二に聞く。油断は禁物だ。慎重の上にも慎重を期したほうがいい。時間はたっぷりとあるのだ。

ミニチュアのブランデー一本で、長旅の疲れのせいか、眠気に襲われた。アラームをセットし、ベッドに横になった。

七時五分前に、部屋を出た。日本を代表する一流ホテルだけあって、この時刻、ロビーには大勢の人がいた。

ぐるりと見回す。中央のソファに欧米人らしき三人連れが座っている。その斜め後ろに、仕立ての良いスーツに身を包み、物怖じしない態度で周囲に目を配る竜二の姿があった。

ほう。竜一は、内心舌を巻いた。わずか四年で、竜二は自分が望む姿にかぎりなく近づいていた。

リオやロスで痛感したのは、日本人の容姿が貧相ということだった。体格的な面もあるが、スーツがいかんせん似合わない。だが今目にする竜二の姿は、欧米人と遜色《そんしょく》ない。

ベージュの麻の上下に、ノーネクタイ。フリーライターの肩書に合わせたこの軽装で、はたして竜二が気づくだろうか。もし気づかないようだったら、整形は完璧だと言える。

竜二に気づかぬふりをして、空いている奥のソファにむかった。

横顔に、竜二の視線を感じた。しかし、立ち上がる気配はなかった。

ソファでたばこを一本吸い、竜二の横を通りすぎた。竜二は腰を上げなかった。

完璧だ。この世のなかで、もう誰ひとりとして、竜二と自分とが双子の兄弟とおもう人間は存在しない。寂しさと同時に、えも言われぬ陶酔感《とうすいかん》も覚えた。

立ち止まり、振り返った。竜二の視線を正面から受け止めてやった。にやり、と笑う。

瞬間、竜二の目が見開かれた。唇が小さく開く。竜一、とつぶやいたように見えた。

つかつかと竜二に歩み寄る。

「矢端竜二さんではありませんか？」

声で確信したのだろう。竜二が、もう一度、目を見開いた。

「いや、お懐かしいですね。ちょっとお姿をお見かけして、もしや、とおもったんですよ。まさかお忘れではないでしょうね？　和田ですよ、リオの和田猛です」

「和田さん？　おう、そうだ。和田さんだ」

竜二が立ち上がり、手を差し伸べる。

竜一は力を込めて、その手を握った。竜二が握り返してくる。

竜二の目にはうっすらと光る物が滲《にじ》んでいた。

「もし、よろしかったら、夕食でもいかがですか？　積もる話もありますので」

周囲の気配に神経を尖らせながら竜二を誘った。気にかけている者など誰もいなかった。

だがこの会話が、これからの竜二との第二幕の幕開けとなるのだ。

「それはもう、喜んで。ぜひ私にご馳走させてください」

肩を並べて、ホテルの出口にむかった。もし竜二との共通点で消せないものがあるとしたら、背丈だけだろう。

「竜一。驚いたよ。まるで別人じゃないか」

小声で竜二が言った。

「竜二。おまえのほうこそだ。さっきこっそりと見たとき、おれは誇らしかったよ」

竜二の脇腹に、軽い拳《こぶし》の一撃を見舞った。硬い、筋肉質の反応があった。

「ヌクヌクと、惰眠《だみん》をむさぼってたわけじゃない。身体も鍛《きた》えてたさ」

自信に満ちた口調で言い、竜二がタクシーに乗り込んだ。

2

紀尾井町《きおい》の静かな一角。樹木の茂る和風の屋敷の前で、竜二はタクシーを捨てた。竜二が呼び鈴を押し、インターフォンで、名を告げる。

「良い所を知ってるじゃないか」

「なんせ、高級官僚だからな」

竜二がにやりと笑う。

玄関が開き、石畳を踏む足音が聞こえる。

「いらっしゃいませ。お待ちしておりました」

四十前後の和服姿の女。物腰に、品と貫禄がある。女将《おかみ》のようだ。

案内されて、小部屋に通された。

「すぐにご用意しますから」

女の竜二への態度から、馴染《なじ》みであるのがわかる。襖《ふすま》を閉め、女が引き下がった。

「大蔵の同期生がいると言ったろう？」

「貸金庫の紹介をしてくれたやつか」

「そうだ。あいつの贔屓《ひいき》の料亭だ。うちの省の連中は来ない」

おしぼりで顔を拭《ぬぐ》いながら竜二が言った。

「どうやら、そいつの費用も、全部おまえが面倒みてるようだな」

「金はふんだんに使え、と言ったのは、竜一、おまえだぜ」

「くちぶりも、態度も自信に満ちている。本当に、おれはうれしいよ」

以前の竜二は、強気の態度を装っていても、どこかやさしさが滲んでいた。四年というわずかな時間で、こうも変わるものか。

女の声がし、ビールと肴《さかな》が運ばれてきた。

テーブルに並べ終えると、女が一歩下がり、丁寧に頭を下げる。

「きょうはようこそおいでくださいました。矢端さんには、いつもご贔屓にしていただいております」

「私の大切な友人で、和田さんといわれる」

竜二に紹介され、竜一は女に軽く会釈した。

「女将は気さくな女性で、無理も聞いてくださる。必要なときは、使われたらいい」

「どうぞ、これをご縁に」

無駄口をたたかず、女将はすぐに腰を上げた。

「竜一、なにはともあれ、乾盃《かんぱい》といこう」

竜二がビールを注《つ》ぐ。

グラスを合わせた。冷えたビールが心地よく喉《のど》に流れてゆく。

「しかし、突然で、本当に驚いた。黒木さんという方から電話です、と言われたときには、心臓が止まりそうだったよ」

「これからは、堂々と、和田と名乗るさ。ロビーでのおまえの反応で、安心したよ。本当に面影すらもないか?」

「まったく、気づかなかった。このおれの目ですら欺《あざむ》けるんだ。もう、なにも心配する必要はない。リオで手術したのか?」

「いや、ロスだ。一年もかかったよ。金は腐るほど使ってやった。おまけに、手術のカルテすらも残ってはいない」

曽根村のルートは完璧だった。台湾で、現地のマフィアから、台湾籍のパスポートを渡された。リオでは、台湾ルートの華僑の世話になった。ふた月ほどして入手したのが、日系ブラジル人、和田猛の戸籍だ。整形手術の手配もその華僑がやってくれた。

「華僑のネットワークは、全世界に広がっているとは聞いていたが、たしかにすごい。ロスに行くときは、若干の不安はあったが、なにひとつ心配することなどなかった。すべてが流れるように運ぶんだ。そんな連中との太いパイプを持つ曽根村に、改めて、おれは敬意を払ったよ」

「彼の懐に飛び込んだ甲斐《かい》があったな」

「今考えれば、それがおれたちの運命を決める分岐点だったのかもしれない。金は、頭を使えば稼げる。だがおれたちには、稼いだ後に生き延びる術《すべ》もツテもなかった。若さで突っ走るのには限界がある。この四年、じっくり考えて、それを痛感したよ」

「ところで、曽根村には、連絡を入れたのか？」

ビールを飲みながら、竜二が訊いた。

「いや、まだだ。日本を発《た》ってからのことを正確に知ったほうがいい、とおもった。まずは、情勢分析だ」

かつて日本からの移民が盛んだったリオには日系人社会がある。そこに顔を出せば、日付遅れながらも、日本の新聞や雑誌の類《たぐい》を買うことはできる。しかし警戒は怠《おこた》らなかった。さりげなく日本食レストランをのぞき、置いてある新聞や雑誌に目を通すにとどめた。

ふたたび部屋の外に人の気配がした。

女将ではなく、ふたりの仲居が料理を運んできた。

彼女たちが退《さ》がると、竜二が訊いた。

「それで、このまま日本にいるのか？」

「今回は一週間だ。その間に、いつごろから、どうやってこっちに腰を据えたらいいかを考える」

咲はアメリカに留学すると言っていた。すでに帰国しているのだろうか。

「不自然なかたちで長逗留《ながとうりゅう》するのは避けたい。せっかく手に入れたピカピカの籍だ。つまらんことで目をつけられたら、元も子もない」

「そうだな。それがいい。慎重さが、これまで竜一を救ってくれている」

うなずきながら、竜一が日本を発ってからのことを話す、と竜二が言った。

「竜一、おまえは『悪魔の申し子』だそうだ」

竜二が笑った。

「知ってるよ。そう書かれてた新聞、雑誌の記事は、腐るほど読んだ」

詐欺《さぎ》の天才、血も涙もない冷酷な殺人鬼、謎の人物像——。起こした事件そのものよりも、主謀者である斉藤一成《さいとうかずなり》という人物に、マスコミはそうレッテルを貼って、大々的に特集を組んでいた。

竜一が日本を発った後、「ＤＳＦ（デイリーストックファイナンス）」に金を預けていた全国の顧客が騒ぎはじめた。警察が経済事件に介入してくるのには時間がかかる。通常よりも早い段階で動き出したのは、ある民放のテレビ局が、いち早くこの事件を嗅《か》ぎつけて、ニュース番組で流しはじめたからだ。

全国各地の警察に寄せられる被害届の多さに、ようやく本庁が動いた。竜一が姿を消して二週間ほどしてからのことだ。

「株式日日新報《にちにちしんぽう》」「DSF」の従業員たち全員が徹底的な事情聴取を受けた。しかし当然ながら、誰ひとりとして、会長である斉藤一成の行方も、彼のプロフィールについても知らなかった。

三田《みた》の自宅や会社のデスク、あらゆる場所が捜索されたが、指紋すらも検出できなかった。捜査本部は、斉藤一成の身元割出しに躍起《やっき》となった。戸籍が頼りの捜査と、都内全域でのアジト探しに本腰を入れ、ようやく、高輪《たかなわ》の部屋を突き止めた。しかしそこで発見されたのは、家族から捜索願が出されていた、田沼《たぬま》と北村《きたむら》の変わりはてた姿だった。

そんな折、大宮署から捜査本部に、ある情報がもたらされた。数ヵ月前に何者かに射殺された緑山《みどりやま》総合病院理事長、緑山永三《えいぞう》の金庫から、斉藤一成についての調査報告書が発見されたというのだ。

兜町《かぶとちょう》を揺るがす巨大詐欺事件、連続殺人事件へと発展——。マスコミは騒然となった。

警察は本格的な捜査体制を敷き、詐欺事件とは別に、一課にも殺人事件の捜査本部が置かれて、斉藤一成の行方追及に本腰を入れた。その数日後に、出入国管理局から情報が寄せられた。該当人物は、七月二十八日に、すでに台湾にむけて出国しているという。国際刑事警察機構を通じて、台湾当局に身柄の確保を依頼する一方で、彼の身辺調査にも全力が注《そそ》がれた。

しかし捜査が進むほどに、混迷の度を深めた。斉藤一成が和歌山県の施設の出身であることは判明したが、関係者の証言と、実際の斉藤一成という人物のあいだには大きな隔たり、というよりも、なにひとつとして共通点らしき共通点が見出せなかったのだ。

指紋の消去は計画的なもの。裏を返せば、何者かが斉藤一成になりすまして、入念な計画のもとに一連の事件を引き起こした――。捜査本部はそう結論づけると同時に、その何者かに焦点を合わせた捜査活動に方針を変更した。

台湾に調査員を派遣しようとした矢先、台湾当局から捜査本部に衝撃的な報告が入ってきた。該当人物――斉藤一成は、日本を出国したほぼ一週間後の八月五日に射殺死体として発見されて、すでに荼毘《だび》にふされたという。身元の確認は、所持していたパスポートによってなされたとのことだった。

ビールからウイスキーに変え、竜一は竜二の話に聞き入った。

「竜二のところにも、警察は来たのか?」

「来たよ。本庁の刑事だった。こっちも騙《だま》された、投資話に危うく乗るところだった、と言ったら、笑ってたがな」

「それで、捜査本部は、その後、どうなった？」

一番知りたかったのはそのことだ。台湾からもたらされた斉藤一成が死亡したという情報を、捜査本部は信用したのだろうか。

「心配しなくていい。日本の警察も暇じゃない。正義なんてのは、どうだっていいのさ。要は体面が保たれるように、事件が終結してくれれば願ったり、というところなんだろう。キャリア組の同期会というのがあって、な……」

そのなかに、警察庁に入ったのがいる、と竜二は言った。

半年に一度ぐらいの頻度で懇親会が開かれる。事件から一年ほどして、その席で、竜二は竜一との一件を笑い話にして披露したらしい。

「まさか、警察庁のそいつに、直接あれこれ訊くわけにもいかんし。こっちも迷惑したんで、その後どうなったのか教えてくれ、と訊いてみたんだ。数日後に電話があったよ」

被疑者死亡ということで、一課の捜査本部は解散していた。困ったのは詐欺事件として捜査していた捜査本部のほうだった。集められた巨額な金の行方がまったく摑《つか》めない。無理もない。全容を知る主謀者は、すでに死亡してしまっている。かといって、被害者は全国に広がっていて、その被害金額も大きいことから、一課のように、被疑者死亡、という簡単な理由では幕引きもできない。

「投資顧問業の統轄責任者だった男、なんといったかな？」

「柴田《しばた》か」

「そうだ。その柴田と、顧問業七社の社長を、詐欺の共犯ということで逮捕しようとしたらしいんだが、結局それも見送られた。連中、一切関与していない、と突っ張ったらしいぜ」

柴田の顔をおもい浮かべ、竜一はにやりと笑った。

いかにもあいつらしい。さすがに修羅場《しゅらば》をくぐってきただけのことはある。田沼でも生きていれば話は変わっただろうが、死人にくちなし、というやつだ。

「じゃ、そっちの捜査本部も、もう、解散したということか？」

「いや、表向きは、継続捜査ということで、二、三人が残ってるらしい。しかし、実質的にはもうなにもやってないだろう。まあ、世間に対する体面みたいなもんだ。連中の肚《はら》はわかってる。被害者、被害者とわめいたところで、しょせんは自分の欲の皮が突っ張って招いたことだ、と冷ややかな目で見てるのさ」

竜二がウイスキーを注いでくれた。

「竜一、終わったんだよ。十八歳のあの夏の出来事も終わった。あの一件も終わった。すべてが終わったんだ。おれたちは、これから先、どうすべきかだけを考えればいいのさ。改めて、祝盃といこうじゃないか」

「おれたちの未来に」

竜二のグラスに、力強くグラスをぶつけた。まるで自分の胸のうちを代弁するように、澄んだ音が響いた。

急に空腹を覚えた。箸《はし》を動かす手が速くなる。

「それで、今度の和田猛という人物には、なんの心配も要らないのか？」

「心配するな。パーフェクトだ。和田ってのは、元々は、鹿児島からの移民一家の長男坊だったらしいが、洪水で、開拓した地域一帯はほぼ全滅状態になり、家族は死んだが、奇跡的に猛だけが生き残ったんだ。麻薬に溺《おぼ》れている男にとっては、目の前に積まれた五百万の金は、すべてをなげうってもいいほどの、麻薬以上の魔力があっただろうよ」

他人の顔は、むこうの世界では値打ち物だった。需要が常にあるらしい。そのために、裏の世界では、それに値する人物の情報収集を怠らない。華僑から要求されたのは、一千万だった。五百万で彼はひとときの夢を見ればいい。どうせ生きていてもしかたのない男だ。そう言って、あいだに立った華僑の男は顔色ひとつ変えなかった。五百万の金を麻薬に使いはたしたとき、本物の和田猛は永遠の眠りについたことだろう。

「おれのことは滞在中にまた聞かしてやる。それより竜二、おまえのほうの話を聞かせろ」

「竜一に比べたら、おれのほうなんて、つまらん話だよ。二年前に、おれの大阪への異動話があったんだが、金と女で局長を丸め込んだよ。今、矢端くんに出られたら困る、と次官に熱弁をふるってくれたそうだ。本省から外れたら、竜一が帰ってきたときに、おれの出番がなくなるからな」

「そうか。でかした」

「と言いたいところだが、そうでもない」

「どうしてだ？　運送業者の首根っこを押さえられる局だろう」

「たしかに以前はそうだった。許認可の実権を握っていたからな。しかし、今の日本には規制緩和の波が押し寄せてきている。要は、市場を自由にしよう、ってことだ。役所が力を持つのは、許認可事業の決定権があればこそだ。これから、益々《ますます》『二階堂《にかいどう》急便』はのしてくるだろう」

竜二が忌々《いまいま》しげにウイスキーを呷《あお》った。

「そんなに急激に、変革の波が押し寄せているのか？」

「専門的なことを言ってもわからんだろうが、たぶん数年後の、九〇年ごろには新しい法律が成立するとおもう」

現在は「道路運送法」によって、路線運送業者は役所の監督下に置かれている。そのために二階堂源平《げんぺい》は、全国各地の既存路線運送業者に手を伸ばして、自分の傘下《さんか》に置くという荒っぽい経営戦略を取ってきた。その犠牲者のひとりが、吉野《よしの》美佐《みさ》の父だ。

それが俗に言う物流二法――「貨物自動車運送事業法」と「貨物運送取扱事業法」というふたつの新しい法律に取って代わられる見込みだという。じつにほぼ四十年ぶりになる法律の改定だが、これによって、運送業者は許認可の枠を外され、宅配をはじめとした様々な運送業務が展開できるようになる。自由競争原理の導入は競争の激化を伴うが、力のある業者は、益々その業績を伸ばすようになる。

「いいじゃないか。デカくなれよ、二階堂源平。そのほうが、こっちも闘志が湧く」

竜二に倣《なら》って、竜一もウイスキーを呷った。

「うらやましいよ、竜一が。どんなことがあっても、すぐに闘志に変えられる」

「なあ、竜二」

竜一は、竜二の目をのぞき込んだ。

「法律なんてのは、どうだっていい。現に、おれたちは、法律を無視してここまでやってきた。すべては、おれたち流でいこうじゃないか。大きくなった組織は、必ず内部に綻《ほころ》びができる。そこがつけ目だ。おれは、源平のアキレス腱は、まゆみと『東京二階堂急便』の社長、大西勇《おおにしいさむ》だとおもっている。このふたつから攻めれば、絶対に活路は見出せる。大西の情報収集はやっているか？」

「放っといても、やつの情報は入ってくる。今や、業界の名物男だよ」

竜二が目を細めて、苦笑混じりの笑みを浮かべた。

大西の、派手好きで、芸能人やスポーツ選手のタニマチを気取るところは以前のままだが、それにも増して、このところ特に、政治家や官僚たちにも金をバラまきたがるらしい。竜二の上司である局長も、何度か酒席に呼ばれたことがあるという。

「政治家が同席するのでしかたなく顔を出した、と言ってたが、けっこう自慢げだった。自分は受け取れない、と断ったそうだが、政治家にはお土産と称して、大きな紙包みを持たしてたらしい。優に一千万はあったんじゃないか、と笑ってたが、紙包みを見ただけでそう判断できるということは、自分にも覚えがあるからだろう」

「なるほど――これまで以上に、政治家連中に金をバラまいているわけだ」

「大西が接触するのは、源平のルートの政治家とは反目している連中だ。大西は、源平とはちがう政界のパイプを着実に太くしている」

「源平に反旗を翻《ひるがえ》そうってのかな？」

「そこまではどうかな。ただ、『二階堂急便』の傘下の運送業者で、自社株を半分以上持っている会社の社長は、大西だけだ。彼は生き残りを賭けて動いているのかもしれない」

触覚に響くものがあった。絶対に大西は使える。「東京二階堂急便」の路線網は関東一円だ。もし大西が「二階堂急便」の傘下から離脱するようなことがあれば、源平にとっては相当な痛手だろう。

「その新しい法律の制定は数年後に迫ってるんだな？」

「まず、まちがいなくそうなる」

「じゃ、もし大西が新しい法律の施行後に、反旗を掲げたとしても、源平にとってはさしたる痛手にはならないということか？」

「痛手は痛手だろうが、大西がいなくても全国ネットの運送業は展開できるようになるということだ」

「わかった。じゃ、この数年以内だ。そのあいだに、源平と勝負しよう」

「簡単に言うが、いったいどうやると言うんだ。今や二階堂急便といえば、業界のナンバーフォーにまでなっていて、なまじっかなことでは倒せやしない。こっちの資金は、百五十億足らずしかないしな」

「百五十億？　五十億だろう？」

おもわず竜一は訊き返した。「ＤＳＦ」から横流ししたのは百億ほどで、その半分は曽根村のもとに渡っている。

「株だよ、株。竜一から預った株券、この四年ほどのあいだに、どれもが急騰している。それに手元にあった現金も、すべて株に投資した。今の日本は、株景気で沸いているんだ。これから先もこの傾向の鎮《しず》まる気配はない」

日本の証券市場は今、未曽有《みぞう》の活況を呈している、と竜二が説明する。

「そうか、株か……。たしか大西も株狂いだったな」

大西は裏の筋とも繋がっていると週刊誌などに書かれていた。曽根村を通せば、接触できるのではないか。

「策については、これから考えるさ。なんてったって、竜二、おれたちには武器がある」

にやりと笑い、竜一は自分の頭を指先でつついた。

「それに、ここだって、誰にも負けない」

胸もつついてみせた。

「秀でた頭脳に、度胸。このふたつは、天がおれたちふたりに授けてくれたかけがえのない財産だ。自信を持てよ、竜二。おれたちは天才なんだ。誰にも負けやしない」

「竜一からそう言われると、その気になってくるからふしぎだ。やはり竜一は、『悪魔の申し子』だな」

竜二の目が妖《あや》しい光を帯びる。弟ながら、こんなときの竜二は、どんな二枚目スターより魅力的な男に映る。まゆみが虜《とりこ》になるのは当たり前だ。

「まゆみと美佐のことも聞かせろ」

竜二のグラスに、ウイスキーを注いでやった。

「まゆみか……」

竜二がうんざりとしたような表情を浮かべる。

「あの女には辟易《へきえき》としているよ。源平の娘でなかったなら、とうのむかしに捨てている。抱いたり、テニスにつき合うぐらいは、まあいい。こっちも運動になるからな。だが今じゃ、ふた言目には結婚してくれ、だ。もう、うんざりするよ」

「ずいぶんと惚れられたもんだ。うらやましいぜ」

声を出して、竜一は笑った。

「まさか、源平には会ってないだろうな」

「逃げ回ってるよ。おれがその気になるまで、絶対に親父には喋《しゃべ》るな、と強く釘は刺してある。いったいどうすりゃいい？　あの女」

「まゆみは人質みたいなもんだ。まあ、しばらくは目を瞑《つむ》ってろ。どうするか、作戦が決まったときに、料理の方法は考えようじゃないか。それで、美佐のほうは？」

途端に、竜二の表情が変わった。生き生きとした顔で話しはじめる。

「美佐は本当にきれいになった。竜一が桜並木の下で見たあのときを十とすれば、今は百というところだな」

「そんなことを聞いてるんじゃない。どうしてるか、ってことだ」

竜二の美佐に対する気持ちが、鎮まるどころか、以前よりも募っているのが伝わってくる。

美佐は可愛い。しかし、彼女のこととなると、竜一の胸のなかには、いつも不安の影がかすめる。苛立《いらだ》ちさえ覚えてしまう。

「相変わらず、あの平田《ひらた》とかいう女性と一緒に暮らしているのか？」

「ああ。実の母娘みたいに見える。竜一、すごいぞ、美佐は」

興奮気味に竜二が言った。

「占いがよく当たっているのか？」

「それもある。竜一が日本から姿を消した直後に、彼女を支援する経済人の集まりがあったんだが、その席で、美佐はかつての首相が脳梗塞で倒れると予言して、周囲を驚かせた」

「堀内《ほりうち》のことか？」

「そうだよ。そして事実、それから半年後に、堀内は脳梗塞で入院してしまった」

堀内は歴代首相のなかでも出色の存在だった。土建屋から身を起こし、巧みな弁舌と金に物を言わせて政界を牛耳ったが、一大疑獄に巻き込まれて失脚した。在任中は、日本列島を隅々まで変えよう、と提唱し、強権を駆使して日本中に金をバラまいた。

「それじゃ、益々、マスコミが追っかけ回しているだろう？」

「そうなんだが、美佐はおれの言葉を守って、一切マスコミの前には顔を出さないようにしている。しかし、美佐がすごいのは、そんなことばかりじゃないんだ。童話作家としての才能だよ」

「童話作家？」

「二年前から書きはじめたんだが、売れに売れている」

占いのことで名前が知られているのを嫌って、ペンネームを「りゅう」というひらがな名にし、覆面童話作家としてデビューした。処女作の『秋の小鳥』は、五十万部を超えるベストセラーになったという。

「すでに、四冊出版しているんだが、どれもが大ベストセラーで、大変な人気だ」

「そのペンネームは、おれたちの……？」

訊くまでもなかった。自分たちの名前から取ったのは明らかだ。

「おれも知らなかったんだ。この名前だと、男の人とも女の人ともわからないでしょ、と言って笑ってた。今ではおれも、気に入ってるよ」

まちがいなく、美佐の胸のなかにも竜二がいる。竜一の不安はより大きくなった。

「どうした？　うれしくないのか？　竜一は、美佐が世のなかに出るのを嫌うが、童話作家でならなんの問題もないじゃないか。それに覆面なんだぜ。だいいち、美佐には生きがいが必要なんだ」

竜一の表情に、竜二は不満げに言った。

「うれしいさ。うれしくないわけがないだろう。しかし……」

「しかし、なんだ？」

「美佐のあの無垢《むく》な心が、おれを不安に陥れるんだ。それに、美佐はおまえに特別な感情を抱いている。おれたちの生き方と、美佐のあの心とは水と油ほどにかけ離れている」

竜二の顔が曇った。

「たしかに美佐の純真さは、おれたちのやろうとしていることとは対極にあるものだ。だが、竜一。おれたちは約束しただろ？　世のなかを見返すこと、二階堂急便に復讐すること、そして美佐を幸せにすること……」

「もうひとつ忘れてないか」

「忘れてるもんか。おれたちを捨てた両親を探し出すこと、だ」

「ちがう。探し出して、この世から葬ることだ」

「わかってる」

竜二が目を落とし、ウイスキーを飲んだ。

「誤解するなよ、竜二。おれだって美佐は可愛い。だが、おれたちは、ふたりで交わした約束事を、まだなにひとつとして成し遂げていない。おれが心配してるのは、美佐の純な気持ちがおまえの覚悟に妙な影響を及ぼしはしないか、ってことなんだ。もし、おまえの覚悟が揺らげば、おれたちが交わした約束の実現が遠のいてしまう」

「馬鹿なことを言うなよ。おれの覚悟が揺らぐことなんてない。竜一には、これまでずっと、汚い役割をしてもらってきた。今のおれがあるのは、すべて竜一のおかげと言っていい。その竜一の期待に背くことなんか、あるわけないだろう」

見つめる竜二の目には涙が浮かんでいた。

「もしも、だ……。もしも美佐との関係を切り捨てなければ、おれたちの約束事が成就しなくなるとしたら、どうする？」

「竜一……、なんていうことを……。もし、美佐と美佐の両親の温かい気持ちがなかったら、おれたちが生きてたかどうか……。その美佐との関係を切り捨てる？　そんなあり得ない話を、このおれにするのか？　おれたちは、コインの表と裏の兄弟。そして美佐は、そのあいだにいる存在なんだ」

竜二の頬に涙が伝った。

「悪かった。竜二。質問は撤回するよ。すべてが成就したあかつきには、おまえは美佐と一緒に住むがいい。それで、納得してくれるか」

竜一は、竜二に手を差し伸べた。竜二が目頭を拭い、その手を握った。

3

横須賀《よこすか》に着いたのは、夜の八時だった。

駅前で東京からのタクシーを捨て、地元のタクシーに乗り換えた。地元の運転手なら、当然曽根村の家は知っているだろう。

告げると、一瞬運転手が緊張したのがわかった。

曽根村には訪れることを伝えていない。連絡役のTにも電話しなかった。堂々と、表玄関から胸を張って会いに行きたかった。

不在の可能性もある。だが確信があった。この確信が、今後の曽根村との関係におけるすべてだとおもった。

繁華街を抜け、住宅街に入った。ゆるやかな高台にある、石塀で囲まれた豪邸の前で運転手は車を止めた。金を払って、無言で降りた。

海はそれほど遠くはないのだろう、生暖かい夏の夜風には潮の香りが含まれていた。

石塀の上の何ヵ所かに、監視カメラが設置されている。すでに自分の姿はモニターに映し出されているにちがいない。

城をおもわせる丸太でできた門の横にインターフォンがある。

ボタンを押すと、野太い声で、どちらさん、との応答があった。

「曽根村会長に、リオから来た和田猛とお伝えいただけますか」

——リオの和田猛？

「そう言っていただければ、ご理解いただけるとおもいます」

監視カメラに映る初めての顔。それに、和田猛の名を曽根村が知っているとはおもえない。だが、リオのひと言で、わかってもらえる確信はあった。

一分ほど待つと、くぐり戸の錠の外される音がした。

顔を出したのは、見覚えのある曽根村のボディガードだった。点検するような目で竜一を見た後、ボディチェックをされた。

「どうぞ」

ボディガードに案内されて、邸内に入った。

満足だった。やはり曽根村は在宅していた。それに、ボディガードの男は、まったく自分に気づいていない。

三階建のレンガ造りの豪邸だった。敷きつめられた芝生の一角にある大きな犬小屋から、黒いドーベルマンがこちらを見つめている。

玄関の床は大理石だった。飾られているオブジェのどれもが、西洋風なのがすこし意外な気がした。

一階の奥の応接室に通された。

ボディガードが消えて三十秒もしないで、ドアが開いた。

無言の曽根村に、竜一は深々と頭を下げた。

「ご無沙汰しました。無事、日本に戻ってくることができました」

曽根村はなにも言わなかった。竜一を凝視している。

「座れ」

ようやくくちを開くと、曽根村は応接テーブルの椅子を引いた。

座った竜一を、ふたたび曽根村がじっと見つめる。

「変わりましたか？」

「和田猛、といったな。わしの記憶に響くような台詞《せりふ》を言ってみろ」

「会長はこうおっしゃいました。おまえはコインの裏で満足することができるのか？　人間というのは、自己顕示欲を失った瞬間に、己の存在意義を失うのだ、と」

「なるほど」

曽根村のくち元に、初めて微笑が浮かんだ。

「変われば変わるものだ。だが台詞のテストには合格したが、まだ信用したわけではない。本当におまえが、わしの記憶にある人物かどうかを確認するのに、格好の人間がいる」

そう言うと、曽根村が拍手《かしわで》を打った。

廊下を歩んでくる足音がかすかに聞こえた。

ドアがノックされた。

「入れ」

たばこに火を点《つ》けながら、曽根村が言った。

黒のワンピース。猫をおもわせるような目。四年も経つというのに、咲は初めて会ったときと寸分も変わっていないように見えた。

「この女性に見覚えはあるか？」

曽根村が訊いた。

「忘れるわけがありません。私と生涯を共にしよう、と誓い合った女性です。宇田《うだ》咲さん、といわれます」

「名前は知ってるようだ」

曽根村の口調には、どこか愉《たの》しんでいるところがある。

「咲。どうだ、この男に覚えがあるか？」

「私は、見た目の姿は信用しません」

「どうすればいい？」

「一時間ほど、お時間をいただけますか」

「いいだろう。あとはおまえに任せよう」

曽根村は部屋から出ていった。

「一緒に来ていただけますか」

「どこなりと」

かすかに咲が笑ったように見えた。竜一の胸は高鳴った。

咲の後につづいて、応接室を出た。

階段を上る。咲のうなじの白さが、胸の高鳴りを更に高める。

二階には人の気配がした。男たちの声が洩れ聞こえてくる。

三階に上がった。しんとしていた。二階とちがって人の気配はない。

廊下のつづく両側に部屋が四つある。咲は一番奥の部屋に入っていった。

「閉めて」

窓のほうをむいたまま、咲が言った。

寝室だった。大きなベッドの他に、箪笥《たんす》や鏡台も置いてある。和室と洋室のちがいはあるが、箱根の曽根村の隠れ家で、咲を抱いたときの部屋とどこか似ていた。

ベッドの脇のランプを点けた咲が、部屋の明かりを消してほしいと言った。

スイッチを押す。部屋が薄暗くなった。

後ろ姿の咲が無言で服を脱ぎはじめる。白い裸体が薄明かりのなかで、シルエットのように浮かんだ。臀部《でんぶ》の深紅の薔薇《ばら》の入れ墨。おもわず竜一は息を呑《の》んだ。四年前に目にしたときよりも、深紅が一段と鮮明になったように感じた。

「覚えていますか？」

「すべては、深く心のなかに刻み込まれている」

「抱いてください。貴方が、あのときの貴方であることを証《あか》してください」

竜一の下半身はすでに怒張していた。肉欲のためだけではなかった。

リオにいるとき、唯一、苦しんだのは、寝るときに咲の裸身が浮かぶことだった。女が欲しかったせいばかりではない。自分の性に、咲がこの上なく合っているからだとおもった。

今、改めて咲の裸身を目にして、竜一はこれまでの女とはまったく異質の感情を覚えた。咲を愛している。確信した。その確信は、曽根村の存在の必要性と同種の確信だった。この女とならば、悔いはない。己の一生がどのようなかたちで終わろうと後悔はしない。

服を脱ぎ捨てた。立ったままの咲の背から両腕を回した。咲の身体がピクリと反応した。肩口から唇を這《は》わせた。くびれた腰から脇腹へと舌先を動かす。必死で耐えながら、咲が立ちつくしている。

臀部の薔薇に唇が触れたとき、初めて咲のくちから吐息が洩れた。

両脚を開かせ、のぞいた茂みに背後から舌を滑らせた。咲の身体が弓なりになった。崩れそうになる。

目の前の薔薇が血を帯びた花のように見えた。薔薇は、咲の血であり、心であるとおもった。いとおしさで息苦しくなる。

ベッドに両手をつかせて身体を支えさせた。背後から貫く。崩れそうになる咲の身体を抱き締めた。

「あのときのおれと同じか？」

咲はうなずいたようだった。声を嚙《か》み殺している。

「あのとき、薔薇に命をやる、と言った。その言葉も覚えているか」

今度は、はっきりと咲はうなずいた。

「薔薇を見せた男と一生を歩むと決めている。貴女はそう言った。今でも、その気持ちに変わりはないか」

「命を、貴方の命を薔薇にそそいで」

咲が喘《あえ》ぐように言った。

快感が陶酔に変わる。大きな波に翻弄《ほんろう》された。

おれの第二幕がはじまった……。

痺《しび》れるような感覚に身を任せながら、竜一はそうおもった。

4

薄明かりのなかで、ベッドに横たわる咲の裸身が白く輝いている。

たばこに火を点け、竜一は咲の横であおむけになった。

「アメリカに留学してたんだろう？　いつ帰ってきたんだ？」

「貴方と一緒です」

「おれと一緒？」

「ええ。きのうの夜、成田に着きました」

　おもわず咲の顔を見た。

「父から連絡があり、すぐに飛行機に乗りました。きょう、貴方に会わせてやると言われました」

　曽根村にはなにもかも見抜かれていたのだ。リオにいたときのことも、逐一報告がもたらされていたにちがいない。

　急におかしくなった。たばこの灰を払い、竜一はくぐもった笑いを洩らした。

「なにがおかしいのですか？」

「おれはまだまだ子供だってことだな。こっそり帰ってきたつもりだったが、会長はすべてお見通しだったというわけだ」

「それだけ、父は貴方に目をかけているということです」

「じゃ、こうして咲を抱いているのも、会長は、すべて承知の上ってわけだ」

「さっきも言いました。父も私も、上辺の言葉や外見では人を信用しません。でも私は、肌に触れれば、貴方という人間が、どう変わったかをたしかめられる自信があります。貴方に抱かれたのは、父から、それをたしかめるよう、言われたからです」

「なるほど。それで、おれは変わったかね？」

咲と視線が合った。目を細め、咲が小さく首を振った。

「なにも変わっていません。見た目以外は」

「それは、喜んでいいのかな？」

「貴方が夢を持ちつづけるかぎり、私はついてゆく、と言いました。変わっていようが、変わっていなかろうが、私には大した問題ではありません」

見つめる咲の瞳は、猫の目をおもわせる。

「この前、私を抱いたとき、身体の火傷《やけど》の傷跡も消す、と言ってましたよね。なぜ消さなかったのですか？」

竜一は自分の身体に点々と残る火傷の傷跡に目をやった。

顔の整形の後、火傷の傷跡も消し去るつもりだった。だが、傷跡を見つめているうちに、考えが変わった。

あの忌々しかった子供時代。決して忘れてはならないとおもった。すべての原点は、養父母が手にしたあの焼け火箸にある。皮膚を焼き、肉を貫き、骨をも溶かそうとしたあの焼け火箸。

「おれは自分を捨て、何人かの殻を借りて生きてきた。まるでヤドカリのようにな。この傷跡は、おれがおれであることのたったひとつの証明だ。死ぬまで、この傷跡とつき合うことに決めたんだ。醜いか？」

　咲が傷跡に指を滑らせた。顔を近づけ、今度は唇を這わせる。

「貴方に醜いところなど、なにひとつとしてありません。この傷跡と同じように、私も貴方のそばから一生離れません」

「誓うか」

「命を懸けて」

　咲の顎《あご》をてのひらで挟み込む。割れた唇からのぞく白い歯に、ふたたび欲情が湧き上がる。組み敷き、両脚を大きく開かせた。

　咲の身体が弓なりに反り返る。めくるめく快感の波に、竜一は漂った。


　一階の応接室に戻って五分もしないうちに、曽根村が顔を出した。表情はなにも変わっていない。

「それで、今後どうするつもりだ？」

　椅子に腰を下ろすなり、曽根村が訊いた。

「一週間後にリオに帰り、すぐに戻ってまいります。この一週間のあいだに、住む場所、これからの予定を決めたい、とおもっています」

「日本を発ってからのことを調べに来たということか」

「会長も竜二も、咲さんも、私の変貌した姿には気づかれなかった。自信になりました。再来日してからは、大手を振って活動できるとおもいます」

「咲」

曽根村が、竜一の横に座る咲に目をやる。

「おまえも和田に合わせて一度日本を去り、そして改めてまた戻ってこい。そして帰ってきたら、すぐに和田をおまえの籍に入れる」

「わかりました」

チラリと竜一を見、咲がうなずく。

「宇田猛、宇田咲……。なかなか華のある名前だ。響きもいい」

初めて曽根村が、くち元を綻ばせた。

「感謝の言葉もありません。ありがとうございます」

竜一が頭を下げると、一歩退くようなかたちで、咲も倣った。

「酒を用意しろ」

曽根村が咲に言った。

立ち上がった咲が、洋酒棚からブランデーとグラスを取り出す。

「式など、晴れがましいことは一切しない。それを行うのは、和田、おまえが自分自身で、成功したとおもったときにするといい」

「会長の祝福さえいただければ、それで十分です」

「では、前祝いといこう」

曽根村の差し出したグラスに、竜一は自分のグラスを軽く合わせた。咲もグラスを合わせてくる。

「ありがとうございます。ご恩は一生忘れません」

ブランデーの芳しい香りが、陶酔感に浸《ひた》らせる。

宇田猛。胸のなかでつぶやいた。なんと心地のよい響きだ。もう二度と、新しいジョン・ドゥを探す必要はない。この名前とわかれるときは、自分の命の火が消えるときだ。

「これからの予定を決めたい、と言ったが、まだ具体的には考えてないのか？」

グラスを揺すりながら、曽根村が訊いた。

「咲さんの籍をいただいたら、早速、会社を興したいとおもっています」

「ほう。なにをする会社だ？」

「表の看板はコンサルティング会社です。ですが、実質的には、持ち株管理会社のような代《しろ》物《もの》です。将来性のありそうな会社を傘下に置き、各分野に根を張らせたいのです」

「なるほど。それで、咲のほうは？」

曽根村が咲に視線を流す。

「まさか、家にこもってるわけではあるまい？」

「この四年余り、アメリカの主要都市を見て回りました。世のなかはたしかに男社会ですが、女の世界も捨てたものではありません。日本は、これから益々富んでゆくでしょう。富む、ということは、人間の生存本能とはまた別の、無意味な産業が台頭してくることを意味します。アパレル、美容、化粧品――、そうした分野のなかで、自分に可能ななにかを考えてみたいとおもっています」

咲がそう言ってから、助けてくれますか、と竜一に訊いた。

「私たちは、一心同体、と言ったはずです。咲さんの夢は、私の夢でもある」

「夢を持つのはいい。しかしそれを実現させるとなると、金が要るぞ。表の顔を持った以上、これまでのような無茶は許されない。和田、金はどのくらいあるのだ？」

曽根村が目を細めながら、訊いた。

「百五十億ほどです」

「ほう」

一瞬、曽根村が眉を動かした。

「誤解しないでください。四年前、私の手元に残ったのは、五十億でした。しかし、私が日本を留守にしているあいだに、弟の竜二がその五十億を、三倍にも増やしていたのです。株価の狂乱はご存じのとおりです」

「株に投資していたのか」

「増やそうとする金は、逃げてゆく。遊ばせている金は、金を呼び寄せてくれるものです」

「頼もしい兄弟だ」

曽根村が声を出して笑った。

「話はちがうのですが……」

竜一は姿勢をいくらか正し、曽根村に訊いた。

「会長は、『二階堂急便』の会長である二階堂源平、あるいは『東京二階堂急便』社長、大西勇とは面識がおありでしょうか?」

「どうしてだ? なぜ、ふたりに関心がある?」

曽根村が空のグラスを咲のほうに押しやった。ブランデーを注いだ咲が、曽根村の手元に戻す。

二階堂源平も大西勇も、裏の筋との繋がりを指摘されている。曽根村は、源平や大西を庇《ひ》護《ご》しているのだろうか。

「いろいろといきさつがあります。それをお話しする前にうかがいたいのですが、会長は『二階堂急便』とは、特殊な関係——つまり、肩入れしているとか、の事実はおありでしょうか？」

　ブランデーグラスを揺すりながら、曽根村が小さく首を振った。

「港湾関係、倉庫業者、運送業——。戦後の一時期、たしかにその方面には、やくざ組織が深く入り込んでいた。だが、わしは距離を置いた。二階堂源平にも、大西勇にも会ったことはない。しかしうちの傘下の連中のなかには、大西と面識のある者もいるだろう。彼は、政治にかぎらず、派手な世界や裏の筋が好きらしいからな。二階堂源平は、関西の人間だろう？」

「はい。広島に本社を構えております」

「なら、彼が関わっているとすれば、神戸の『春日組《かすが》』だろう」

「春日組」は神戸に本部を置く、日本最大の暴力団組織だ。

「しかし、もはや戦後ではない。運送業者も近代的な企業に変身しているし、好んで関係を持つともおもえん」

「そうですか。それをうかがって、安心しました。私の話を聞いていただけますか？」

　曽根村がうなずく。

「私と竜二の幼いころの話は、すでにお聞かせしたとおりです。おもい出すのも汚らわしいあの時代、唯一、私と弟を人間らしく扱ってくれた一家がありました……」

美佐の両親は、自分たち兄弟を実の子のように可愛がってくれた。空腹に耐えかねているとき、救いの手を差し伸べてくれたのは、いつも美佐の両親だった。周囲の蔑《さげす》みの目から守ってくれたのも、そうだった——。記憶に残る夫婦の顔をおもい浮かべながら、竜一は淡々と語った。

「中規模の運送業を営んでいる家でした。しかし私と弟とがやすらぎを得た彼らの家庭は、もろくも崩れ去りました……」

竜一は、美佐の家の運送業が「二階堂急便」に乗っ取られ、それがために一家が心中を図ったいきさつを話した。

「両親だけが死んだわけか」

「はい。命を取りとめた美佐も、それが因《もと》で、失明しました。故郷を捨てるときに、私と竜二は三つの約束事をしたのです。ひとつは、自分たち兄弟に蔑みの目をむけた世間を見返してやること、ふたつ目は、『二階堂急便』に復讐をするということ、そしてこのふたつを成就した暁には、施設に収容されている美佐を引き取って同じ屋根の下で暮らす、というものでした」

自分たちを捨てた両親を探し出して葬り去るということは、話さなかった。

「なるほど……。それで、か。弟が運輸省に入ったのは」

「はい。相手は巨大です。どのような手だてが可能なのか、竜二はそれを考える、と言いました」

曽根村が含み笑いを洩らした。

「しかし、なかなかお涙頂戴の話だな。おまえや弟にも、そんな心が残っていたというわけだ」

「会長の目にはそう映るでしょう。しかし、もしあの一家の存在がなければ、私たち兄弟は後先も考えずに、養父母を殺していたかもしれません。それほどに私たちは追い詰められた境遇だったのです……」

「わかった。それで、このわしにどうしろというのだ？」

「日本に戻ってきたら、大西勇にお引き合わせ願えませんか？」

「会ってどうする？」

曽根村は愉しんでいるようだった。

「弱点を探します。伝え聞くところによりますと、源平と大西は、うまくいってないようにおもわれます」

「いいだろう。しかし、そのために己の夢を壊すなよ。復讐など、果たしてしまえば取るに足らないつまらんことだった、とすぐにわかる。『二階堂急便』などおまえが身体を張るに値《あたい》するような企業でもあるまい」

「それで、美佐という娘さんは今でも施設に？」

黙って耳を傾《かたむ》けていた咲が、初めてくちを挟んだ。

「いいえ。すでに東京に来ています」

「その娘は、おまえのことをどこまで知っているのだ？」

曽根村の口調には、微妙なものが含まれていた。

「なにひとつとして、真実は知りません。しかし……」

竜一は一瞬、言い淀《よど》んだ。

「しかし、なんだ？」

「未来との架け橋を持つ少女——。ご存じでしょうか？」

曽根村が小首を傾《かし》げる。

「知ってますわ」

咲が答える。

「北九州に、未来を予知できる盲目の少女がいるという……」

　ふと気づいたように、咲が竜一を見つめる。

「そうです。美佐は、その少女です」

「おう、わしもおもい出したぞ。堀内が脳梗塞で倒れることを予言した、あの娘か」

　曽根村が興味に駆られた顔をした。

「おっしゃるとおりです。以前から、東京で一緒に生活したい、と弟に言ってきておりましたが、私は反対しました。美佐にはマスコミからの好奇の目が寄せられています。その彼女と共に暮らせば、自ずと、弟にも視線が集まってしまう。危険だとおもったからです。それに、美佐は信じられないことも、弟に洩らしているのです。私が生きている、と言うのです」

「ほう……」

　曽根村の目は、益々興味の色を浮かべている。

「私は予知能力とか占いの類は、一切信じていません。しかし、いくつかの美佐が予言した事例を知ると、正直なところ、半信半疑をとおり越して、薄気味悪くさえなります」

「おまえが惧れるとはな」

　冷やかすように、曽根村が笑った。

「しかし、興味をそそられるな、その美佐という娘。どうだ、一度、わしにその娘を会わせてくれんか?」

「会って、どうなさるのです?」

「どうもしやせん。おまえとちがって、わしは、人間の隠された能力というものを信じる気持ちがある。会って、たしかめたいのだよ。いろいろと訊いてみたいこともある」

「わかりました。機会を見計らって、会長にお引き合わせいたしましょう」

「そのときには、私も同席していいですか?」

咲が訊く。

「貴女も興味が?」

「私の興味は、父のとはちがいます。私がやろうとしている仕事に、その美佐さんという女性が役に立つような気がするからです」

「そうですか……」

一抹の不安が胸をよぎった。美佐を自分と竜二の世界に踏み込ませる考えはまったくない。咲が美佐と接触すれば、その一線が崩れる可能性がある。それに、竜二は、美佐を曽根村に会わせるのを嫌がるだろう。

「どうした? 浮かぬ顔をして」

竜一の心をのぞくような目で、曽根村が訊いた。

「じつは、美佐は信じられないほどに感受性の強い女性なのです。会長や咲さんと会うだけで、こちらの思惑を察知するのではないかと……」

「わしらにどんな思惑があるというのだ。これからは表の顔で生きてゆくのだろう？　それにおまえが同席さえしなければ、なんら問題はない」

「わかりました」

覚悟を決め、竜一はうなずいた。

すでに十一時を回っていた。では、これで失礼します、と言って竜一は腰を上げた。

「滞在中にご連絡をすることはもうないとおもいますが、お身体にはくれぐれもお気をつけください」

今はホテルオークラに宿泊している、と竜一は言った。

「ここに泊まっていってもいいのだぞ」

一瞬迷った。泊まれば、一晩中咲を抱いていられる。

「お言葉はありがたいのですが、竜二から連絡があるかもしれませんので」

「そうか。では若いモンに送らせよう」

曽根村が咲に目配せする。咲が部屋から出ていった。

「おまえは、これからはわしと会うのに、コソコソする必要はない。わしの直通電話と、秘書の久本《ひさもと》の電話番号を教えておこう。久本に連絡を入れれば、すぐにわしとは連絡がつく」

言われた番号を頭にたたき込んだ。

「それはそうと、村田《むらた》や一丸《いちまる》の件で、会長にご迷惑をおかけしたことはなかったでしょうか？」

「むかしのことは忘れろ。ここにこうしてわしが居るということは、すべてが終わったと考えていい」

咲が戻ってきた。車を用意させたという。

「再来日を楽しみにしているぞ」

立ち上がった曽根村に、竜一は深々と頭を下げた。

5

ホテル中二階の中華料理屋。客が姿を見せるたびに、竜一はさりげなく視線をむけた。

夕刻の七時。そろそろ竜二と美佐が来るころだ。

きょうの昼、竜二に電話を入れて、美佐の顔が見たい、と告げた。きのう曽根村に美佐の話をしてから、彼女のことが頭から離れなくなってしまった。青山墓地の桜並木の下で美佐を見てから、すでに四年の月日が流れている。竜二は驚くほどに美しくなった、と誇らしげに言っていた。

期待と不安とが入り交じった複雑な気持ちだった。

支配人に、テーブルを三つほど挟んで、三名の席を用意させた。七時すぎには客席が埋まる。いくら感受性の強い美佐とはいえ、テーブルを三つ挟めば、気づかれる心配はないだろう。

午後は不動産屋をのぞき、帰国してからの住居探しをした。咲と住む以上、部屋数は四つか五つは欲しい。白金台と高輪に的を絞ったがめぼしい物件はなかった。

その足で、書店をのぞいた。「りゅう」という名の童話作家。美佐はいったいどんなものを書いているのだろう。

立ち読みした。すべてが空想の動物を擬人化した、人間の未来を暗示するような物語だった。書かれているテーマは、人間の心と愛情についてだった。

フカヒレのスープをすすっているとき、入口のほうに、華やかな気配が流れた。

竜二の横にピッタリと身体を寄せる女性の姿に、竜一の目は釘づけになった。

肩口まで垂らしたセミロングヘアー。色の薄いサングラスを掛けているが、それがまた美しい容貌を神秘的にさえしている。淡いグリーンのスーツに身を包んだ美佐の周辺には、気《け》圧《お》されるような空気が流れている。

桜並木の下で見たときの美佐はまだ少女の面影を残していたが、今目にする美佐は、男の視線を引きつけずにはおかぬほどに成熟して、美しい。

隣の外国人客の四人が、なにかをささやきながら、美佐のほうを見ている。

美佐の後ろには、ふっくらとした顔立ちの中年の女性がいた。たぶん平田良子《よしこ》を連れていくことになる、と竜二は言っていた。彼女がそうだろう。

竜二と視線が合うと、軽いうなずきをよこした。

支配人に案内されて、竜二たち三人が、予約席に歩いてくる。

竜二は美佐を、竜一の視線が浴びせられる席に座らせた。

慣れたしぐさで、竜二が料理の注文をしている。老酒《ラオチュー》を飲みながら、さりげない目で、美佐を観察した。

まゆみを初めて目にしたとき、この世のなかに、これほどきれいな女がいるのか、とおもったものだ。美佐の美しさは、そのまゆみの美しさとはどこか異質なものだった。単に容貌ということだけなら、まゆみのほうが美しいのかもしれない。しかしまゆみには決定的に欠けているものがある。品性だった。まゆみの美しさは、女を武器にした外見上の美しさ、と言ってもいい。だが美佐の美しさは、まゆみにはない品性と、自分自身では意識してはいないだろう、無防備と表現してもいいほどの他者に対する愛情を感じさせる。

竜二がまゆみを毛嫌いし、美佐に愛情を注ぐ理由がわかったような気がした。目の見えない美佐が、竜二に顔をむけるしぐさのなかには、竜二に寄せる愛情が感じられる。

竜一の不安は益々大きくなった。竜二と美佐のあいだには、壁をおもわせる障害物がなにひとつとして感じられなかった。ごく自然なのだ。しかし自分と美佐のあいだには、決して越えられない大きな壁が感じられた。

美佐を切り捨てなければ、おれたちの夢が成就しないとしたら、どうする？　そう訊いたとき竜二は、そんなあり得ない話を、このおれにするのか、と気色ばみ、おれたちは、コインの表と裏、永遠に双子の兄弟なんだぜ、と吐き出すように言った。

本当に竜二は、その姿勢を保ちつづけられるのだろうか。

運ばれた料理を、竜二たち三人が談笑しながら食べている。平田という女性も竜二には、すっかり気を許しているようだ。彼女もまた、美佐の持つやさしさと同種の雰囲気を備えていた。

常にヒリヒリとするような緊張感を持っていなければ、自分たちの夢は実現しない。これまで歩んできた経験から、そうおもっていた。穏やかな時間と、心を許し合える仲間の存在は、不必要なのだ、そうもおもっていた。

大きくなった不安が、大きな恐れへと変わってくる。

突然なにかに打たれたように、美佐が背筋を伸ばした。すでに満席になっている店内をうかがうように、顔を動かす。そして聞き耳を立てるように、小首を傾げた。

美佐の席からは六、七メートルも離れていて、そのあいだにはテーブルが三つ。どのテーブルも客で埋まっている。

美佐の見せるしぐさは、墓地の桜並木で見せたものと似ていた。まさか、とおもった。美佐が竜二になにかささやきかけた。竜二の顔色が一変したのがわかった。平田良子が、ふしぎそうな顔で、周囲を見回している。

竜一はそっと身体のむきを変えた。席を立ちたかった。だが店の外に出るには、竜二たちのいるテーブルの脇を通らなければならない。

ナプキンでくちを拭いながら、店内を見回した。いい手だてがおもい浮かばなかった。後悔の念に襲われた。いくら整形によって自分の容貌を変えたところで、目の見えない美佐に対してはなんの意味もない。

美佐の感覚、感性は、竜二が言うように、想像以上のものがある。裏を返せば、曽根村や咲に、美佐を引き合わせるのは大きな危険を伴うことを意味する。

どこまで美佐の感覚が鋭いのか。たしかめたい誘惑に駆られた。

肚を括《くく》り、伝票を手に腰を上げた。

竜二と視線が合った。竜二が首を振る。

無視して、竜一は出口にむかった。

美佐の横を通りすぎようとしたとき、美佐が反応した。身体を硬直させている。

「いちあんちゃん……」

突然美佐が竜一の左腕に手を伸ばす。平田良子が驚いたように目を見開く。竜二の顔からは血の気が失せていた。

「なんのことでしょう」

美佐の手を逃れ、竜一は、平田と竜二に肩をすくめてみせた。

「失礼しました。勘ちがいをしているのです」

竜二がとっさに腰を上げ、竜一に頭を下げて謝罪した。

「いちあんちゃんよ」

美佐がもう一度、さっきよりも強い口調で言った。白い美佐の顔面は上気したように、紅が差していた。

「目が不自由なのです。許してやってください」

竜二の言葉に、美佐が強く頭を振った。

「にあんちゃん、そうじゃないの。私にはわかるの。先生、この男の人、にあんちゃんと同じ顔をしているでしょう？」

美佐が平田良子に同意を求めるように言う。

「ごめんなさい。神経が過敏になっているのです」

彼女も竜二同様、腰を上げて竜一に頭を下げて謝った。

「美佐ちゃん、この方は、竜二さんとはまったく似ていませんよ。ご迷惑だから、謝りなさい」

「いいんですよ。人ちがいはよくあることですから」

努めて陽気に言い、竜一は周囲のテーブルの客に目をやりながら、微笑《ほほえ》んだ。微笑みは自分でもわかるほどにぎこちなかった。

「手を握らせていただけませんか」

まだ承知できないかのように、美佐が言った。

「美佐ちゃん」

平田良子が叱責《しっせき》の声を洩らす。

「失礼します」

竜二たち三人に軽く会釈し、竜一は出口にむかった。背中は汗ばんでいた。

レジでサインをし、逃れるように店外に出た。吐息を洩らす。

小さいころ、美佐と竜二と三人で、何度となく手を握り合って遊んだことがある。もし美佐に手の感触をたしかめられたら、益々いちあんちゃんだ、と言い張ったにちがいない。

部屋に戻った。ようやく胸の動悸が鎮まった。

ミニチュアボトルのウイスキーの栓を切って、ラッパ飲みした。

二度と美佐と接触してはならない。彼女の言葉を信じる者などいないだろう。だが興味を持たれること自体が危険なのだ。

美佐たちを家に送り届けてから、ホテルに戻ってくる、と竜二は言っていた。

八時になったばかりだ。竜二が戻ってくるのは九時すぎだろう。

スーツ姿のままベッドに横になり、竜一は美佐のことを忘れるように、咲の顔をおもい浮かべた。

ノックの音に目が覚めた。いつの間にか眠っていた。

竜二だった。ドアを開け、迎え入れる。

「いや、驚いたよ」

「だから、言っただろう」

最初竜二は、店のなかで美佐を見るのはやめたほうがいい、と難色を示した。室内の動かない空気が美佐の感性に触れる惧れがあるという。

「それで、あの後、どうだったんだ？」

「それが、だな……」

頭を抱えるようにして、竜二がベッドの端に腰を下ろす。

「声を聞いて、益々確信した、とまで言い出す始末だ」

「声か……」

最後に美佐と言葉を交わしたのは、ついに養父母の殺害を決行すると決めた、十八歳を目前にした初夏のことだった。もう二度と美佐とは会うことができなくなるとおもい、盲学校の寄宿舎を訪ねたのだ。

あれからすでに十年以上もの時間が流れている。自分の声が、美佐の鼓膜にこびりついていたということだろうか。

「平田という女性はどう言ってる？」

「彼女は心配ない。どこをどう見ても、おれとはちがうと言っていた」

「この世のなかで、唯一欺くことができないのが、美佐というわけか」

「竜一には悪いが、もう絶対にこんなことはやめよう」

「おれもそうおもったよ」

竜二の膝を軽くたたき、ミニチュアボトルのブランデーとグラスを持ってきた。

「それで、曽根村のほうはどうだったんだ？」

竜二が訊く。

一昨日竜二に会ったとき、曽根村の家を訪ねることは教えていた。

「驚いたよ。会長は、おれが戻ってきたことを知ってたよ」

昨夜の話を竜二に聞かせた。

「なるほど。操り人形みたいなものだったわけだ」

「改めて、曽根村のすごさをおもい知らされた。ところが、ひとつ厄介な約束事をさせられてしまった。会長と咲が、美佐に会わせろ、と言うんだ」

「どうして、また……」

竜二の顔色が変わった。

「二階堂源平を潰すのには、どうしても曽根村の力が要る。なぜ源平を潰したいのか、その理由を話さねばならなかったんだ。おかげで、今度日本に戻ってきたら、『東京二階堂急便』の大西勇と接触することができる」

美佐の話を持ち出したいきさつを、竜二に語った。

「それで、美佐に興味を抱いたわけか」

「美佐には曽根村の正体を教える必要はない。曽根村からは、その了解も取りつけておく」

「しかし、きょうの出来事でわかったろう？　隠したところで、美佐は絶対になにかを感じ取る。その話、断れないか？」

竜二は不安そうだった。

「それは無理だ。曽根村も咲も、美佐に、異常なまでの関心を抱いてしまった。一度だけでいい。美佐へは適当な口実を考えてくれ」

竜二が考え込んだ。

「一度だけだな。一度だけ……。もし曽根村がもう一度会いたい、と言ったら、そのときには、美佐が嫌がっているということにでもするしかないな」

「すまない。安易に考えすぎていた」

もう一本ずつ、ミニチュアの酒を持ってきた。竜二に注いでやる。

「それで、住居は見つかったのか？」

「いや、まだだ。曽根村の家を見ておもったのだが、いっそこの際、自分の城を建ててしまおうかな、と」

「それがいい。金は腐るほどあるんだ」

竜二が晴れやかな顔をした。自分たちの家を持つのも、竜二との夢だった。ましてこれまでの苦労を考えると、申し訳ない気持ちでいっぱいなのだろう。

「しかし家を建てるとなると時間がかかる。竜二、すまないが、今度来るときまでに、適当な住まいを見つけておいてくれないか」

賃貸物件を外国籍の者が借りるとなるとひと苦労だ。その点、竜二なら、支障なく借りられる。

「咲との関係を隠す必要もなくなったしな」

「わかった。咲さんが満足するような部屋を探しておくよ。それで、いつ、咲さんに会わせてくれるんだ？　竜一と一緒になるということは、俺にとってはお義姉さんになるんだからな」

「今度来たときでは駄目か？」

「焦《じ》らすこともないだろう」

にやりと竜二が笑う。

四日後の朝の便で、日本を離れる。それまでのあいだ、これといった用事があるわけではない。今回日本に来たのは、四年前の事件の顚末《てんまつ》をたしかめるのが主たる目的だった。

「曽根村の都合にもよるが、なんだったら、一度曽根村とも会ってみるか？」

「それはかまわないが……」

電話を取り、昨夜教えられたばかりの番号をプッシュした。

——はい。久本です。

物静かな声だった。これまで接した曽根村の周辺にいる人間とは異なる口調だ。

「夜分遅く失礼いたします。リオの和田と申しますが、曽根村会長をお願いできますか」

——和田さんのことはうかがっております。

なにも訊かれなかった。すこしお待ちください、と言われ、回線がフックされた。

すこし待たされた後、電話に出たのは咲だった。

——きのうはどうも。父は今、入浴中ですので、私が用件を聞くように言われました。

「そうですか。じつは、今、竜二と一緒なんですが、自分の義姉になる貴女にぜひ一度会ってみたい、と」

——喜んで。私のほうこそお目にかかりたいとおもっていました。

「この、土曜日の予定はどうなってますか？」

明後日は土曜日で、日本を発つフライトは月曜日だ。会わせるとしたら、土曜日が一番いい。竜二にも好都合だろう。

——土曜日ですか……。残念ですが、その日は、箱根の別荘に、父と一緒に行くことになっているのです。

「誰かお客さんが？」

――いえ。父とは久しぶりなので、単なる骨休めです。

「それなら、かえって好都合ですね。じつを言うと、この週末は、竜二と一緒に、伊豆のほうにでものんびりしに行こうか、とおもってたんです。会長もご一緒なら、願ってもないことです。竜二共々、ご挨拶にうかがいたい、と伝えてもらえますか？」

――わかりました。愉しみにしています。宿が決まったら、教えていただけますか。

「それでは、会長によろしく」

電話を切り、やり取りを聞いていた竜二に、そういうわけだ、と笑みをむける。

「箱根か。それなら、宿のほうは、おれが手配するよ。これから予約を取るとなると大変だからな」

竜二が言った。

どんなに混んでいようと、こんなときには竜二の肩書が物を言う。

6

「ほう……」

ホテルに横づけされた車を見るなり、竜一は口笛を鳴らした。車は、ブルーのアルファロメオだった。

竜二が助手席のドアを開けた。

竜二の運転はなかなかのものだった。慣れたハンドリングで、飯倉《いいくら》のインターに車を滑り込ませる。

車は二台所有していて、もう一台のほうは、地味な国産車だという。

「こんな目立つ車を転がしているのを、省内の連中は知っているのか？」

「華やかにやれ、と言ったのは竜一だぜ。吹聴はしちゃいないが、隠してもいない。知ってるやつは知ってるはずだ。だが誰もなにも言いやしない。おれが金を持っているのは知っているし、気前よくバラまいているからな」

竜二が乾いた笑い声を上げた。

宿は熱海《あたみ》だった。老舗《しにせ》中の老舗で、海に面した側には、洋館もあるらしい。

きのうの夜、咲にもう一度連絡を入れて、熱海に宿を取ったことを教えた。曽根村は別荘に泊まったらどうか、と言っているらしかったが、断った。咲とすごせる自分はいい。だが竜二が気疲れするだろう。それに竜二が、自分とふたりだけでくつろぎたがっているのも知っている。

アルファロメオは快調だった。前走する車を矢のように追い抜き、すぐに、東名高速の用《よう》賀《が》料金所に入った。

「今度戻ってきたとき、ひと月ほどは、ホテル暮らしで我慢できないか？」

東名高速を飛ばしながら、竜二が訊く。

「ひと月我慢すれば、いい部屋が用意できるのか」

「タクシー会社を経営する社長がいる。そいつに打診したら、ひと月ほど待ってくれれば、今住まわしている愛人を、どこかよそに越させるそうだ」

元麻布《もとあざぶ》にある一軒家で、かなり金のかかった代物らしい。

「高級官僚様には頭が上がらないってわけだ」

「六十を超えたオヤジが、三十の若僧にペコペコする。一度竜一に、その図を見せたいよ」

「わかった。そこに世話になろう」

「咲さんも了解するかな？」

「おれの言うことなら、すべて従うさ。ホテルのスイートでの一ヵ月というのも、洒落《しゃれ》た生活だ」

人の目を気にせずに伸び伸びと毎日をすごせることが、これほど快適だとは知らなかった。

十八歳からずっとジョン・ドゥの殻のなかで生きてきた日々が嘘のようだ。

真夏日で、高速道路の路面には陽炎《かげろう》が立っている。しかし、アルファロメオの車中は、寒いほどに冷房が効き、外の暑さとは無縁だ。

「この車に、美佐も乗せたのか?」

「いや、まゆみしか乗せてない。美佐を乗せるときは、もう一台のほうを使う。これに美佐を乗せると、一発でまゆみの匂いを嗅ぎ取られてしまうからな」

まゆみの話になると、途端に竜二は不機嫌になる。額《ひたい》に皺《しわ》を寄せ、竜二は黙々と車を走らせる。

厚木《あつぎ》インターで下り、小田原《おだわら》厚木道路に入った。どうやら竜二は、何度かこのコースを走ったことがあるようだ。標識を確認することもしなかった。

熱海に着いたのは夕刻の四時近くだった。

「この辺りは詳しいんだ。宿に入るまでに、海岸べりでもドライブしようか?」

きのうの咲との電話で、箱根の別荘に行くのは、八時と決めている。

「いや、宿に入ろう。温泉なんて久しぶりだ。箱根にはひと風呂浴びてから行くとしよう」

うなずいた竜二が、海岸道路から、山側のほうの坂道にハンドルを切った。

「手慣れているが、誰と来たんだ?」

「決まってるだろう。まゆみだよ」

竜二がぶっきら棒な口調で言った。

「そんなに、あの女が嫌いか？」

「嫌いだね。竜一の了解が得られれば、即刻捨てるね」

「まゆみと結婚しろ、と言ったら、どうする？」

瞬間、竜二の顔が歪《ゆが》んだ。竜二の目のなかに、これまで一度も見たことのないような光がある。

「竜一がそうしろ、と言うのなら、そうする」

「そうか……」

まゆみをモノにしろ、と命じたとき、竜二はアッサリと了承し、ほとんど拒絶反応は示さなかった。やはり、美佐の存在が大きいのだ。

「ここだよ」

坂道から凹《へこ》んだ場所に、車を誘導する石畳が敷かれ、その奥に駐車場が見える。右手が旅館の入口のようだ。

駐車場に乗り入れると、はっぴを着た老人が宿の玄関から走り出てきた。

案内されたのは、窓から遠く海が見渡せる、純和風の造りの部屋だった。

「下にある洋館も考えたんだが、それじゃ、都会のホテルと変わらんからな」

「ここがいい。気に入ったよ」

お茶を運んできた仲居が、露天風呂の場所を説明して、すぐに退がった。

「竜二、行ってみるか」

「いいだろう」

浴衣《ゆかた》に着替えた。裸の竜二の身体は、贅肉ひとつなく、キリリと引き締まっていた。その引き締まった身体の背と腰に、二本の薄い痣《あざ》が走っている。くそったれ養父母が、竜二が幼いころに焼け火箸でつけた傷だ。

そのとき初めて竜一は、幼い身体ながら養父母に突進した。受けた代償は、これまでにないほどの激しい折檻《せっかん》だった。

「まゆみには、なんと説明したんだ？」

竜二が怪訝《けげん》な顔をした。

「背と腰の痣だよ」

「本当のことさ。幼いころに、父親に焼け火箸でつけられた、と言ったよ。まゆみのやつ、息を呑んでやがった。だが、理由なんて、なにも教えてやしない。この傷は、竜一に助けられたことの証明なんだ。おれは誇りにさえおもっている。竜一は、焼け火箸の傷跡を手術で消し去ったんだろう？」

訊いた竜二が、竜一の身体をひと目見るなり、眉を寄せた。

「おまえのほうは誇り。おれのほうは、おれたちの原点だとおもっている。だから、残すことにした。互いがこの傷跡を抱えているかぎり、おれたちが夢を忘れることはない」

笑って、竜二にタオルを放った。受け止めた竜二が笑みを返す。ふたりして肩を並べ、露天風呂にむかった。

7

タクシーは宮《みや》ノ下《した》に入った。

「そこを右だ」

竜一は記憶を頼りに、運転手に言った。

アルファロメオは人目につきすぎる。宿に車を置いて、タクシーを使うよう言ったのは竜一だった。

見覚えのある柿の巨木と石垣塀とが見えてきた。

黒門の玄関を百メートルほど通りすぎたところでタクシーを捨てた。

タクシーのテールランプが視界から消えたのをたしかめてから引き返す。

時刻は八時に、十分ほど前。咲には八時ちょうどに顔を出すと伝えていた。

「なるほど。ここが隠れ安息所というわけか」

黒門で閉ざされた邸宅に、竜二が興味深げな目をむける。

「知っているのは、側近のなかでも、ほんのひと握りのはずだ」

暗い夜空には、小粒のダイヤをまき散らしたように、無数の星々が輝いている。昼の暑さを忘れさせるような涼しい風が吹く。

「おれたちも、いずれはこんなところに、別荘を持ちたいな」

星空を見上げながらつぶやく竜二の横顔を盗み見た。これから曽根村と会うことなど忘れているかのように、穏やかな表情をしている。竜二は、美佐のことをおもい浮かべているにちがいない。

門柱の呼び鈴を押した。すぐにインターフォンから、咲の声が返ってきた。

着きました、と竜一は小声で言った。

自動開閉装置のくぐり戸が開く。竜二を促し、身を入れた。

この前来たときには、植込みの陰にボディガードがいたが、きょうは姿がない。

玉砂利を踏みながら玄関にむかった。玄関が開き、明かりのなかに浮かんだのは咲だった。

初めてここで会ったときと同じく、和服姿だ。

「ようこそ。お待ちしておりました」

咲が、竜二に目をやってから、深々と頭を下げた。

「お話は、兄からうかがっておりました。正直、これほど美しい女性だとは想像以上でした。弟の私としては、うれしいかぎりです」

竜二の言葉は、あながちお世辞ばかりともおもえなかった。咲を見つめる目がそう語っている。

「ありがとうございます」

頭を上げた咲がかすかに微笑み、どうぞお上がりください、と言った。

和室の応接間には、この前と同じように、一輪挿しが飾られていた。テーブルには、ブランデーとウイスキーのボトルが置かれ、酒の肴も用意されている。

座布団を勧めた咲が、数歩退がり、両手を畳につく。

「改めてご挨拶させていただきます。宇田咲と申します。縁があり、お兄様と生涯を共にする約束をいたしました。ふつつか者ですが、どうぞよろしくお願いいたします」

「いや、こちらこそ。お目にかかれて、心の底から安心しました。すでにお聞き及びとおもいますが、兄には小さいころから、ずっと助けてもらって生きてきました。辛いおもいをしていたのは、いつも兄ばかりでした。貴女のような方に、お義姉さんになっていただけることで、やっと兄も幸せになれる。今の私の胸のなかは、そのおもいでいっぱいです」

座布団を外し、竜二も丁寧に頭を下げる。

「お目にかかるまでは心配でしたが、そのお言葉を信じて、精一杯頑張らせてもらう覚悟です」

咲が竜一に目をむけたとき、障子が開き、和服姿の曽根村が姿を現した。

竜二を一瞥《いちべつ》し、床の間を背にして腰を下ろす。

「会長。弟の竜二です」

曽根村を見つめながら、竜一は紹介した。緊張の面持ちで、竜二が一礼する。

「矢端竜二と申します。兄、ならびに、私へのこれまでの会長のご尽力、感謝の言葉もありません。きょう、こうしてお目にかかることができ、喜びでいっぱいです。今後とも、私たち兄弟に、お力添えをいただけるよう、この場を借りて、お願い申し上げます」

「話は聞いていた。そのとおりの人物であることは、一見してわかった。わしも、会えてうれしい」

くち元に笑みを浮かべた曽根村が、マジマジと竜二を見つめる。

「恐れ入ります。若輩者ですが、兄同様、私にもお目をかけていただければ、これ以上の幸せはありません」

「堅苦しい挨拶はそれまでだ。咲、酒の用意をしろ」

「はい」

うなずいた咲が、手早く、ブランデーをグラスに注ぐ。

「わしと咲は血は繋がってはおらんが、実の娘とおもって育ててきた。猛と咲が一緒になれば、この四人は家族ということになる。わしら、四人のこれからを祝して、乾盃といこう」

曽根村の音頭で、グラスを合わせた。

家族か……。竜一は胸でつぶやいた。心地よい響きのある反面、複雑な感情も湧き上がる。

「猛」

曽根村が竜一に目をむける。

「なんでしょう」

「おまえが初めて、わしの前に現れたときの顔、そして今のおまえ。元を正せば、竜二の顔が、おまえの本当の顔だったというわけだ」

「そうです。一卵性の双生児は瓜《うり》ふたつと言われますが、私たち兄弟は、典型的でした。養父母ですら、見誤ったほどです」

「竜二」

今度は、竜二のほうに、曽根村が視線を移す。

「秀《すぐ》れた頭脳とその容姿。女どもが放ってはおくまい」

「男に必要なのは、外見などではないとおもっています。くちはばったいのですが、ふつうなら、頭脳明晰《めいせき》に命を授けてくれた両親に感謝すべきなのでしょうが、私も兄も、私たちを捨てた両親に対して、憎しみを抱きこそすれ、感謝や愛情の類を抱いたことなど、ただの一度もありません」

「気持ちは、わからんでもない。しかし、人間である以上、どんな両親なのか、ひと目見てみたい想いはあるだろう」

「まったくありません。私にとっての父や母は、兄であるとおもっております」

キッパリとした口調で、竜二が答えた。

「猛。おまえも同じか？」

「私と竜二は、この世に生を享《う》けてから、一心同体です。私たちは、両親から命を授かったとはおもっておりません。この世に生を享けたのは、自分たちになんらかの目的や約束事があってのことと理解しています。それを証明することだけが、私たちふたりの生きる原動力です」

「そうか。わかった。きょうを境に、おまえたち兄弟の親は、このわしだ。わしが生きているかぎり、わしの持てる力のすべてを、おまえたちふたりに注ぐことを約束しよう」

「ありがとうございます」

竜一が座布団を外すのを見て、竜二も倣う。ふたりして、曽根村に改めて深々と頭を下げた。

雑談に移った。曽根村が竜二に、省内のことをあれこれと訊く。

人脈、派閥、癒着——。竜二は驚くほど的確に、すべてを把握していた。

「惜しいな」

「なにが、でしょうか?」

竜二が眉を寄せる。

「おまえほどの頭脳があれば、運輸官僚などにはならずに、大蔵省に入るべきだった。国の金庫を握る者が、この国を動かす。だが、遅くはない」

「と、言われますと?」

「二階堂急便に復讐したいがために、運輸省に入った、と聞いた。つまらん話だ。この社会は、政、財、官——もうひとつつけ加えれば、わしが身を置く裏の世界とで成り立っている。猛は実業の世界で成功したいと願っている。ならば、竜二、おまえは官を操る政治家になれ」

曽根村は事も無げに言った。

「政治家……、ですか？」

竜二が、うかがうように竜一に目をむける。

「そうだ。政治家だ。おまえたち兄弟の三つの約束事については聞いた。二階堂源平に対する恨みを晴らしたら、政治家を志すがいい。わしには、それなりのパイプがある。意に沿う政治家どもも何人かいる。それも、かなりの実力者たちだ。おまえのその才智とわしの陰からの応援があれば、決して夢などではない。金と力を欲する人間は多いが、本当にそれらを手に入れられる人間は、選ばれた者たちだけだ」

「竜二」

逡巡《しゅんじゅん》する竜二に、竜一は声をかけた。

「会長の言われるとおりだ。二階堂急便をたたき潰した後に、おまえになんの夢がある。官僚のトップに昇りつめたところで、知れている。いつかおれは言ったはずだ。おれたちは、太陽と月になる、と。おまえが太陽になるためだったら、おれはどんな犠牲をもいとわない」

「さしでがましいようですが……」

黙って聞いていた咲がくちを挟む。

「私も賛成です。私たち四人はきょうから家族、と父は言いました。私たち四人が力を合わせれば、不可能なことなどありません」

竜二が竜一に目をむける。竜一は力強くうなずいてみせた。

「わかりました。それが、会長、兄、お義姉さんの意向ということであるなら、私にできる最大限の努力をいたしましょう」

「よく言った。それでこそ、わしの家族の一員だ。では、もう一度、乾盃といこう」

曽根村が目を細めた。

「きょうは、いい夜だ。この十数年で、こんな気分は久しく味わったことがない。わしには三人の子供ができた。まだまだ生きねばならない、という気力が湧く。おまえたち三人の前途を祝して」

曽根村の声に、竜一は竜二と咲に、グラスを掲げた。

酒をくちにする曽根村の表情は、竜一が初めて目にする機嫌の良さだった。

「猛。リオでの生活はどうだった？」

「おかげさまで、なに不自由することなく、毎日をすごすことができました。台湾で紹介していただいた華僑の方に、こちらの希望を言えば、すぐに叶《かな》えてもらえましたし、特にやることもなかったので、昼間は英語学校に通い、夜は夜で、今後のことを考えるだけの生活でした。しかし、生まれて初めて外国の地を踏みましたが、日本というのは、つくづく島国なのだな、と実感しました」

「すこしぐらいは得るものもあったようだな。わしなど、この年にして、まだ一度も、日本から出たことがない」

「会長が、ですか？」

「やくざなど、不自由なもんだ。若いときだったらどうということもないだろうが、所帯が大きくなったら、そうもいかん。いつ、どこから鉄砲玉が飛んでくるかもわからんしな」

曽根村の笑みは、どこか孤独を感じさせる。

「会長」

改まった口調で、竜一は訊いた。

「今度の一件で、会長の顔の広さはもとより、人脈のすごさについても敬服しましたが、彼らをどこまで信用なさっているのですか？」

「華僑の連中は信用してくれるまでに時間がかかる。しかし一旦信用してくれれば、こちらが裏切らないかぎり、トコトン信用してくれる。『三合会《さんごうかい》』とか『幇《パン》』とかいう言葉を耳にしたことがあるだろう？」

「香港の裏組織ですね。詳しくはわかりませんが……」

曽根村がたばこをくわえた。咲がライターで火を点ける。

「話せば長くなるし、こんなことは身内の者にだって話したこともないのだが、今夜は気持ちが良い。おまえたち三人には聞かせておこう。『三合会』とか『幇』というと、誰しもが、香港の裏組織との認識しかない。だが、歴史は古く、大陸にはむかしからあった中国人独得の組織なのだ。ひとくちに中国というが、あの国はとてつもなくデカい。種々の民族が混じり合い、言語だって、多種多様だ。したがって、彼らは、血縁とか同郷とかいう点をなによりも大切にする。例えば『幇』。これは、地縁、血縁、業縁——つまり、仕事などで結びついた組織を言う。これにしたところで、『紅幇《ホンパン》』『青幇《チンパン》』など種々の幇がある。『青幇』というのは、解放前に上海《シャンハイ》で活躍した、アヘンを資金源とする幇だった。そして国民党が共産党に敗れた後は、香港に逃げ込み、やがてその組織は壊滅した。まあ、これは余談だが……」

なにかをおもい出すように、曽根村はたばこをくゆらしながら瞼を閉じた。

竜二も咲も、初めて聞く曽根村の話にじっと耳を傾けている。

曽根村がふたたびくちを開く。

「共産革命が起こり、多くの中国人が大陸から逃げ出した。香港、台湾、タイ、シンガポール、バンクーバー、ニューヨーク——、それこそ世界のあらゆる地域にだ。そして、むかしからあった華僑社会に入り込み、新たな幇を構成していった。国を持たない彼らにとっては、幇という、鉄の規律を有した組織が絶対に必要だったからだ。彼らの鉄の規律というのは、わしらのやくざ社会のそれとは比べものにならん。裏切ったときにあるのは、たったひとつ、死、だけだ。それも一族もろともに、というほどに徹底している」

「では、私が世話になった台湾やリオの華僑社会は……」

「そうだ。わしと繫がりがある。もっとも、その関係は、わしが独自で切り拓いたものではない」

視線を落とし、曽根村がたばこの灰を払った。

「鶴田《つるた》勝利《かつとし》、という人物はむろん知ってるな？」

竜一と竜二に、交互に目をやりながら、曽根村が訊いた。

「七、八年前に他界した、あの鶴田のことですか？」

瞬《また》きもせずに、竜一は訊き返した。曽根村がうなずく。

鶴田勝利。戦時中、軍部と財閥とのあいだで暗躍し、巨大な富を築いたことで知られている。そのときの人脈や情報網は俗に、「鶴田機関」と呼ばれて恐れられ、戦後、A級戦犯として巣鴨《すがも》プリズンに収監されたが、なぜか数年後には釈放されている。自由の身となった彼はその後、「日本の黒い霧」と言われる数々の疑獄事件には、必ずと言っていいほどに顔を出し、政界の要職の人事は彼の意向が強く反映されると言われたほどの右翼の首領だった。

最も新しいのは、三年半ほど前に、脳梗塞で倒れた堀内が首相在任中に引き起こした民間航空機導入に絡む一大疑獄事件だ。裏では、鶴田の存在が取り沙汰され、特捜部の事情聴取を受けている。しかし、その最中、彼は持病の心臓疾患のためにこの世を去った。

「人は彼について、あれこれ言うが、わしにとっては恩人だ。先生と呼ぶのに、なんの抵抗もない。いや、胸を張って、そう言わせてもらう。先生には先生の思惑や計算があってのことだったろうが、『紫友《しゆう》連合会』がここまでの形を整えられたのは、わし個人の力ではなかった。先生の根回しやら助力があってのことだった。わしは先生のためなら、骨身を惜しまず働いた。先生もわしを可愛がってくれた。今、わしが持っている人脈やら、海外とのコネクションは、先生から引き継いだ遺産と言ってもいい」

話を聞きながら、竜一は腑《ふ》に落ちた。

村田義人《よしひと》と揉《も》めたとき、彼のことなら任せておけ、と言って曽根村は微塵《みじん》も動じなかった。村田義人の義父、「大日本敬友塾《けいゆうじゆく》」を主宰していた村田岩夫《いわお》は、戦時中、鶴田勝利と行動を共にしていた経歴を持っている。

「竜二。中国の近代史については、兄よりもおまえのほうが詳しいだろう」

微笑をたたえながら、曽根村が竜二を見る。

「先生は、共産革命を惧れた。国民党が解放軍に敗れ、その残党たちが台湾に逃れてからも、物心両面での援助を惜しまなかった。今の台湾の繁栄があるのは、先生と同じように、共産革命の脅威を惧れた人たちの力があってこそ、と言っても過言ではない」

ひと息つき、曽根村が柔和な視線を竜一にむける。

「わしは、先生から受け継いだ遺産を大事にした。このところ、華僑をはじめとした、中国系のマフィアが多数、日本に進出してきている。わしは彼らとの約束を守ったし、逆に彼らにも、わしとの約束を守らせている。それが、わしと彼らとの関係だ。どうだ？　これで、おまえの言う、信用とやらの問題については納得ができたか？」

「大変失礼なことを申し上げました。私などでは及びもつかない世界でした。お詫《わ》びいたします」

頭を下げる竜一の胸に、嘘偽りはなかった。曽根村に対する畏敬《いけい》の念が一段と深まってゆくのを覚える。人並み以上に自惚《うぬぼ》れてはいたが、彼に比べれば、自分など正に青二才同然と言っていい。

「しかし、あれほど世話になった彼らに、どうして疑念を抱いた？」

曽根村の声に、叱責の響きはなかった。むしろ、興味津々《しんしん》という表情を浮かべている。

「あるとき、彼らのひとりから、日本に帰ったらなにをやりたいのだ？　と訊かれました」

「それで？」

「実業の世界で身を立てたい、と答えました……」

おまえは日本人ではない。ブラジル国籍の日系人だ。もし本当に、日本で実業で成功したいのなら、ケイマン諸島に現地法人を作れ。資金を出せば我々がその労を取ってやろう。

男から言われた話を、竜一は打ち明けた。

「カリブ海の北西にあるケイマン諸島はイギリス領ですが、租税の特典があり、アメリカやイギリスをはじめとした欧州の企業が、世界各国への進出を図って、現地法人を続々と興していると言うのです」

「もしその話が事実なら、やってみよう、とおもうのか？」

「はい」

竜一は力強くうなずいた。

「リオにいる四年間、ずっと考えつづけておりました。咲さんと結婚しても、すぐに日本国籍が取得できるわけではありません。在留許可の更新を、帰化が認められるまでその都度やらねばなりません。それでは対外的な信用がなかなか得られないし、なにかと不自由です。それともうひとつ、私と竜二が今手にしている金は、なかなか表立っては使えないということもあります。日本の国税庁の目は厳しいからです」

「おまえの帰化が認められるまで、咲を代表者にすればいいし、資金の面でいえば、わしにはダミーの会社がいくらでもある。それでは用を成さないのか？」

「私が今日まで生き延びてきたのは、慎重な上にも慎重に、という姿勢を崩さなかったからです。日本の地価や株価が狂騰しているという話は聞いていましたが、これほどまでとは知りませんでした。現に、竜二に託した五十億の金は、三倍にまで膨れ上がっています。天に投げた石は、必ず落ちてきます」

「いずれ、株も下がり、地価も下がる、と言いたいのか?」

訊く曽根村の口調は愉しげだった。

「それがいつなのかはわかりません。しかし私は、自分のカンを信じます。これまでの人生で、私は己のカンに裏切られたことは、ただの一度もありませんでした。咲さんの夢を叶える会社も作る、私の夢を叶える会社も作る。ただ、私と咲さんの会社がリスクを負うことだけは避けねばならない。私の頭のなかにあるのは、天の川です」

「天の川?」

「はい。きょうおうかがいさせていただいたとき、暗い夜空に、無数の星が輝いておりました。そのとき、なにかに打たれたように、閃《ひらめ》きました。天の川は、無数の星によって、あのように美しく光り輝いています。ひとつやふたつの星が消えたとしても、その輝きが失われることはありません」

「なるほど。いくつもの会社を傘下に置いて、咲と自分の会社だけは、傷つかぬように、と」

　突然、曽根村が声を立てて笑った。

「おかしいですか」

「いや、感心した。おまえと竜二は、正しく天才だ。凡庸《ぼんよう》な人間は、目先しか見ん。おまえは、先の先まで、天の川まで見ている。いいだろう。猛、おまえの好きなようにやれ。わしの力が必要なら、リオの華僑にも手を打つ」

「ありがとうございます」

「おい、咲」

　曽根村が、正座している咲に目をやった。

「おまえは、猛をひと目見たとき、わしにこう言った。私が生涯を共にするのは、あの男性しかいない、と。どうやら、その目に狂いはなかったようだな」

「お願いがあります」

　咲が、曽根村と竜一を見つめる。

「なんだ？　言ってみろ」

「月曜日に、私も猛さんと日本を発たせてください。猛さんが四年もすごしたリオの町とケイマン諸島をこの目で見てみたいのです。その足で、猛さんを、私が生活していたアメリカの都市にお連れしたいとおもいます」

「わしは一向にかまわんが、猛、おまえはどうだ？」

「不服のあるはずがありません」

咲に目をやり、竜一は初めて笑みを見せた。

それからしばらく雑談をして、別荘を出たときには十時を回っていた。咲が見送りに出てくる。

「あしたの夜、身仕度をして宿にうかがいます」

咲が竜一の手を握る。これまでに感じたことのないほどに、熱い感触だった。

「おふたりで、新婚旅行ですか」

冷やかすように、竜二が言う。

「竜二さんにも、いずれふさわしい女性が現れます」

「そうですね」

咲に笑みをむけ、呼んであったタクシーに竜二が乗り込む。咲の手を強く握り返し、竜一も身を入れた。

車が発進した。振り返った竜一の目に、黒門の明かりのなかで深々と頭を下げる咲の姿が浮かび上がった。

8

金庫から分厚いノートの束を取り出す。この十年余りのあいだに書き綴《つづ》った日記だ。

窓のカーテンを引き、ブランデーを手にして、ソファに腰を下ろした。

黄ばんだ表紙の最初の一冊の題字。「すべて移りゆくものは比喩にすぎない」

ページをめくる。昭和五十一年九月二十日、とある。東大の文科一類に入学し、この南青山のマンションで、二十歳の誕生日を迎えた日だ。

あのとき、日記をつけることを躊躇《ちゅうちょ》した。もしこれが露見すれば、竜一と自分の未来は閉じられる。しかしなにかに憑《つ》かれたように書きはじめた。

理由はわかっている。竜一とちがって、自分は意志が弱い。竜一の、あの鋼《はがね》のような意志をどれほどうらやましくおもったことか。日記をつけることによって、くじけそうになる己の心を叱咤《しった》し、鼓舞することにしたのだ。

きょうの朝の便で、竜一と咲はリオに旅立った。

竜一は完璧な殻を手に入れた。もうなにも心配することはない。今度戻ってきたときは、咲という最高の伴侶と共に、まったく新しい人生を歩みはじめる。

もはや、自分を叱咤し、鼓舞するためのこの日記は必要ない。すべて、灰にしてしまうつもりだった。

時よ、とどまれ、おまえはかくもすばらしい。尊敬――Ｒｅｓｐｅｃｔ。そうだ、おれは心から尊敬するきみのことをこれからはRと呼ぼう。

小声で、記した文字を読む。文字はいくらか乱れている。これを記したときの自分の心模様をよく表しているようだ。

ブランデーをくちにしながら、丹念に一冊ずつ目を通していった。

随所に自分のくじけそうになる真情が吐露されている。人を殺《あや》めつづけてゆくことで、竜一の精神が破壊されるのではないか、とも書いている。竜一が巨額の詐欺事件を画策したとき、恐れおののいた自分の心も正直に記されている。この計画は破綻《はたん》する、竜一をおもいとどまらせる方法はないだろうか――。そんな心配をよそに、竜一はすべてを計画どおりに遂行してみせた。

Rだ。兄の竜一は、正にRに値する。日記を読みながら、竜二は改めて心の底から感服した。

仕事の悩みは、一切書かれていない。悩みなどなかった。上意下達の文書と、下から上がってくる決裁書類に目を通すだけの役人生活。そこには創意工夫や、竜一が必要とした勇気や決断などが入り込む余地はこれっぽっちもなかった。周囲を見回してもボンクラばかりだ。

一昨日、曽根村は政治家になれ、と言った。聞いているうちに、闘志が湧いてきた。この十年で、忘れていたものが蘇ってくるような気がした。困難なのはわかっている。だがこれで、ようやく自分も、竜一と同じ土俵に立つことができるような気もする。

竜一が日本を後にしてからの四年間は、竜一の身を案ずる気持ちと、美佐のことばかりを綴るようになった。

もし竜一の身になにかがあったとき、自分は竜一と交わした約束を、自分ひとりの手で実行することができるのだろうか。汚れ役をすべて竜一に押しつけたまま、自分は有り余る金を手に、このままぬくぬくとした人生を送ってしまうのではないか——。

もしこの一文を読んだら、きっと竜一は激怒するだろう。

美佐は美しくなった。街を歩いていても、美佐以上に美しい女性を目にすることはない。あれほど悲惨な出来事に遭い、両親はおろか、光すらも失ったのに、なぜに彼女は、あれほど美しく光り輝いていることができるのだろうか。

美佐を讃美する文章が連綿とつづいている。

東京に出てきて以来の彼女は、日々、自分への想いを強くしているのを感じる。汚れた自分に、美佐を愛する資格はない。美佐は永遠に自分の妹なのだ。しっかりしろ、竜二。

そのくだりを読んだ瞬間、竜二はそのページを引き千切った。

鋏《はさみ》を手に、すべてのノートを細かく切り刻んだ。きょうを境に、おれと竜一は、新しい世界に乗り出すのだ。切り刻んだノートの紙屑を、すこしずつ灰皿の上で燃やした。

すべてを燃やし終えたときには、深夜の二時を回っていた。

これでいいのだ……。燃えカスの山を見つめながら、竜二はつぶやいた。

箱根の曽根村の別荘から熱海に帰った夜、竜一から指令を受けた。二階堂急便を徹底的に調べろ、と。

咲と一緒に旅立った竜一が帰国するのは、当初の予定よりだいぶ遅れることになるだろう。もしかしたら、九月の半ばごろになるかもしれない。

場合によったら、曽根村の力を借りろ。竜一はそうも言った。

竜一が帰ってくるまでにひと月近くの時間がある。あしたから、二階堂急便にメスを入れることにしよう。

ふと浮かんだ美佐の姿を打ち消すように、竜二はブランデーを呷った。

八月下旬のある日の午後、執務中に、久本と名乗る男から電話があった。

「久本？」

部下の呼びかけに、竜二は首をひねった。瞬間、おもい当たった。曽根村の秘書ではないか。

すぐに電話に出た。

「課長補佐の矢端ですが」

――矢端竜二様ですね。

念を押された。

「はい」

――曽根村の秘書でございます。もし、差し障りがあるようでしたら、こちらの番号を申し上げますので、おかけ直しいただけますか。

「複雑な内容でしたらそうしますが、そうでなければ、お気遣いなく」

部下との席は離れている。簡単な話なら聞かれる心配はない。

――そうですか。あしたか、明後日、お時間は取れますでしょうか。夜の八時ごろです。

曽根村が紹介したい人物がいるそうです。

「紹介したい人物？」

――はい。二階堂急便の実情に詳しい人物とのことです。

あしたは、局内会議がある。明後日ならなんとかなる。

「承知いたしました。明後日にしていただけますか。それで、どのように？」

さりげなく周囲に目を配った。誰もが仕事に没頭している。

――これから申し上げる料亭に足をお運び願えますか。

「わかりました」

久本の言う、白金にある料亭名と住所、電話番号をメモし、受話器を置いた。

たばこを吹かした。午後のこの時間に、自宅のほうではなく、省庁に電話してきた。つまりすぐにでも確約を取りつけなければならないほどに、紹介したい人物というのは、多忙かつ大物なのだろう。

この一週間で、二階堂急便に関する資料にはあらかた目を通し終えている。だが省内にある資料は、監督官庁に対する表向きの代物であって、裏の実態とはかけ離れているはずだ。本当に知りたいのは、二階堂のアキレス腱になり得るような情報だった。

竜二は期待に胸を膨らませた。曽根村が紹介したいと言うからには、裏の情報を握っている人物と考えていい。

夜の七時に、銀座に出た。竜一のために元麻布の家を明け渡してくれる、あのタクシー会社の社長を呼び出していた。

男はすでに料理屋の奥座敷で待っていた。若い女を囲うだけあって、前頭部は禿《は》げ上がり、精力絶倫をうかがわせる赤ら顔をしている。

　酒を飲みながら、愛人は九月の半ばまでには家を出る、と男——森下《もりした》が恩着せがましい口調で言った。

「お借りしようとおもったんだが……」

「えっ、不要になられたんですか？」

　森下が拍子抜けした顔をする。

「いや」

　首を振り、竜二は懐から、書類を取り出して、森下の前に置いた。

「不動産鑑定士に見積ってもらいましてね」

　書類は、きのう届いた不動産鑑定士からの報告書だった。

「いろいろ考えたんだが、監督する立場にある私が、社長の持ち物を借りたんでは、色眼鏡で見られかねない。これを見ると、あの辺りは、坪一千万から一千二百万、総敷地面積は百八十坪、上物の二階建を一億と評価して、総額で二十億前後となっている」

　なにを言いたいのだ、と言わんばかりに、森下が警戒の色を浮かべている。

「うちは、税務申告もきちんとしているし……」

　苦笑して、竜二は言葉を遮った。

「どうでしょう？　その評価額に裏金として一億上乗せしますよ。あの家を譲っていただけませんか。実売買価格と、裏金とで分割してもいい。むろん、評価額以下というのは困りますけどね。それこそ賄賂《わいろ》とカンぐられかねませんから」

　支払いは、キャッシュ、それも即金です、と竜二は言葉を足した。

「それは、また……。しかし、急に、そう言われましても……」

　森下の表情が微妙に揺れている。

「ですが、どうしてまた……？」

「えらく気に入ったんですよ、あの物件が。幸い、私には親の遺産があり、その放っといた遺産が、株という魔物のおかげで膨れ上がってしまった。大金ですが、今の私には痛くも痒《かゆ》くもない」

　竜一の門出のためには、どうということのない費用だ。実際、この目で物件を見てきたが、竜一と咲が住むにはふさわしい家のように見えた。もし竜一たちが気に入らないようなら誰かに貸しておけばいい。現在の地価の上昇率から考えれば、二、三年で元は取れるだろう。

　どうやら裏金の話が効いたようだ。森下のくち元は綻んでいる。

「弱りましたなあ……」

　それでも、森下は勿体《もったい》をつけた。

「そうですか。ならしかたがない」

時計を見て、退座するそぶりを示した。

「わかりました。矢端さんがそこまでおっしゃるなら、ご意向どおりにしましょう。しかし、驚きましたなあ。若くて、秀才で、二枚目で、しかも大金を右から左に自由にできる――。課長補佐のような御方が、この世にはおられるんですなあ」

用件が済めば、酒席でのお世辞など真っ平だった。

「では、受け渡しは、九月十五日ということでよろしいですか」

「裏金もそのときに？」

森下が下卑《げび》た顔で訊く。

「当然です。今、言ったように、キャッシュを用意しておきます。手続きのあれこれは、社長のほうで段取りを願えますか」

「承知しました」

「では、次の会合が控えていますので」

見送りに来ようとした森下を制して、竜二は料理屋を後にした。

料亭はすぐにわかった。名前を言うと、仲居が心得顔で案内してくれた。

廊下のガラス張りの窓越しに、水銀灯に照らされた竹林が浮かび上がって見える。

突き当たりの部屋の前に来ると、お客様がお見えです、と仲居が声をかける。

四十前後の、一見、銀行員をおもわせる男がひとりいた。立ち上がり、竜二に丁重に頭を下げる。

「突然の電話、失礼いたしました。久本でございます」

すこし驚いた。やくざ社会も、トップクラスになると、こういう人間もいるのか。

「矢端竜二です」

「曽根村は、きょうは同席いたしません。くれぐれもよろしく、とのことでした」

「そうですか。それで、ご紹介いただけるという方は？」

「三十分後に呼んであります。事前に、いろいろと私のほうからお教えしておくように、と曽根村から言われました」

久本に勧められ、上座に腰を下ろした。

あらかじめ言われていたのだろう、お茶の用意だけして、仲居はすぐに姿を消した。

「時間もありませんので、説明だけさせていただきます。紹介した後は、私も席を外させてもらいます」

うなずく竜二を見て、久本が話しはじめる。

「三年半ほど前に、前首相の堀内が脳梗塞で倒れたのはご承知のこととおもいますが、きょうお呼びしているのは、彼の秘書だった人物で、多田修《ただおさむ》という男です。多田は現在、長島宗《ながしまそう》一《いち》議員の秘書をしています。長島議員については？」

「むろん、名前は知っています」

前首相の堀内は、金権政治との批判を受けたが、金の力を背景に、与党民政党のなかで最大派閥を作り上げた。航空機疑獄で失脚した後もその勢力を保ちつづけたが、病で倒れると、事態は一変した。堀内派のなかには、将来の首相候補と呼び声の高い四人の大物議員がおり、永田町やマスコミは、彼ら四人を、堀内の四奉行と称していたほどだ。なかでも、堀内派を継ぐ筆頭と目され、堀内に献身的に仕えていたのが、竹口信一《たけぐちしんいち》だった。

竹口は、堀内が倒れた一年後に、突然堀内派を脱退し、派閥の大多数を取り込んで「信政《しんせい》会」なる新派閥を旗揚げした。世間は、竹口の謀反《むほん》と言って驚いたし、マスコミも連日のように、おもしろおかしく報道したものだった。

それを機に、堀内派は三つに袂《たもと》を分かつ。旧来の堀内派、信政会、そしていずれにも属さない議員たちだ。

長島宗一は、四奉行と称されたうちのひとりで、堀内派にも残らず、信政会にも合流せずに、己の道を選択した。堀内派にとどまっても将来はない、しかし竹口の軍門に降るというのもプライドが許さなかったからだろう。

「二階堂源平が最初にすり寄った政治家は、堀内でした。多額の金が堀内のもとに流れています。そのときのパイプ役を果たしていたのが、きょうご紹介する多田修です」

「なるほど」

「二階堂急便については、すでに粗方《あらかた》のことはお調べですね？」

「監督官庁ですから、いちおう、表面上のことについては。それと、マスコミから流れ出る、真偽の定かでない情報のいくつかも」

二階堂急便は、昭和三十年代初頭に、運送業者として正式の免許を取得している。二階堂源平は、それ以前から運送業を営んでいたが、これは無免許で、有限会社の類を設立しての活動にすぎなかったらしい。二階堂急便を立ち上げたのは、広島地方で区域免許を有していた運送会社を買収したことによる。以来二階堂源平は、全国ネット化の野望に燃えて、全国各地に散在する既存業者の買収、取り込み、業務提携へと突っ走る。美佐の父親の会社が餌《え》食《じき》となったのは、ちょうどそのころの出来事だ。

「では、『東京二階堂急便』については？」

「さほど詳しくはありませんが、社長の大西勇は、大分派手な人物らしいですね」

「そのとおり。なかなかの豪傑《ごうけつ》ですよ」

久本が初めて笑った。その笑みのなかに、竜二は、やはりふつうの世界にいる人間ではない臭いを感じ取った。

「二階堂急便がピラミッド構成で成り立っているのは知ってのとおりです。今現在、全国を十二ブロックに分け、ブロック毎に主管店を設置し、その下に二、三百の事業所を抱えています」

先を促すようにうなずきながら、竜二はたばこに火を点けた。

曽根村が秘書役に使うだけあって、久本は頭が切れる。曽根村の命を受けてから、すぐに調べ上げたにちがいない。

「全国にある主管店のなかで、二階堂源平に対抗し得る業者は、この大西だけでしょう。さきほど、二階堂源平が最初にすり寄った政治家は、堀内だと言いましたが、大西が今接触しているのは、『信政会』の竹口です」

意味はわかりますね、とでも言うように、久本が竜二の目をのぞき込む。

竹口が新派閥の「信政会」を旗揚げしたとき、病床の堀内は烈火の如く怒ったらしい。言葉もままならぬ堀内は、両目から血のような涙を流した、とマスコミは伝えている。

「二階堂と大西が対立しているというのは、どうやら本当のようですね」

「対立といったところで、いかんせん、力の差は歴然《れきぜん》としています。だから、大西には焦《あせ》りがあるのでしょう。どのような約束で、二階堂と提携したのかはわかりませんが、彼は彼で、なんといっても自分が育てた会社は可愛い。このままでは、自分の会社が、二階堂源平にそっくり持っていかれると危惧《きぐ》しているのではないでしょうか」

大筋は話し終えたというように、久本もたばこを取り出した。

「不躾《ぶしつけ》な質問ですが、長島議員と曽根村会長のご関係は？　差し障りがあるようでしたら、お答えいただかなくてもけっこうですが」

「いえ、曽根村からは、矢端さんの質問には、何事も隠すことなく話すよう、言われています。長島議員には、曽根村が多大な支援をしております。きょう秘書の多田が矢端さんとお会いすることも、どういう主旨で会うのかも、すべて議員は承知しております。ですから、多田も包み隠さず、知っていることはあらいざらい喋ってくれるとおもいますよ」

「そうですか。それはありがたい」

たばこを灰皿で消したとき、部屋の外から、お客様がお見えです、という仲居の声が聞こえた。

現れたのは、五十五、六の小柄な男だった。いくらか白髪の交じった頭髪をきちんと七三に分け、三つ揃《ぞろ》いのスーツを着ている。縁無し眼鏡の奥の目が、疑うことが仕事であるかのように、微妙に揺れ動く。

「お久しぶりです。きょうはわざわざお呼びだてして申し訳ありませんでした」

久本が多田に彼の横の座布団を勧めてから、竜二を紹介する。

「矢端竜二です」

竜二は軽く会釈のような挨拶を送った。

一瞬、男の顔に不機嫌な表情が浮かんだ。政治家に尊大な態度を見せられたことは何度かある。官僚は己の手足とでも考えているからだ。しかし一介の秘書までが、その虎の威を借る態度は解せない。

「多田さんのことは、粗方、説明しておきました。会長からは、矢端さんを、自分の実の息子のように紹介するよう、言われております」

多田の気持ちを和らげるかのように、久本が言葉を添えた。

「そうですか」

すぐに表情を戻して、多田が鷹揚《おうよう》にうなずく。

拍手を打って仲居を呼び、ビールを持ってくるよう、久本が言った。

「なるほど……」

竜二を見つめながら、多田がつぶやく。

「なにが、なるほどなんです？」

多田の視線を正面から受け止め、竜二はくち元に笑みを浮かべた。

「いや、ね……。きょうお会いする前に、矢端さんの評判を聞いてみたんですよ」

「それで？　ガッカリされましたか？」

笑みを絶やさず、多田の目をのぞき込むようにして竜二は訊いた。

「ご自身、微塵もそんなふうにはおもっておられんでしょうが」

多田が苦笑にも似た笑みを返した。

「切れ者、末は事務次官――、評判はすこぶるつきでよろしかった。しかし、その一方で、やっかみとも取れる意見も耳にしましたよ。無理もない。その若さと自信に容貌。これまで目にした官僚のイメージとは、大分異なる」

「どう解釈したらいいんでしょう？」

「華やかすぎる、と言ったらいいのかな」

「華やかなのは、嫌いじゃありませんよ」

声を出し、竜二は笑った。

「目立つのを嫌がる政治家は多いもんです。政治家と官僚は二人三脚のようなものですからね」

「耳に痛いご忠告として、拝聴しておきましょう」

ビールが運ばれた。グラスに注ごうとした仲居を追い払い、久本がビールを手にする。

「私の役目は、おふたりを引き合わせること、その一点でした。一杯いただいて、失礼させてもらいます」

久本が竜二と多田のグラスにビールを注いだ。

グラスを合わせ、ひと息にビールを飲み干すと、久本は部屋を出ていった。

「私の態度が癇《かん》に障られたようでしたら、これでご容赦願えませんか」

竜二はカバンのなかから用意してきたものを取り出した。ふたつの紙包み。一千万ずつ包んである。

「なんですか?」

多田が眉を寄せる。

「きょうご足労いただいたお礼です。ひとつは長島先生に、もうひとつは、多田さんに、です」

眼鏡の奥の多田の目が光る。

「そうですか。では遠慮なく」

多田は包みのなかのものをたしかめようとはしなかった。厚みで、見当をつけたようだ。

「羽振りがいいとも聞いてましたが、想像以上のようですね」

「官僚らしくありませんか？」

「一般的には、受け取る側ですよ。矢端さんの立場では」

「遺産が入りましてね。おまけに、昨今のバカげた相場で、それが相当に膨れ上がってしまった。金は必要なときに使う。それが私の主義です」

「なるほど、ねぇ」

くち癖なのだろう、多田は小さく顎を引きながら、もう一度、なるほど、と洩らした。その表情からは、さっきまでの尊大さは消えている。

「二階堂源平のことについて知りたい、とうかがいました。議員からは、訊ねられたことは包み隠さず話すよう、言われています。それで、なにを知りたいのですか？」

「多田さんが知っておられることのすべてです」

「すべて、と言われましても、私が知っていることなど、ほんの一部ですよ。質問していただいたほうがいい。知らないことは知らない、と申し上げる」

「そうですか。では、そうしましょう」

竜二は、多田のグラスにビールを注いでやった。

「多田さんは、以前、堀内さんの秘書をやっておられたそうですね」

多田がうなずく。

「二階堂源平は、今でも堀内さんと？」

ふっ、と嘲《あざけ》りのような声を洩らし、多田が首を振った。

「力を失った政治家に、いつまでも忠義だてするような人間はいませんよ。まして、二階堂のような田舎者は尚更《なおさら》のことです」

多田は二階堂源平に対してあまり良い感情を抱いていないようだ。これなら話が早い。

「あの男のことを知って、どうしようというんです？」

「目的については、お知りにならないほうがよろしいでしょう。はっきり言えるのは、『二階堂急便』は好きではないということです」

あっさりと竜二は言った。

「なるほど」

多田のくち元が綻ぶ。

「そもそも、いったいどんな経緯から、源平は堀内さんと繋がりを持つようになったのですか？」

「脱税ですよ、脱税」

吐き捨てるように、多田が言った。

「十年ほど前に、二階堂急便に国税庁の査察が入ったのは知っておられるでしょう？」

「ええ。追徴金を五億近く取られてますね」

その件についてはすでに調べてある。監督官庁だけに、局内にはそのときの資料が保管されていた。

「あの事件以来、源平は政治家とのコネクションが不可欠だと考えたんでしょう。それも、実力者との、ね」

堀内との仲立ちをしたのは、源平と同じ広島で、堀内派に属していた平井《ひらい》義三《よしぞう》という議員だった。

「それに、運送業というのは許認可事業だから、どうしても政治家とのパイプが欲しい」

「さして大きくもなかった会社だったから、源平にとっては、なおのことだったんでしょうね」

「初めて源平が堀内に会ったとき、私も同席しましたが、お土産は、一本でしたよ」

一本――。一億だろう。ビールをくちにしながら、竜二は多田の次の言葉を待った。

「ケチな源平が、堀内には金を使った。そのおかげで、路線拡張の折にはいろいろと便宜《べんぎ》をはかってもらえた。『二階堂急便』は、皮肉なことに、国税庁が入ったことを契機に大きくなったとも言える」

うなずきながら、竜二は手を打った。

顔を出した仲居に、料理と酒を出すよう、告げる。

「『二階堂急便』の組織形態については、むろんご存じですよね」

「それが仕事ですから」

竜二は笑った。

「カラクリについても？」

のぞき込むような目で、多田が訊いた。

「省内にあるのは、表向きの資料だけです。そのあたりの情報を、ぜひ多田さんにうかがいたいとおもってます」

多田がたばこを取り出した。ポールモールだった。銀のダンヒルのライターで、気障《きざ》な手つきで火を点ける。

勿体ぶった態度は、きょうの土産に不服でもあると言うのだろうか。

「さっきも言いましたように、私は金は必要なときには惜しまない。話の内容しだいでは、更に献金させてもらいますよ」

長島や多田に金を与えるのではない。二階堂源平をたたき潰すための必要経費だ。

「そうですか。長島も喜ぶとおもいますよ」

満足そうに、多田が微笑んだ。

仲居が料理と酒を運んできた。テーブルに並べ終えると、すぐに襖を閉める。

「私はスコッチ党でしてね」

「どうぞ、遠慮なく。私もそれにしましょう」

伸ばしかけた竜二の手を制し、多田が水割りを作ってくれた。

料理に箸をつけ、水割りを飲みながら、多田が言った。

「『協立《きょうりつ》商事』という会社を耳にしたことはありますか？」

「初耳ですね。なにをする会社です？」

「二階堂源平の集金マシーンのような役割を担っている会社ですよ」

「ほう」

「人間の世界でも、便利だったやつが、あるときから足手まとい――いや、ガンになることだってあるでしょう」

「その『協立商事』とやらが、そうなる可能性があるということですか？」

「先のことは、誰だってわかりはしません。しかし、その惧れがあると私はおもっている」

多田の声は、ある種の確信をはらんでいた。

「『二階堂急便』は、ご承知のように、ピラミッド構成で成立している。頂点にあるのは、広島の『二階堂急便本社』で、その本社株は源平と彼の息のかかった一族とで独占している。

しかし、会社をどんなに独占しようと、運送業を営む以上は、監督官庁の指導を仰《あお》がねばならない。そこで源平が考え出したのが、運送業とは縁もゆかりもない会社だった。登記上、運送業が定款《ていかん》に入っていなければ、省庁の介入を受けることもない。福利厚生、コンサルタント……、要はなんでもいい」

「それが『協立商事』というわけですか？」

「十二の主管店の下に、三百とも言われる事業所のある『二階堂急便』だが、その実態は、つぎはぎだらけで繋がった全国ネットの運送業者ですよ」

わかるか、とでも言うように、多田が竜二を見つめる。

源平は、各地区に散在する中小の運送業者と提携、もしくは傘下に組み込むことで、全国津々浦々にまで行き届く運送システムを作り上げた。各地の業者も、源平の二階堂急便と組むことで、業績を伸ばせるというメリットがあったからだ。

「提携、傘下に入った業者は、二階堂急便本社にマージンを払う……」

「表向きのそんなマージンなど知れている。それに、法人、それも監督官庁の目の光っているところの金はさほど自由にはならない」

「なるほど。『協立商事』に金が吸い上げられているわけですか」

多田がうなずいた。

「今はどうかは知らないが、私が聞いたところでは、毎月、全国の主管店、事業所が『協立商事』に上納する金は、総売上げの三パーセントだった」

「三パーセント、ですか。相当な金額になりそうですね」

「初めて源平に会ったとき、彼は毎月一億近い、と言ってた。話が本当なら、今ではその何倍かにはなっているでしょうな」

忌々しそうな表情で言い、多田がウイスキーをくちにした。

「国税庁の査察を受けたとき、そっちのほうにはメスが入らなかったんですか？」

「なんのために源平が堀内に接触してきたとおもうんです？　首相を退陣したとはいえ、依然として堀内は、揺るぎのない実力者でしたからね」

元来が酒好きなのだろう。多田のウイスキーを飲むピッチが速くなっている。

源平のアキレス腱のひとつを摑んだような気がした。

政治家にバラまく金、タニマチとして大盤振舞いする金、裏の筋に投げる金——。それらはすべて、「協立商事」から捻出《ねんしゅつ》しているにちがいない。

「主管店のなかには、不服におもってる人間もいるでしょう？」

「源平に逆らえるもんですか。皆、骨抜きにされてますよ。まあ、今、やつに歯向かえるやつは、ひとりしかおらんでしょうな」

「『東京二階堂急便』の大西勇、ですか」

「さすがだね」

多田がにやりと笑った。

しだいに地が出て、言葉遣いもぞんざいになっている。内心、竜二は苦笑した。

「源平と大西との関係は今、どうなんです？」

「微妙だろうな……」

小首を傾げながら、多田がウイスキーを注ぎ足す。

「初めて源平に会ったとき、大西も同席していた。そのときは蜜月《みつげつ》だったんだろう。源平は、堀内との接触を、大西に任せようとしたぐらいだからな」

「その後は、うまくいかなくなった……？」

「大西がどんな約束事で、源平の傘下に入ったのかは知らん。人間というのは欲深いからな。『二階堂急便』が大きくなるにしたがって、『協立商事』に入る裏金も巨額になる。その金を、源平が好き放題に使ってるんだから、大西がおもしろいわけがない。なんせ、『東京二階堂急便』は、主管店とはいえ、大動脈の東京を押さえる運送会社で、しかもグループのなかでは、半独立国と言ってもいいほどの実力を備えた会社だ」

「大西は今、しきりに『信政会』の竹口に接触しているようですね」

　グラスをテーブルに置き、多田がチラリと竜二を見る。

「源平の本拠地は広島だ。東京にいる大西にとっては永田町は庭先みたいなもんだからね」

「源平の意向で大西が、竹口に接触しているとはおもえないんですが、ね」

「じゃ、どうおもうんだね？」

　多田は自分を試している。竜二はそうおもった。

　たばこに火を点け、一服してから、竜二は言った。

「源平にとって、大西は目の上のタンコブのような存在でしょう。しかし今の制度では、大西に背を向けられては困る。『東京二階堂急便』がグループから離脱するようなことにでもなれば、東西の運送流通網が遮断されてしまうことになる。でも、物流二法が制定されたら、どうなるか……」

　多田の顔色をうかがった。なに食わぬ表情で、多田はグラスを傾けている。

「私はね……」

　灰皿にたばこの灰を払いながら、竜二は言った。

「物流二法――許認可事業から登録事業への転換となるこの法律制定の裏では、巨額の金が政治家の懐に流れていると想像している。この物流二法は、二階堂源平にとっては、願ってもない法律でしょう。大西も馬鹿ではない。たぶん焦りもあるはずだ。ちがいますか？」

「金もある。頭も切れる。とんでもない人物が運輸省に入ったものだ。会長が、自分の息子のように可愛がるのも当然だな」

首を振りながら、多田が薄笑いを浮かべた。

「お察しのとおりですよ。『信政会』には、二階堂源平から、十億近い金が流れたと聞いている。物流二法が施行されるときがきたら、源平は大西を切る腹づもりなんじゃないかな。大西は大西で、それまでのあいだに、自分の身の処し方を決めておかなければならない。これからは、竹口の時代だ。だから、源平も大西も、竹口にすり寄っているというのが本当のところだろう」

「源平とはちがって、大西にはさほど金はないでしょう？」

「豪放磊落《ごうほうらいらく》な男と、マスコミには書かれているが、裏を返せば、大西はどんぶり勘定の男だよ。相当に危なっかしいことをやっているると耳にしているよ」

「危なっかしいとは？」

「事実かどうかは知らん」

多田は言い淀んだ。唇をなめ、話をそらすかのように、竜二の視線から逃れた。

「多田さんから聞いたとも言いませんし、迷惑をおかけするようなこともない。話してもらえませんか。多田さんは包み隠さず、なんでも話してくれると長島先生はおっしゃってたそうですよ」

　暗に曽根村の匂いを出した。

　多田がわざとらしいしぐさで、縁無し眼鏡を外した。

「弱ったな……」

　多田の顔には、よけいなことを喋ったという後悔の色が浮かんでいる。

「他言は無用ですよ」

　眼鏡をかけ直し、多田が念を押す。

「信用ないんですね、私も」

　皮肉を込めて、竜二は笑った。

「いろいろなところに、手形が出回っているようですな」

「融手《ゆうて》ですか」

　多田がうなずく。

「なんだかんだと言ったところで、大西の後ろには、二階堂源平がいる。いざとなったら大西は、源平と刺しちがえてもいい、との覚悟があるんでしょう」

「どのくらいの額が出回ってるんですか？」

「そこまでは知らない。しかし、融通手形《ゆうずうてがた》を乱発しているようでは、先は見えている。そればかりか、調達した手形の裏書きまでして金を工面しているようだ」

「大西個人の裏書きですか？」

「やつに、そんな信用はありませんよ。『東京二階堂急便』――会社の裏書きです。私が知っているのは、これで全部ですね」

話を打ち切るように、多田が言った。

十分だった。隠し子のまゆみのことも訊いてみるつもりだったが、今の多田の顔では機嫌を損ねるだけのような気がした。これからも使える場面があるだろう。

「いや、きょうは貴重なお話を――、ありがとうございました」

竜二は丁寧に頭を下げた。

料理の大半が手つかずのまま残されている。勧めたが、多田は首を振って腰を上げようとした。

「車を呼びましょう」

「表で拾いますよ。それよりも、先生の活動費のほうをよろしくお願いします。先生も喜ばれるとおもいます」

多田の顔に、打って変わったような愛想笑いが浮かんでいる。

「承知しました。私はひとり身なものですから、ここで食事をして帰るとします。先生には、よろしくお伝えください」

玄関まで送る気はなかった。部屋の外で、多田に一礼し、ふたたび座り直した。「協立商事」に大西勇。源平はふたつのアキレス腱を抱えている。竜一が聞いたら喜ぶことだろう。

作戦は竜一に任せればいい。妙案をすぐにおもいつくにちがいない。多田から聞いた話を反芻《はんすう》しながら、竜二はグラスのウイスキーを舌先で味わった。

9

電話の音で起こされた。時計を見ると、まだ八時だ。休日の土曜日のこの時間にかけてくるのは、まゆみしかいない。

無視した。電話のコール音がしつこい。それはそのまま今のまゆみの心模様を表しているとも言える。

竜一に命じられてまゆみとつき合いはじめたのは、彼女が大学四年のときだった。早いもので、すでに四年以上も経つ。

就職の意思などまるでなかったまゆみは、大学卒業を間近に控えたある日、竜二に結婚をせがんだ。

　まゆみを意のままにできる自信はあった。当分はそのつもりがない、と伝えると、卒業したまゆみは、知人がやっているという代官山のブティックを手伝いはじめ、そして一年半前に、経営難に陥ったその店を買い取ってオーナーに収まった。資金は、むろん源平が出している。だが、彼女に経営の才覚などあるはずもない。赤字つづきよ、と笑っているが、要は世間体さえ保てればいいのだ。

　つき合いはじめてすぐに、まゆみは自分が二階堂急便の会長、二階堂源平の娘であることを竜二に打ち明けた。運輸官僚であることを口実に、竜二は、父の源平には絶対に喋ってはならないと口止めした。

　すでにまゆみも二十六。昨年ぐらいから、源平が結婚のことをくちにするようになったらしい。以来、おとなしくしていたまゆみが、しつこくなった。源平には竜二の名前や身分は明かさなかったものの、好きな男性がいる、と答えたらしい。

　竜一はまゆみをどうする気なのだろう。一緒になれ、と言われれば従うつもりだ。結婚など、しょせん形だけのものだ。

　土、日の休日は昼まで寝だめすることに決めている。しかしまゆみの電話で、眠気が奪われてしまった。

コーヒーを淹《い》れ、新聞に目を通す。

五日前の十五日、元麻布の家を森下から買い取った。すべての受け入れ態勢が整ったのに、竜一からは未だになんの連絡もない。万事にぬかりのない竜一のことだ。ケイマン諸島に興すという会社の計画で、時間を食っているのかもしれない。

昼すぎに、アルファロメオを駆って、狸穴《まみあな》のスポーツジムに行った。会員制のこのジムは、正体不明のボンクラと、まゆみと同種の女たちの溜まり場だ。休日には、二十五メートルプールを二十往復することを心掛けている。

女たちの視線が鬱陶《うっとう》しい。泳ぎ終えたところで、早々に引き上げた。

途中、六本木の交叉点近くの花屋に寄り、供え用と、活け花用の花束、ふたつを買った。今夜は美佐の部屋で夕食をご馳走になる。九月二十日のきょうは、美佐の両親の命日だった。美佐が東京に出てきて以来、この日は必ず彼女の部屋で一緒に食事をするのが暗黙の決まりとなっている。

まだ午後の三時すぎと早かったが、駐車場にアルファロメオを置いて、美佐のマンションにむかって歩いた。竜二の住むマンションからは、四、五百メートルほどしか距離がない。

歩きながらも胸が弾む。美佐と会う前はいつもそうだ。

美佐には毎日でも会いたい。しかしその気持ちは抑えている。月に二、三度、それもようすを見に来たという口実で、部屋を訪ねはするものの、わずか三十分ほどで引き上げる。同じ部屋のなかで同じ空気を吸っているという陶酔感と不安とが交錯し、自分が自分でなくなるような気に襲われるからだ。

静かな南青山の一画。美佐の住む白塗りのマンションが見えてきた。五階建、ワンフロアに四世帯という瀟洒《しょうしゃ》な造りだ。

竜二の住む近くで部屋を借りたい、と美佐が言ったとき、うれしさとは別に、竜一の反対も予想した。竜一が、美佐の持つふしぎな能力に半信半疑でいる反面、惧れていることも知っている。竜一の唯一の弱点は、もしかしたら美佐なのかもしれない。

美佐の部屋は竜二が探してやった。この界隈のマンションには珍しく、敷地の一角には小さな庭が作られている。それがいかにも美佐にふさわしくおもえたからだ。

管理人が花好きなのだろう、二階の美佐の部屋の窓から見下ろすと、小さな庭には季節季節のきれいな花が咲く。美佐には見えるはずもないのだが、彼女は咲いている花の色までピタリと言い当ててしまう。

インターフォンを押すと、平田良子の声が返ってきた。美佐から部屋の鍵を持たされているが、まだ一度も使ったことはなかった。

オートロックのドアが開く。エレベーターは使わずに、階段を上がった。

部屋のドアは開いていて、笑顔の良子が立っていた。

「いつまでも他人行儀なんですね。たまには勝手に入ってこられたらどうですか。そのほうが美佐ちゃんも喜ぶとおもいますけど」

「女性ふたりの部屋に、そういうわけにはいかない」

サラリとかわし、部屋の奥に目をやった。

窓際で、籐《とう》の椅子に腰を下ろしている美佐がこちらに顔をむけている。日の光を受けた白い歯がまぶしかった。

「ほら、先生。当たったでしょう」

美佐が弾んだ声で、言う。

「なにが当たったんです？」

上着を脱ぎながら、良子に訊いた。

「竜二さんが来られるのは夕方ですよ、と言ったのですが、美佐ちゃんは、絶対に三時ごろだ、と言い張って」

良子が笑った。

「元気そうでよかった」

立ち上がろうとした美佐の肩を押さえた。

「もっと当てられるわよ」

美佐が鼻をうごめかし、得意げな顔をした。

胸が熱くなった。いとおしさで抱き締めたくなる。

「にあんちゃんが左手に持っているのは、菊のお花。右手のほうは、かすみ草と……、なんだろう……」

美佐が首をひねる。

「じつは、おれも知らない。花屋さんに適当にみつくろってもらったんだ。輸入物の洋花らしいよ」

「ありがとう」

肩に置いた竜二の手に、美佐がてのひらを重ねた。

「焼香をさせてもらうよ」

美佐の手を外し、竜二は隣の部屋に足をむけた。

2LDK。大きめのベッドルームには、美佐と良子のシングルベッドが並べられ、仏壇は、隅に置いてある。

仏壇には菊の花と一緒に、両親の大好物だった餅が供えられていた。

花瓶に持ってきた菊の束をさし、線香に火を点けて手を合わせた。

美佐は、両親が死んだのは未だに事故だったとおもっている。奇跡的に一命を取りとめて、身体が快方にむかったとき、警察の事情聴取に対して、助手席の母親の腕のなかで眠っていた、と美佐は答えている。

警察が覚悟の自殺と断定したのは、崖に突っ込んだ道路にブレーキのタイヤ痕がなかった点と、父親がその数時間前に、世話になった知人に対して、いろいろとお世話になりました、との電話を入れていたことによる。

車は炎上したのに、美佐だけが車外に放り出されていたのは、この娘だけは死なせてはならないとの、母親のとっさの判断だったのではないだろうか。

自殺だろうと、事故死だろうと、両親は亡くなった。美佐から真相を訊ねられないかぎり、警察もあえてよけいなことまで教えようとはしなかった。

竜二は、美佐一家のこの訃報を耳にしたとき、すぐに、事故死に疑問を抱いた。運送業をやっていただけに、父親の運転は上手だったし、決して無謀運転などしなかったからだ。竜一も同じ考えだった。

美佐が入院中、竜一と一緒に警察に顔を出して事の真相を知ったが、竜一とくち裏合わせをして、絶対に美佐には教えないことを誓い合った。

自殺の原因について調べたのは、竜一だった。そしてこの裏の事実についても、一切美佐には明かさないことにしたのだ。

　無念は、私と竜一が晴らしてあげますよ――。仏壇の両親の遺影を見つめながら、竜二は胸のなかでつぶやいた。

「そろそろ、もっと広い家に越したらどうかな」

　リビングに戻り、竜二は美佐に言った。

「またその話。私はここが気に入ってるの」

「しかし、美佐の仕事部屋も必要だし、先生だって気を遣う」

「そうなの？　先生」

　美佐が良子にむけて、首を傾げる。

「私は今のままで十分よ。でも、仕事に集中するためなら、私が別のどこかにお部屋を借りてもいいいわ」

「駄目よ、絶対に。にあんちゃん、変なこと言わないで」

　良子が竜二に苦笑を見せる。

「美佐は、庭が気に入ってるんだろう？　なんだったら、庭付きの一戸建を買ってあげてもいい。今だったら、そうしてやれるお金の余裕もある」

「じゃ、一緒に住んで。それなら、私も考える」

「またそれか」

広い部屋に移れ、と言うと、決まって美佐はそう反駁《はんぱく》する。

「口火を切ったのは、にあんちゃんのほうよ」

「わかった。相変わらず強情だな、おまえは」

それが美佐の本心であることはわかっている。そう言われることもうれしい。だが、いつの日にかと願う自分の気持ちを美佐に伝えたことはない。

「原稿用紙を使うようになったのか？」

リビングの窓際近くに、美佐の机がある。その上にある原稿用紙には、いくらか行の乱れた文字が並んでいた。

「練習してるの。先生に迷惑ばかりかけられないし、それに、字で書いているのと、ただくちで話すのとでは、なにかが微妙にちがうのよ」

「なるほど。しっかりとした、いい字だよ。練習すれば、きっと、もっと上手になるよ」

これまでに本になった美佐の童話は、美佐がくちずさむか、テープに録音したものを良子が代書している。

童話を書くだけなら、失明した小学二年生までに覚えたひらがなや漢字で用は足りる。しかし新しい知識や世界を得るためには、点字の書物や耳から入ってくる情報に頼るしかない。

原稿用紙の文字を見つめる竜二の胸に、二階堂源平に対するあらたな怒りが込み上げてきた。

「新しい本は、いつ出るんだい？」

文字を指先でなぞりながら、訊いた。

「十一月の下旬だって」

うれしそうに、美佐が答える。

「五冊目か。すっかり、売れっ子だな」

「売れっ子、だなんて。たくさんの子供たちが読んでくれれば、それでいいの。時々、おもうの。もし、私がふつうの人のように、目が不自由でなかったなら、童話を書いてみようなんて気は起こらなかったんじゃないか、って。神様は、人間を平等に作ってるんだわ」

「平等か……。おれはそうはおもわないね」

なにか言おうとしたが、美佐はくちを閉じた。

美佐の胸のうちはわかっている。いつか言ったことがあるのだ。にあんちゃんには両親がいないけど、その代わりに、優秀な頭脳を授かったじゃない――。

両親や家族に恵まれてはいても、ただ凡庸なだけの男。その種の人間は周囲に腐るほどいる。そんな人間になるぐらいだったら、死んだほうがマシだ。

「夕食にはまだ早いし、お茶でも飲んでてください。腕によりをかけるつもりでしたけど、買い忘れたものがあるので、ちょっと出掛けてきます」

テーブルに紅茶を用意しながら、良子が言った。

口実であるのはわかっている。良子は、美佐とふたりだけの時間を与えようとしているのだ。東京に出てきて、美佐の竜二に対する態度を目にしてから、なにかを感じ取っているのだ。

良子が出ていった。

「ねえ、にあんちゃん……」

待っていたかのように、美佐がつぶやく。

「本当に、いちあんちゃんは、火事で死んだの？」

「いいかげんにしないか、美佐。何度言ったらわかるんだ。竜一はもうこの世にいない。たったひとりの兄弟だったこのおれが、この目でたしかめたんだ。美佐がそう言うたびに、おれの胸は痛む」

紅茶をくちにした。甘い香りが、苦いそれと入り交じる。

「ごめんなさい。でも、このあいだ会った人のことが、どうしても頭から離れないの」

「先生も言ってただろう？　おれとは似ても似つかない人だったって」

「顔かたちなんて、いくらでも変えられるわ。でも、人が生まれながらに持っている匂いは消せないわ。なぜなら、心があるからよ。その人の匂いや雰囲気というのは、心が作り出すものだから」

「世のなかには、自分に似た人間が必ずひとりはいる、というじゃないか」

「それは外見上のことよ」

「もういい。これ以上、その話をするようだったら、帰るぞ」

語気強く言った。美佐のくちを封じるにはしかたなかった。

美佐が黙り込む。竜一は、紅茶のカップを手にした美佐の目から、ひと筋涙が伝った。

「なあ、美佐。竜一は、十八歳の夏に、短い生涯を閉じたんだ。そっとしておいてやれ。おれと美佐の胸の奥底には、いつだって竜一がいるんだ。おれたちの胸のなかに竜一がいるかぎり、竜一は安らかになれる」

美佐が小さくうなずいた。

「たばこ、吸いたいんでしょ？　吸ってもいいわよ」

見透かしたように美佐が言う。

無言で竜二は、たばこに火を点けた。灰皿代わりになるようなものを目で探す竜二に、紅茶の受け皿を使って、と美佐がつぶやく。

窓の外を見つめた。隣は広い邸宅になっていて、庭の木々には秋を感じさせる陽光が降り注いでいる。

「なにを考えてるの？　にあんちゃん」

「静かだな、と……。こんなふうに、美佐とすごせるのが夢のようだ」

「そうじゃないの。にあんちゃんはなにをしようとしているの、って訊いているの」

見えない美佐の目は、まるで竜二の心をのぞくようだった。

「どういう意味だい？」

狼狽《ろうばい》を隠すように、たばこを吸った。

「にあんちゃん、今のお仕事、好きじゃないでしょ？」

「好きじゃない仕事をやるもんか」

「嘘よ。私にはわかる。にあんちゃんほどの人なら、なんだってできる。それなのに、好きでもない仕事をしている。一度、訊いてみたい、とおもってたの」

「嘘なもんか。おれは今の仕事が好きさ」

竜二は、美佐から目をそらした。

「もうひとつの、嘘も知ってるわ」

「もうひとつ？」

「そうよ。もうひとつ……。きょうは、お父さんとお母さんの命日だから、本当のことを言うわ。私、知ってるの」

「なにを知ってるというんだ？」

美佐が唇を嚙み締めている。そして、言った。

「あれは事故だったと教えてくれた。でも、事故なんかじゃなかった。お父さんとお母さんは、自らの手で命を絶ったのよ」

おもわず美佐の顔を見つめた。

「私も嘘をついた。警察の人に、ね。お母さんに抱かれて眠っていた、というのは嘘よ。抱かれていたのは本当だけど、眠ってなんかいなかった。突然、お父さんがものすごいスピードで、車を崖にむかって走らせた。美佐、ごめんね、と叫びながら……。今でもはっきりと覚えているわ。目の前に、真っ黒な空が広がった。でも私、全然怖くなんてなかった。鳥になったんだ、とおもった。真っ暗だったけど、景色が目に映っていた。まるで、スローモーションのようだった。美佐は駄目よ、というお母さんの声と一緒に、私は宙に舞ったの。そして、気がついたときは、病院のベッドの上にいた……」

白い美佐の顔は、血管が浮き出るほどに、蒼白になっていた。

「そうか……、知ってたのか。なぜ、今まで……？」

「私が黙っていれば、誰も傷つかないとおもったからよ。お母さんは私の命を救おうとし、そして神様は、お母さんの気持ちを汲んでくれた。私が生きているのは、きっとなにかの理由がある、とおもったの」

「あんな小さいときに、そんなことをおもったのか……」

「それからよ。いろいろなことが浮かぶようになったのは。真っ暗な頭のなかに、突然浮かんで見えるの。火事や地震や、人の顔や、それこそいろいろなものや出来事が……。でも、時々、それが辛くなる。なぜ童話を書くようになったのか、わかる？　童話を書いていると、そうしたことが頭のなかに浮かばなくなるの。私が私でいられるの」

竜二は、テーブルの上の美佐の手にそっと自分の手を重ねた。美佐の手は、まるで命がないかのように、冷たかった。

「辛かったろう」

「辛いのは私だけじゃない。にあんちゃんもよ。そして、いちあんちゃんも。にあんちゃんといちあんちゃんが、私のお父さんやお母さんのことを、実の両親のように慕ってくれているのを知っていたから」

竜二は立ち上がり、座っている美佐の頭を両腕で抱き締めた。手とはちがい、黒髪を通して伝わってくるその感触は、火のように熱かった。

「にあんちゃんが苦しんでいるのを、私は知っている。不安が伝わってくるの。私は、にあんちゃんを救いたい、そうおもっている」

「心配しなくていい。おれには不安なんてないし、苦しんでもいない。美佐は、自分のことだけを考えていればいいんだ」

美佐はなにも言わなかった。しばらくそのままじっとしていた。

「なぜ、お父さんやお母さんが、自ら死を選んだのか、その理由も知っているのか？」

腕のなかで、美佐は小さく首を振った。

「仕事がうまくいかなくなったからでしょう？　時々、お父さんがお母さんに言ってるのを聞いたことがあったわ。他に、なにか理由でもあるの？」

迷ったのは一瞬だった。美佐によけいな心配や考え事をさせてはならない。

「お父さんは、仕事がすべてだった。おもい詰めたのだとおもう」

源平におもい知らせてやる。竜二の胸に、かつてないほどの闘志が湧いてきた。

「なにを怒っているの？　にあんちゃんの血が、とても勢いよく流れている」

美佐が、耳を竜二の身体に押しつけて、言った。

「怒ってるんじゃない。美佐はおれが守る。改めて、そう誓ってるんだ」

ドアの開く音がした。竜二は美佐を抱く腕を解き、ソファに腰を下ろした。

「お待ちどおさま。そろそろ食事の準備にかかりましょう」

竜二に笑みをむけ、良子がキッチンに立つ。

竜一は、美佐と良子が同居することにすら、良い顔をしなかった。だが竜二は、良子に対する感謝の気持ちでいっぱいだった。もし良子が来てくれなかったら、美佐に今のような平穏な日々は訪れなかっただろう。

食事の用意ができるまでのあいだ、次に書くつもりでいるという童話のストーリーを美佐が話してくれた。

人間の心を持つ動物たちが、宇宙船に乗って別の惑星の動物たちに会いに行く、という物語だった。

時折まばたきしながら語る美佐の顔は、さっき涙を流した顔とは別人のように光り輝いている。

聞いているうちに、しだいに竜二の頭のなかから、竜一のことも、二階堂急便のことも、曽根村と交わした会話のことも、すべてが色を失ったように消えていった。

良子の料理の腕は一級品だった。外食に辟易としている竜二の舌に、家庭料理の味は格別だった。

「先日、仕事の関係で、伊豆に行ってきたんです。東京とちがって、星がとてもきれいだった。今度の美佐の童話の話を聞いていたら、また見たくなってしまった。考えてみれば、平田さんには、迷惑のかけっ放しで、なにひとつとしてご恩返しのようなこともしていない。どうでしょう？　三人で、今月末にでも伊豆に行ってみませんか。仕事も一段落しますし、金曜日の夜に発って、日曜日に帰ってくれば、なんの問題もない」

当惑顔の良子を尻目に、美佐が白い歯を見せる。

「約束よ、にあんちゃん。裏切ったら承知しないから」

「わかった。お父さんとお母さんにも約束して帰るよ」

うなずく竜二の脳裏には、箱根で見たあの美しい天の川が浮かんでいた。

10

竜一と咲のふたりが帰ってきたのは、九月も末の、美佐たちと伊豆に行く前日だった。

竜一からの電話を受けたのは、ふたりがホテルオークラにチェックインし終えた夕刻だった。

課内の全員が残っていたが、私用ができたと言って、竜二は早々に席を立った。

部屋に戻り、元麻布の家の鍵を手にして、アルファロメオを飛ばした。

竜一の部屋は、別館のスイートルームだった。

顔を見るなり驚いた。竜一も咲も、日焼けして黒々としていた。

「いい新婚旅行だったようだね」

麻のジャケット姿の竜一は、また一段と精悍《せいかん》な顔つきになっている。二の腕まで露出した咲は、和服姿のときとは打って変わって、女豹のような印象を受ける。

「そんな気分は数日だけさ。ビジネスだよ、ビジネス」

たしかな手応えを摑んだのだろう。竜一の表情は自信に満ちている。

「日常会話の英語には困らんが、専門知識となるとそうもいかない。咲と一緒でよかった。改めて見直したよ」

「それを言うなら、惚れ直した、だろう」

咲が三つのグラスに、ブランデーを注ぐ。

「きょうからはじまるおれたちの日々に」

竜一がグラスを突き出す。触れ合わせた三つのグラスから、澄んだ音が響く。

一気に飲み干し、竜二は鍵を取り出した。

「これは、ふたりへのプレゼントだ」

タクシー会社の社長から、家を購入したことを教えた。

「ヒュー」

竜一がおどけた顔で、口笛を吹く。

「即金で、裏金つき。目を丸くしてやがった」

「省内で噂になるんじゃない？」

心配顔で咲が言う。

「やっこさんが喋らなけりゃ、わからないですよ。よしんば知られたところで、どうということもない。やっかみとへりくだりは背中合わせです。どうです？　これから新居に行ってみませんか？」

「いや、時間はたっぷりとある。きょうはここでのんびりするさ。あしたの夜、新居で、改めて乾盃しようじゃないか」

ソファに腰を下ろし、竜一が言った。

「あしたは駄目なんだ」

美佐を連れて伊豆に行く、と言ったときの竜一の反応は手に取るようにわかる。若干気が重くなった。

「仕事か？」

「いや……」

首を振り、ブランデーを注いだ。

「美佐たちと、伊豆に行く。約束してしまってるんだ」

竜一がチラリと咲に目をやる。その表情から、竜一が美佐と自分のことについて詳しく話しているのがわかる。

「深入りするのは、好ましくないな」

「そんなんじゃない。日曜日には帰ってくる」

不満げな声音になった。竜一に見せた初めての感情だった。

「私は良いとおもうわ。だって、平田さんという女性、ずっと美佐さんのお世話をしてくださってるんでしょう。妙に距離を置くのは、かえって不自然よ」

咲の笑みに、竜一は押し黙った。

美佐は両親の死が自殺だったことを知っている、と言おうとしたが、口を噤《つぐ》んだ。これ以上美佐の話題には触れたくなかった。

「それはそうと、いろいろとわかったことがある」

曽根村のお膳立てで、多田に会った話を聞かせた。

不機嫌だった竜一の表情が途端に生き生きしてきた。

「なるほど……。使えるな、そのネタは。どうおもう？　咲」

ちょっと違和感を覚えた。これまでの竜一は、すべて自分の考えるままにやってきた。竜二にすら、意見を求めたことがない。

「動脈を切られたら、生死の境を彷徨《さまよ》う。でも、『協立商事』のほうは、静脈ね」

咲があっさりと言う。

「狙《ねら》いは、大西か……」

「だとおもう。でも、焦る必要はないわ。時間は十分にあるんだし。それに、なんといったって、こんなことを考えている人間が存在することさえ、彼は知らないのよ」

瞬間竜二は、悪寒にとらわれた。咲は、美佐とは対極にいる女性だとおもった。心の底が見えない。底無し沼のような心を持っているのではないか。

「父に頼んで、大西の資金状態を調べてもらいましょう。話はそれからでいいとおもう」

打ち切るように言うと、咲が立ち上がった。

「あしたが駄目なら、これから元麻布の住居に行きましょう。お願いできます？」

咲が竜二に笑みをむけた。

「わかりました」

竜一が諦めたように腰を上げて、言った。

「おれたちの話は、おまえが伊豆から帰ってきてから話すとしよう」

部屋を出た。

エレベーターには誰もいなかった。ドアが閉まり、改めて三人だけになったとき、竜二はかつて覚えたことのないような息苦しさに襲われた。

11

厚木インターの標識が見えた。

夕刻の六時を回ったばかり。九月も終わりとなると、日の落ちるのは早い。すぎゆく景色は薄暮に包まれている。

この前竜一と来たときは、小田原厚木道路を使って熱海に出た。早くは着くが、あの道路は、山間や畑のなかを走るだけで、味気がない。

「波の音を聞きたいか?」

竜二は後部座席の美佐に訊いた。

「海岸に出られるの?」

美佐の声は弾んでいた。

「ふたつ、道があるんだ。温泉に早く浸かりたければ、山間の道。時間がかかってもいいのなら、海岸沿いの道。美佐の好きなほうにするよ」

厚木インターを下りて、そのまま南に直進すれば、湘南《しょうなん》海岸に出る。

美佐の答えはわかっている。ハンドルを切った。まだ美佐の目が見えていたころ、竜一と三人で洞海湾《どうかいわん》のほとりによく行ったものだ。

「波の音が聞けるなんて、何年ぶりかしら。にあんちゃん、あのときのこと、覚えてる？」

「溺れそうになったことか？」

「そうよ。あのとき、もし、いちあんちゃんがいなかったら、にあんちゃんとこうして旅行することなんてできなかった」

小学六年生のときだった。夕暮れどきに、美佐と竜一と三人で、洞海湾の夕陽を見に行った。防波堤を走る竜二は、足を踏み外して、湾内に落ちた。泳ぎにはそこそこ自信があったが、前夜、養父母から激しい折檻を受けていた竜二の右腕は上げ下げすらできない状態だった。それを知っていた竜一がすぐに海に飛び込み、近くの漁船にしがみつかせてくれた。もし竜一がいなかったら、竜二はあのまま海の底に沈んでいただろう。

「竜二さんにとって、亡くなったお兄さんは命の恩人でもあったんですね」

話を聞いていた良子が、竜二の背に声をかける。

「そのことばかりじゃないんです。いつだって竜一はおれを助けてくれた。でもおれが海に落ちたのは、美佐のせいですよ。美佐が、追いかけっこをしよう、なんて言わなかったら、足を滑らせることもなかった」

「ひどいわ。今ごろになって」

「冗談だよ」

金曜日のせいか、国道は渋滞していた。小一時間もかかって、ようやく西湘《せいしょう》バイパスに出た。

「海岸に行ってみよう」

宿には、八時前後になると伝えてある。多少遅れても問題はないだろう。

松林のなかの小道に車を突っ込んだ。

「波の音よ。先生」

車を出た美佐が聞き耳を立てるようにして、首を傾げた。

小道の先に、砂浜の海岸が広がっていた。すでに闇に包まれているが、くだける波が月明かりを受けて、白く浮かび上がっている。遠くに、江の島の灯台が見えた。

「いい匂い。海の匂いは、どこも一緒ね」

顎を突き出すようにして、美佐が潮の香りを嗅いでいる。

はるか先の波打ち際に、人がひとりいるだけで、砂浜は眠ったように静かだった。

「どんな海岸なの？　にあんちゃん。教えて」

美佐の黒髪が、潮風にあおられて揺れている。

美佐は視力を失って、ふしぎな予知能力を得た。だが、余りにも失ったものが大きい。竜二の胸に突き刺さるような痛みが走った。

「暗すぎて、おれにもよく見えない。東のほうに灯台の明かりが見えるだけだよ」

「にあんちゃんは、やさしいのね」

薄闇のなかに、美佐の白い歯が浮き上がる。

「おれはここで一服してるから、先生に、波打ち際まで連れていってもらうといい」

竜二は良子に、お願いします、と言って、砂浜に腰を下ろした。

良子が美佐の手を引き、波打ち際のほうにむかって歩いてゆく。

ふたりの後ろ姿を目で追いながら、竜一と咲のことをおもった。

きのうの夜、咲に対して覚えた悪寒をおもい出した。初めて彼女に会ったときには、そんな感情は微塵も覚えなかった。元麻布の家を見に行ったときも、まだその悪寒は尾を引いていた。美佐とは対極にいる女性——。そのおもいが、竜二の胸に見えない不安を呼び起こす。

咲は、美佐に強い関心を抱いている。はたして、ふたりを引き合わせていいものだろうか。

波打ち際で、美佐と良子が戯《たわむ》れている。東京に出てきてから、初めて目にするような美佐の愉しげな姿だ。

にあんちゃん――。美佐の呼ぶ声が潮風に流れる。

両親を死に追い詰めた相手に復讐することを知ったとき、美佐はどんな反応を示すだろうか。

にあんちゃんが苦しんでいるのを知っている。不安が伝わってくる。そう美佐は言った。にあんちゃんは、好きでもない仕事に身を委ねている。そうも言った。もしかしたら美佐は、あのふしぎな能力によって、自分がなにを企てているのか気づいているのではないか。

ばかな――。たばこを砂浜に押し潰したとき、美佐と良子が戻ってきた。

「海の水って、こんなに冷たかったかしら」

「もう秋はそこまで来てるんだよ」

いつの間にか、はるか先の波打ち際に見えた人影は消えていた。

竜二は腰を上げ、松林のなかの小道に足をむけた。

12

チャイムの音。咲が帰ってきた。

「済んだのか」

　手にした書類を置き、訊いた。

「とりあえずは、ね。時間をかけて、揃えていくわ」

　ソファに腰を下ろし、咲がブランデーを用意する。

　竜二に連れられて元麻布の家をのぞいたとき、しばらくはホテル住まいをする、と咲は言った。調度品も含めて丸ごと購入したと竜二は言ったが、咲はその調度品類が気に入らなかったようだ。家は寝起きできればいいというものではない、と笑う。

　金曜と土曜の二日間で、咲は自分の気に入る調度品探しに出掛けた。竜一はそのあいだ、ホテルの部屋にこもって、今後の計画に頭をひねっていた。

　日曜日のきょうは、咲の眼鏡に適《かな》わなかった調度品類の搬出が行われ、その後で買い漁《あさ》った調度品類の搬入をする、と咲は言っていた。

「貴方さえよければ、今夜からでも住めるわよ」

「その顔は、まだ住まわせたくないようだな」

　竜一はどんな部屋でだって寝ることはできる。内装や調度品の類に興味はない。

「新婚の家ですもの。どうせなら、私の好みに模様替えしてから、住みたいわ」

「好きにしたらいい。最初から、しばらくはホテル住まいにする予定だったんだ」

家の間取りは、一階が広いリビングに応接室、それにダイニングキッチンとバスルーム、二階は寝室の他にふた部屋がある。

咲は、一階の応接室を潰し、もっと広いリビングにしたいらしい。

「かまわんよ。おれはふかふかのベッドがあれば、それでいい」

壁の色調も変え、それに合わせた絵画も購入したい――。咲の話にうなずきはしたものの、竜一はほとんど聞いていなかった。

「右から左ね」

咲が苦笑する。

「言ったろう。その手の話に、おれは興味がないんだ」

「貴方のそういうところも好き」

背後に回り、咲が竜一を抱き締める。

当分のあいだ、足として使ってくれ。そう言って、竜二はアルファロメオを置いていった。ホテルの部屋に車。家などなくても、一向に不自由はしない。

「そろそろ行くか」

竜二と再会した日の夜、帰国した旨の電話を曽根村に入れた。きょうの夜九時、横須賀の家に顔を出す約束になっている。今は七時になったばかりだ。飛ばさなくても十分に間に合う。

部屋を出て、駐車場にむかった。

「私が運転するわ」

キーを咲に放った。咲の運転テクニックは、アメリカで目にしていた。猛スピードで飛ばすが、荒い運転ではない。

第三京浜に車を走らせた。日曜日の夜の下り車線は空いていた。アルファロメオが小気味よいエンジン音を響かせる。

「車も買わなければね」

「おれはメルセデスにする。咲も好きにしたらいい」

元麻布の家には、二台分の駐車場がある。これからは、咲とは別行動が多くなるだろう。

「じゃ、私はBMW。女が乗るには可もなし、不可もなしの車よ」

横浜横須賀道路に入ると、道路は更に空いていた。

「竜二さんたち、もう帰ってきたかしら」

咲がチラリと竜一に目をむける。

「どうかな」

日曜日に戻ると竜二は言ったが、あえてそれ以上は訊かなかった。

「貴方と竜二さん、美佐さんの話になると、微妙に感情の食いちがいがあるのね」

「そうか……」

たばこに火を点けた。

「わかってるくせに。竜二さん、美佐さんのことになると、ムキになるわ」

「可愛いんだろう」

「竜二さんが好意を抱いている、と言ってたけど、私の見るところ、たぶんそれ以上の感情ね」

「かもな」

たばこの火を揉み消した。

「どうする気？」

「なにを、だ？」

「竜二さんが、美佐さんと一緒になる、と言ったらよ」

「駄目だな。おれたちにはやることがある。あいつは気がやさしい。美佐と一緒になれば、決心が鈍る」

「それなら、源平の娘——まゆみといったかしら——彼女と結婚させてしまえば？」

平然とした顔で、咲が言った。

「それは考えないでもなかった。しかし、会長の言葉で、やめることにした。竜二は政治家を志す。となれば、まゆみは足手まとい以外の何物でもない」

「まゆみが黙っているかしら。竜二さんにゾッコンなんでしょ？　女は面倒よ」

「しばらくは放っとくさ。使える場面がくるかもしれない」

横須賀に着いたのは、八時半だった。

この街、知らないでしょ、と言って、咲が海沿いに車を走らせた。

「私が小さいころは賑やかだったのよ。ドルの威信が失せ、米軍の縮小に合わせて街も勢いを失ってしまった」

「その代わりに、会長の街になった」

「そうとも言えるわね。今おもうと、父がこの街に踏みとどまったのは正解ね。三浦半島自体が、要塞の役目をしているわ。横浜を防波堤にして、そのむこうに東京がある。ここにいるかぎり、父の身は安全よ」

車が行き止まった。左手に灰色の高い塀がそびえている。

「米兵の刑務所よ。近ごろは、日本人も入るそうだけど」

笑いながら、咲が車をUターンさせた。

二十分ほどで、曽根村の邸宅に着いた。約束の九時ちょうどだ。

咲がインターフォンを押し、鉄扉を開けさせる。

曽根村は応接室ですでに待っていた。

「戻ってまいりました」

竜一は曽根村に深々と頭を下げた。

「また一段と、精悍な顔つきになったな」

「恐れ入ります。いい骨休めになりました」

「お父様、これ、ケイマンで購入した私たちからのお土産です」

咲が小さな紙包みを、曽根村に渡す。

「ほう。おまえにこんなものをもらうのは、初めてだな」

曽根村が顔を綻ばせながら、包みを開ける。

二カラットのダイヤをあしらったタイピンと、やはりダイヤつきの、タイピンとペアになるカフスボタンだった。

「重要な席には、こいつをつけることにしよう」

タイピンとカフスボタンを収《しま》い、食事は済ませたのか、と曽根村が訊いた。

「いえ。どうぞお気遣いなく。帰ってから、とることにします」

「簡単なものなら、私が作れます」

洋酒棚からブランデーとウイスキーを取り出し、グラスと一緒にテーブルに置くと、咲は部屋を出ていった。

竜一は曽根村のグラスにブランデーを注いだ。

「それで、どうだった？　計画どおりに、事は進んだのか？」

「はい。会長のお言葉を信じて、華僑に全面的な手助けを仰ぎました。社名は、『グローバルＴＳコーポレーション』。ＴＳとは、猛のＴ、咲のＳを意味します。具体的な活動に入った折には、会長のご助力をいただくことになりますが、そのときにはぜひよろしくお願いいたします」

「なるほど。ＴＳか。わしにできることなら、なんなりと手助けしてやろう」

資本金は、仲介してくれた華僑に借りている。裏ルートを通じて、返済の送金をしなければならない。その手段は、曽根村に頼るしかない。

「家を買ったそうだな」

「竜二が労を取ってくれました。ですが、当分はホテル住まいになるとおもいます」

内装や調度品類が、咲には、もうひとつ気に入らないようです、と言って、竜一は笑った。

「すこしずつ、本性を現してきたようだな。まあ、大目に見てやれ。きょうは、竜二も顔を見せるかとおもったが、用事でもあったか？」

「以前からの約束があったとかで……」

　美佐の話題には触れたくなかった。

「そうか。それで、彼から話は聞いたか？」

「はい。おくち添え、ありがとうございました。多田という秘書の話は、大変参考になりました」

　竜二から聞いた話を、曽根村にしていると、咲が盆に料理を載せて戻ってきた。

　刺身と焼き魚、サラダに冷や奴、吸い物まである。

「わしは食事は済ませた。気にせずに食べるがいい」

「いただきます」

　咲と一緒になるまでは、曽根村と会うと、常に緊張していた。だが今は、素直に応じることができる。家族になるとは、こういうことを言うのだろうか。

　時々箸を動かしながら、話のつづきをした。

「大西と『協立商事』。このふたつから攻めていきたいとおもいます」

「なるほど。それで、作戦はなにか考えたのか？」

「まず、大西。それから『協立商事』。順番から言えば、そうなるとおもいます。大西の台所は火の車です。いったいどれぐらい手形を乱発したり、裏書きをしているのか、それを知りたいとおもいます」

「裏に流れている手形の実態がわかればいいのか？」

竜一の胸のうちを見透かしたように、曽根村が訊いた。

「『東京二階堂急便』の手形や裏書きが信用されているのは、親会社の『二階堂急便』が控えているからです。私の想像では、源平は、まだその事実を知らないのではないかと」

「だろうな。知っていれば、ひと悶着あったっておかしくない」

「しかし、そんな手段がいつまでもつづくとはおもえません」

曽根村の目を見つめた。

「そういうわけか……」

曽根村が含み笑いを洩らした。

「源平が知る前に、とことん、大西に手形を切らせよう、と」

「『東京二階堂急便』を潰すわけにはいかないとおもいます。最後は、源平が尻拭いをさせられる羽目になるでしょう」

「だが、そうなれば、源平の目の上のタンコブである『東京二階堂急便』は、彼の手に落ちることになるぞ」

「どのみち、大西の命は、物流二法が施行されるまでです。それまでに食えるだけ食ってしまおうとおもってます。たぶん源平は、その尻拭いのために、全国の主管店と事業所に、『協立商事』へのより多くのバックマージンを要求するようになるでしょう」

「不満は募るだろうな」

「頃合いを見て、『協立商事』の実態をリークする。野党の連中は、小躍りして喜ぶのではないですか」

「『信政会』の竹口は、慌てるだろうな」

そのときの図を想像しているのか、曽根村の顔は愉しんでいるように見える。

「わかった。あしたにでも、その一件は久本に調べさせてみよう」

「お願いいたします」

「せっかく、咲が作ってくれたんだ。冷たくなる前に食え。話は食べながらでいい」

曽根村に勧められ、急に空腹を覚えた。

では遠慮なく、と断って、竜一はまた箸を握った。

ケイマン諸島の風景や街並み、車でアメリカの東海岸からロスアンゼルスまで大陸を横断した話、旅行の感想——。竜一は箸を動かす合間に酒を飲みながら、咲とふたりで、おもしろおかしく曽根村に語った。

十一時を回った。そろそろ失礼させてもらいます、と竜一は言った。曽根村はいつになく酔っているように見えた。

「猛。何度も言うようだが、おまえはわしの家族の一員となった。これからは、己の手を直接汚すようなことをしてはならん。その役目の人間は、腐るほどおる。なにかを行わねばならないときは、久本か、このわしに言え。久本の下には、あいつの意に忠実な人間が、そしてその忠実な人間の下にも、また忠実な人間がいる。何人かの人間を経由すれば、たとえ露見したとしても、おまえの身に危険が及ぶことはない」

「わかりました」

直立し、曽根村に丁寧に頭を下げてから、咲を促して竜一は曽根村邸を後にした。

13

久本から連絡が入ったのは、十月も半ばになってからだった。

ホテルの自室に招き入れた。ロビーは人目につく。

久本が部屋のなかを好奇に満ちた目で見る。スイートルームが珍しいのではない。会長の娘――咲と結婚した竜一の生活空間に興味を抱いているのだ。

咲は、元麻布の家の内装工事の立会いに出掛けて不在だった。

「これが、大西に絡んだ手形のリストです。もっともすべてじゃありません。正規ルートで金融機関に沈んでいるものまでは、こちらも把握のしようがない。街の金融筋に出回っている手垢《てあか》のついたやつ、ということです」

四六判サイズの茶封筒のなかから、二枚のメモ用紙を取り出しながら、久本が言った。

「お手数をかけました。大変だったでしょう」

「蛇の道は蛇、って言うでしょう。街の金融筋は競争している反面、互いの身の保全のために、横の連絡網を張りめぐらしているんですよ」

メモを手に取った。

一枚には、聞いたことのない会社名がズラリと列記してある。その数、二十社前後。手形の額面金額は大半が一千万単位、なかには億のものもある。これが、大西が裏書きした手形のリストだ。もう一枚のメモには、「東京二階堂急便」が振り出した手形の一覧が記されていた。そのどれもが、一億か二億の額面だった。

「揉めたケースはなさそうですか？」

「それどころか、どこも待ち受けてますよ。まるで、銀行の順番札を持っているかのように、ね」

「しかし、考えていたより、ずいぶんと小口ですね。十億、二十億単位がゴロゴロあるとおもってたんですが」

「そこに名の出てる会社、どこもさほどの規模じゃありません。十億二十億ともなれば、それなりの事業形態とか、名がないと無理ってことですよ」

「逆に言えば、そういう会社だったら、可能ということかな？」

「あとは金融機関しだいでしょう」

「『東京二階堂急便』の取引銀行を知ってますか？」

「三行ですね。メインが大隅銀行、あとは、五井と第一信用」

久本が即答した。

どれも中堅の銀行だ。大隅銀行はたしか、源平のメイン銀行だった気がする。ならば大西は、大隅を使っての、手形の換金はしていないだろう。

曽根村は今でも東都信用組合に影響力を持っているのだろうか。

「いや、ありがとう。大変参考になりました」

大西には一度会う必要がある。曽根村は、自分の息のかかった連中の何人かと大西とは面識がある、と言っていた。頼めば、会うセッティングはすぐにしてくれるだろう。だが、まだ時期尚早だ。十一月を目処《めど》に、事務所を開く予定でいる。大西に会うのは、それからでいい。

一礼すると、入ってきたときと同じような好奇に満ちた目でもう一度室内を見回し、久本は帰っていった。

七時に、六本木の裏通りにあるイタリアンレストランに顔を出した。竜二と咲と三人で食事をすることになっている。

すでに、咲は着席していた。竜二の顔はない。きょうの咲は白いスーツ姿で、まだいくらか日焼けが残っているせいか、周囲の目を引くほどに際立った輝きを放っている。

「こうしてみると、改めて咲の美しさに惚れ惚れする」

「ありがとう」

さりげなく言う表情には自信が溢れている。

「すてきなお店ね」

「あいつの指定する店で、ガッカリしたことはないよ。華やかにしろ、と言ったんだが、正に実行しているな。これじゃ、世のなかの女が放っとくまい」

「そうでしょうね。でも、私は竜二さんの何万倍も貴方のほうが好きよ」

咲がテーブルの上の竜一の手に、そっとてのひらを重ね合わせた。

すぐに竜二も姿を現した。

「おまえの噂をしていたところだ」

「ほう。どんな？」

テーブルに座った竜二が笑みを見せる。

「さぞかし、モテるだろう、ってな」

「女にチヤホヤされることなど、男にとっちゃ、なんの意味もないよ。竜……いや、宇田さんのような男性が、真の男です。咲さん、なにか食べたいものがありますか？」

竜二が咲を立てる。

「いえ。お任せしますわ」

うなずくと、竜二は黒服のウェイターに、ワインリストを持ってくるよう、言った。

「ワインは？」

竜二が咲と竜一、交互に目をやる。

「おれにはサッパリわからん。咲の好きなやつを」

「これからは、外国企業の顔として事業を展開するんだろ？　ワインの知識ぐらいは持ってたほうがいいぞ」

「私が、おいおい教えていくようにします」

「そうですね。で、なんにします？」

「赤を。あとは竜二さんのお好みで」

「わかりました」

黒服に、バローロの八二年物を、と竜二が言った。いかにも慣れた口調だった。つづいて、料理のあれこれを指示する。

運ばれてきたワインのテースティングを咲にさせてから、グラスを合わせた。

「家のほう、だいぶ進みました？」

竜二が咲に訊く。

「もうすこしで、なんとか終わるとおもいます。落ち着いたら、感謝を込めて、家で食事をしましょう。私が腕をふるいます」

「美しくて、聡明で、しかも家事全般、なんでもござれ。いい奥さんを得られましたね」

どこで誰の耳に届くかもわからないとはいえ、竜二の勿体をつけた話しぶりに、おもわず竜一は苦笑いを洩らした。

「家のほうはいいとして、事務所を開く適当なところ、見つかったんですか？」

「何ヵ所か見たんだが、どうも気に入らない。おれよりも、咲のほうがな」

咲は美容業界に進出したいとおもっている。となると、事務所を取り巻く街をどうしても気にする。ビジネス街は似つかわしくないし、かと言って、猥雑《わいざつ》な繁華街では、イメージダウンになってしまう。

「一年か二年、辛抱したらどうです？」

「そんなことできるわけがないだろう。咲の会社も設立しなけりゃならんし、おれだって行動ができない」

「そうじゃない。少々不満でも、とりあえず、どこかに事務所を開いたらどうか、と言ってるんです。考えたんだが、そうしておいて、いずれは、自社ビルを建てたほうがいい」

「自社ビル？」

「そうです。なにも馬鹿デカいやつを建てる必要はない。百坪ぐらいの土地だったら、見つかるはずです。坪二、三千万だったとしても、大したことはない。そのために、竜——いや、宇田さんはこれまで金を稼いできたんです。金は惜しむな、ふんだんに使え、そう教えてくれたのは、宇田さんじゃないですか」

　青山や西麻布を歩いていると、有料駐車場を時々目にするが、それらはただ土地を寝かせているだけだ、と竜二は言った。

「五十億もかからないでしょう。それに、自社ビルなら、管理も行き届くし、対外的な信用にも繋がる。宇田さんの仕事は、何人もの人間を雇う必要はないし、ビルの大半は、咲さんの希望どおりに使用できる。ビルが完成するまでは、本格的な活動の準備期間と考えればいいのでは」

外資が土地を所有するにはなにかと制限がある。しかし、咲の会社が保有するのにはなんら問題はない。

今、竜二が隠し持っている資金は、曽根村に頼んで、地下ルート経由でケイマン諸島に設立した「グローバルTSコーポレーション」に送るつもりだ。さらにそこから、日本の支社に送り返させる。そうすれば、金はきれいになって好きに活用できる。そして咲の会社に融資する形をとれば、自社ビル建設は十分可能な話だ。

「どうおもう?」

空になった咲のワイングラスに、酒を注いでやった。

「可能なら、それがベストよ。あとは、人材だけ」

咲の目は輝いていた。彼女の構想では、美容業界を足掛かりとして、化粧品の無店舗販売というのも頭にあるらしい。

「それだよ。じつはきょう話があると言ったのは、その人材についてなんだ」

竜二がいくらか身体を前に乗り出したとき、ウェイターが料理を運んできた。

ウェイターが去ると、竜二がつづけた。

「大蔵省に、おれの同期生がいると言ったろう?」

「ああ」

うなずいた。貸金庫の手配をしてくれたという男のことだろう。

「じつは、彼から、数日前に相談を持ちかけられた」

知人に人材派遣会社を経営する人物がいる。会社は神谷町《かみやちょう》にあり、社員数は百名ほどで、業界では中堅クラスだ。社長は四十代半ばと若いが、人間的には信用できる人物らしい。

「若げの至り、というか、野心で先走ったのかもしれない。株に手を出して、大損をこうむったらしいんだ。人材派遣会社なんて、資産がないからな。資金繰りに窮して、倒産寸前のようだ」

「金を持つおまえに、相談に来たってわけか」

「返事は保留しておいた。すぐに、宇田さんのことが頭に浮かんだよ」

「いくら要る、と言ってるんだ？」

「三億。それも急を要しているらしい」

咲に目をやった。

「いい話だとおもうわ。事業を広げるには、人材が不可欠だし、その都度、人探しをするより、人材派遣会社に手を伸ばしておけば、手間も省けるわ。失敗したとしても、知れた額だし、もしそこが立ち直って、世間に名の通る会社になれば、登録を希望する人間の質も良くなるわけだし。貴方の夢は、天の川、なんでしょう？」

「わかった。その話、引き受けてくれ。条件は、融資する三億の、形だけの金利でいい。社長以下のスタッフもそのままだ。ただし、株の五十一パーセントは渡してもらう。むろん、買い取るということだ」

「じゃ早速、その条件でどうか、とあした先方に伝えよう。しかし、五十一パーセントの株を売ることに同意するだろうか」

「大蔵省のキャリア、運輸省のキャリア、このふたりが仲立ちして同意しないようなら、その男の先は知れてる。溺れる者は藁をも摑む、と言うじゃないか。だいいち、人材派遣業なんて業種には、おれは興味はない。数多《あまた》ある星のなかのひとつの存在であればいい」

次々と料理が運ばれてくる。さすがに竜二が選んだ店だけあって、どれもが格別の味がする。

隣の席の客が帰ってから、竜一は久本から受け取った大西の手形のリストを見せた。

「まだ大した額じゃない。ここにあるだけで、二十億そこそこだ」

「まだまだへこたれそうにないな」

「だから、へこたれさせるのさ」

「どうやって？」

「人間の欲ってのは、かぎりがない。まして大西は、源平とのことで焦っているだろう。金も欲しい、事業にも未練がある。かと言って、今の本業とは無関係なことに大量の金を注ぎ込むのは無理だ。なんとなく漠然とではあるが、おれの頭のなかに絵が画かれつつある。一度大西に会って、彼という人間がどんな男なのかをたしかめてから、作戦を練る」

「その手の計画は、宇田さんは天才だからな。すべて任せるよ。おれにできることがあったら、なんなりと言ってくれ」

デザートが来た。洋梨をあしらったやつをひとつ、口に入れたが、料理とはちがってさほど旨《うま》いとはおもわなかった。

ふたり連れの新しい客がテーブルの横を通りすぎた。奥に陣取った彼らを見て、咲が小声で言った。

「女優の吉野みずきね」

「そのようですね」

竜二がうなずく。

「この店は、芸能人がよく訪れるんですよ。咲さんは、そっちの方面に興味があるんですか？」

「個人的にはどうでもいいわ。でも、美容の世界に乗り出すには、彼女たちは、手っ取り早い広告塔になるのよ。大西は、芸能人が好きなんでしょ？」

咲が竜一に目をむける。

「らしいな。タニマチを気取って、大盤振舞いをしている、と週刊誌に出ていた」

「これからは、そっちの業界ともコンタクトを持つ必要があるとおもっているのよ」

「わかった。大西と繋がりを持てるようになったら、せいぜいそれも利用しよう」

「どうやら、派手な世界になりそうですね」

咲を見て、竜二が笑った。

「ところで、『グローバルTSコーポレーション』のTSというのは？」

「大した意味はない。猛のTと、咲のS。ただそれだけのことさ」

「それはそうと、竜二さん。いつ私と父を、美佐さんに会わせてくれるの？　私、とても楽しみにしているの」

一瞬、竜二の顔に動揺の色が浮かんだ。

伊豆から帰ってきた竜二とは、二度ほど電話で話したが、美佐のことはなにも訊かなかった。竜二もなんとなくその話題を避けているような気がした。

「そうでしたね。新居の整理が終わって、事務所も決まってから、ということではどうでしょう」

「ええ。すごく待ち遠しいわ」

竜二と視線が合った。美佐を咲と曽根村に会わせるのを避けたい気持ちは、竜二と同じだった。

咲はもし利用できるなら、美佐も利用したいとおもっているのだ。だが美佐は、ふつうの人間とはちがう。簡単には利用されないだろうし、下手をすると、咲の下心を見抜きさえするだろう。

黒服に手を上げ、会計をするよう、竜二が言った。その横顔は、さっきまでとは異なって、どこか憂鬱そうだった。

14

ロビーに現れた竜二が手を上げる。男をふたり連れている。竜二と同じ年ごろの、いかにも官僚をおもわせるほうが、同期の大蔵省の小畑《おばた》という男だろう。四十代半ばのほうが、人材派遣会社の社長らしい。一見して穏やかで、気が好さそうな人物であるのがわかる。

約束の八時すこし前だが、いつものようにこのホテルのロビーは人が多い。

「すみません。お待たせしちゃいましたか」

竜二の挨拶は如才がない。

「私が矢端さんをお待たせするわけにはいかない。これでも気が小さいほうなんですよ」

竜一は笑った。

竜二がふたりを紹介する。

「こちらは小畑さん。私の同期生です」

縮れっ毛の小畑が童顔を綻ばせながら、名刺を取り出す。大蔵省主計局とある。

「小畑要介《ようすけ》です。きょうはご迷惑な話を聞いていただくので、同席させてもらうことにしました」

「小畑さんのお噂は、矢端さんからよく聞かされていました。お会いできて光栄です」

竜一の渡した名刺を小畑が興味深そうに見つめている。

三日前に、いくつか探した事務所候補のなかから、青山通りに面したビルのワンフロアを契約した。事務所としての体裁はまったく整ってはいないが、きょうのために、名刺だけは作っておいた。

「本社がケイマン諸島ですか……」

小畑がつぶやく。

「その話は、のちほどということで」

竜二が遮り、隣に緊張の面持ちで座る男に目をむける。

「こちらの方が、お話しした『ヒューマンニード』の社長、村上貴之《むらかみたかゆき》さんです」

竜一に一礼し、村上が恭《うやうや》しく名刺を差し出す。

「宇田猛です」

村上にも名刺を渡す。

「お食事はまだなんでしょう。ここでお話しするのもとおもいまして、この下の日本料理屋を予約しておきました」

「恐れ入ります」

竜二の態度が芝居がかっていておかしい。

三人を連れて、階段を下りた。

奥座敷の予約席に腰を据えた。ビールと一緒にコース物の料理を頼む。

「矢端さんとは、古いおつき合いなんですか？」

小畑が訊いた。

「もうお聞きとおもいますが、私は日系ブラジル人でして。祖父母の代にブラジルに渡り、私が日本に来たのは数年前が初めてです。そのときに、ひょんなことから、矢端さんの知遇を得て、馬が合ったというか、以来、大切な友人として、おつき合いさせていただいております」

「宇田さんはいい人ですよ。私も全幅の信頼をおいています」

横から竜二がアシストする。

「事務所は青山ですか」

紹介した責任からだろう、小畑の質問が煩《うるさ》い。

「名刺にありますように、本社はケイマン諸島なんですが、結婚を契機に、日本に居住するとの覚悟を固めました。まだ来日して二ヵ月にも満たないので、事務所は定めましたが、本格的な活動はこれからです」

「『グローバルTSコーポレーション』、といわれますと、どのようなお仕事を？」

「おい、小畑。それじゃ、まるで宇田さんの身上調べをしているようじゃないか」

たしなめるような口調で、竜二が言う。

「いや、いいんですよ」竜一は笑いながら、鷹揚な態度で言った。「投資会社です。大蔵省におられればご存じだとおもいますが、ケイマン諸島は、税の面で優遇されていますから、欧米からも多数の企業が進出してきています。こう言ってはなんですが、私もその恩恵に与《あずか》り、これまでに大変な利益を上げさせてもらった。しかし祖父母、両親を亡くしてからは、祖国の日本にどうしたら恩返しができるだろうか、と考えつづけてきまして。それで決断したというわけです」

話を遮るように、ビールが運ばれてきた。

「とりあえず、乾盃といきましょう」

そう言ってビールに伸ばした竜二の手を、村上が制した。

「お近づきのしるしに、私に注がせてください」

村上が各自のグラスにビールを注いだ。

「では、今後ともよろしく」

竜一は、小畑、村上とグラスを合わせた。

「失礼なことをお訊ねしますが、奥様は日本の方ですか？」

村上が訊いた。

「ええ。私は結婚するなら、日本の女性と決めていました。縁があったのでしょう、妻がアメリカに留学していたときに知り合い、幸せにも結ばれました」

「私も何度かお目にかかりましたが、才媛というのは、宇田さんの奥さんのような女性をいうのでしょう。ご主人同様、奥さんもビジネスを立ち上げるようです」

竜二の言葉に、小畑が感心したように目を見開く。

「日本の場合、国際結婚はなにかと面倒でしょう」

妻が日本人ということで、小畑の見る目がいくらか変わったように、竜一は感じた。

「そうですね。ですから、妻の籍に入れてもらいました。ブラジルにはもう、身寄りと呼べるような人間もいませんし、この日本に骨を埋めるつもりです」

「なるほど……」

さすがに小畑は、以前の姓まで訊ねようとはしなかった。

ビールを飲みながら、村上に目をやると、視線の合った彼は、途端に緊張の色を浮かべた。

「村上さんのお話は、矢端さんからうかがいました。もうおわかりでしょうが、私は日本語学校に通っていましたから、言葉には不自由しません。しかし、日本で生活したことがないので、日本の商習慣、国民性などについて理解するには、いささか時間をいただかなければならない。ビジネスというのは、お金があればできるというものではないとおもっています。私からの条件は、すでに、矢端さんからお聞きになっているとおもいますが、あれ以上でもあれ以下でもない。もし、それでよろしかったら、ということです」

「担保の類はないのですが、それでも三億もの資金をご融資いただけると……」

「担保ですか」

竜一は笑みを洩らした。

「私は担保が必要なことに、金は出しません。それは、金貸し業の方々の発想でしょう。私は日本でビジネスをしたいのです。あらゆる分野に挑戦したいのです。くちはばったいのですが、勉強代、そう言ったらわかっていただけるでしょうか。もっとも、紹介者が、矢端さんでなかったら、私もこの話に耳を貸したかどうか。その意味で言えば、矢端さんを信用したからこそ、ということです」

「ありがたいお話です。感謝の言葉もありません」

村上の目はいくらか潤んでいた。

「ところで、株の五十一パーセントという条件は、譲れない線なんですか？」

小畑が訊いた。

「そうですね。それは譲れません。誤解のないように申し上げておきますが、村上さんの会社を乗っ取ろうとか、そんな気持ちは一切ありません。さっきから申し上げているように、私は、日本の風土も文化も知らないで、この地でビジネスの根を張ろうとしている。日本は肩書の社会、と聞きます。したがって、私がこの日本で成功するためには、投資会社とはちがう、別の肩書が必要と考えています。その意味からすると、人材派遣会社『ヒューマンニード』のオーナー、という肩書は、何物にも替え難い。それに、もうひとつ言わせていただくと、私は村上さんの会社の財務内容をまったく知らない。しかし、矢端さんがくち添えしてくださるほどだから、信用するに値する会社と判断したわけです。いずれ私は、種々の分野に乗り出そうと考えている。もし村上さんが、これまで以上に頑張って、今の会社を発展させていただけたら、そのときには、私の持ち株をもう一度、村上さん、貴方にお返ししましょう。これは、おふた方を前にしての、私の約束です。あとは村上さんご自身でお決めください。私にはもうこれ以上、申し上げることはない」

突然村上が、座布団を外し、畳に両手をついた。

「わかりました。ぜひ、お力添えをください。このとおりです」

村上が畳に額がつかんばかりに頭を下げた。

天の川の星がひとつ……。村上の姿を見ながら、竜一は胸でつぶやいた。

15

元麻布の住居、青山に借りた事務所。内装や仕様は、すべて咲に任せたが、完成したそれらを目にして、竜一は改めて彼女の非凡な才能に舌を巻いた。

悪趣味この上なかった元麻布の家は、どこかの国の大使が住んでいるかのような優雅さと品とを備えた雰囲気へと変貌した。これならどんな客を招待しても十分に満足させられるだろう。表参道に近い青山通りに面した事務所は、シンプルだが、ゆったりとした空間を演出し、どことなく現代的なクリエイティブ関係の事務所を連想させる。

家や事務所に飾られた絵画の類は、咲が留学中に懇意にしていたというロスアンゼルスの画商から取り寄せていた。

「ふぅーん。すごいな」

事務所を点検するような目で見つめていた竜二がつぶやく。

「変われば変わるもんだ。彼女、美容業界に進出したいと言ってたが、このセンスなら、相当にいい線いきそうな気がする」

竜一は事務所のソファに座って二日前に渡米した咲の顔をおもい浮かべた。

「スタッフとかはどうするんだ？」

竜二が前に腰を下ろして訊く。

事務所の体裁は整えたが、スタッフはまだ誰もいない。

「『ヒューマンニード』の村上、あいつ、使えるかもしれない」

三億の金はすでに融資し、株の五十一パーセントも手中にした。竜一は今では、「ヒューマンニード」の代表取締役会長の肩書を持っている。村上は代表権のある社長。「ヒューマンニード」の実務までタッチするつもりはない。会社の采配はすべて村上に一任している。

経理、営業、総務――。会社として機能させるためのスタッフを選んでくれるよう、村上には伝えてある。

「それで、これからなにをやるつもりだ？」

　竜二が訊いた。

「このご時世、金になるのは、株と土地だ。だが株では世のなかから認知されない。ステータスを築くとなると、人の目を魅《ひ》くもの、実業の名に値するものでなくちゃならない」

「具体的には？」

「手始めは、マンション――それも投資型のワンルームマンションの販売をやる。なにせ、こっちの金は、たかだか百五十億ほど。これじゃ、なにをやるにも勝負はできない。五、六倍にはしないとな」

　独身者向けの、広さ十坪までのワンルームマンション。価格は二千万円台から三千万円台まで。購入者はローンを組んで購入した上で、賃貸物件として、会社に貸し出し、その家賃収入をローン返済に充てる。これぐらいの投資額ならふつうのサラリーマンにも手が届く。返済の負担はなく、ローンが終われば、いずれ彼らの所有物件となる。

「この話は、村上が持ってきたんだ。この方式で事業展開をやっている業者がすでにいるんだが、やつのところと一緒で、資金繰りに四苦八苦していて、三十億もあればいいらしい」

「共同事業としてやるのか？」

　竜二の顔に、若干不安の色がある。儲《もう》かる商売で、金が詰まるということは、なんらかの問題を抱えているのではないか、と言いたげだ。

「心配には及ばない。『グローバルTSコーポレーション』は直接関与しない。うちは投資会社だ。あいだに、一社かませる。うちの百パーセント出資会社に、な。そこと提携させて商売させればいい。荒っぽくやろうと、うちは無傷で終わる」

「荒稼ぎした後は、子会社は消滅している……」

「そのとおりだ。さすがにわかりが早いな。ワンルームマンションの販売なんかでは、ステータスは得られない。金稼ぎのための道具だよ。これからは、益々、曽根村の力が必要になる」

株もさることながら、土地の値上がりはすさまじい。不動産業者は、新しい売買物件を求めて、血まなこになっている。

「めぼしい場所を見つけて、曽根村の息のかかった会社で、地上げしてもらう。地上げした土地を、うちが設立した子会社で転がして、値をつり上げる。最後に大手ゼネコンに手渡して、一件落着という寸法だ。しかし、気に入った土地は手放さない」

「手放さない？」

「ものを売る商売は、売ったら終わりだ。それでは世のなかから認知はされない。おれは、ホテルチェーンを作りたい。それが最終的な夢だ。考えてもみろ。日本全国の主要都市、いや海外の名だたる都市に、自分の冠のついたホテルが建っている……。そう考えただけで、胸がゾクゾクする。そのためだったら、おれは捨て身になって、なんでもやる」

「ホテルチェーン、か……」

竜二が目を細めた。

「その各ホテルには、咲が展開する美容グループもテナントとして入る。どうだ？　おもしろいプランだとはおもわないか？」

「壮大な計画だな。一官僚として働くおれなんか、かすんでしまいそうだ」

「なにが一官僚だ。おまえは、そのころは、赤絨毯《じゆうたん》を踏んでるよ」

竜二に笑みを投げた。

「赤絨毯か……」

額にかかった前髪を、竜二が指先でかき上げる。

「なんだ？　不満なのか？　この前は、決意のほどを披露してたじゃないか」

「そういうわけじゃない」

竜二が首を振り、話題を変えるように、咲の渡米のことを訊いた。

「美容業界に進出すると言っても、彼女にその方面の専門的なノウハウやテクニックがあるわけじゃない。この前の旅行で感心したんだが、咲はアメリカ留学中に、すでに自分の将来を考えて、ハリウッドやニューヨークに、今現在活躍しているそっち方面の業界人とのパイプを作ってたようなんだ。彼らとエージェント契約を結んで、日本で彼女独自の美容チェーンを展開するつもりらしい」

「遣り手だな、咲さんは。狙いがいいよ。なにしろ日本人ときたら、西洋人にはカラッきし弱いからな。それで、咲さんの会社、もう登記は済んだのか？」

「ぬかりないよ、彼女は」

資本金五千万。会社名が「レインボー咲」。本社所在地は、この事務所の地番となっている。

「仮事務所が本社所在地というのは、対外的にどうかな。やはり早急に、自社ビルの保有を考えたほうがいい」

「じつは、きょう、呼んだのはその件についてなんだ」

竜一は腰を上げ、ついてくるよう、竜二に言った。

エレベーターで下りて、ビルの外に出、百メートルほど歩いた古ぼけた五階建の雑居ビルの前で足を止めた。

一階は流行遅れのようなブティック。上の階、四フロアには、美容室の他に、名も知らぬ会社が入居している。

「このブティックのオーナーがビルの所有者らしい。問題はこの裏だ」

雑居ビルの裏手に回った。

駐車場があり、何台かのタクシーが駐めてあった。その脇に、タクシー会社の事務所がある。

「ブティックのオーナーには金で話をつけられる。だが、このタクシー会社が厄介だ」

「『東京ロードライン』か。大手だな」

竜二がタクシーに目をやって、つぶやく。都内でも五本の指に入る大手のタクシー会社だ。

「地価の高いこんな場所に出張所を置く必要性などまったくない。なにかの思惑で、駐車場代わりにしているんだとおもう」

「それを調べろ、と？」

「場所が気に入ってる。今の事務所とも近いしな。咲もここがいい、と言っている」

「わかった。調べてみよう」

雑居ビルを撤去し、この駐車場と合わせれば、青山通りに面した理想的なビルが建てられる。

これまで、すべて自分のおもいどおりにしてきた。他の場所に自社ビルを建てることなど、もう考えてもいなかった。

「ところで、元麻布の家、ずいぶんと様変わりしたぞ。のぞいてみるか？」

「いや、今度でいい。咲さん、いつ帰ってくるんだ？」

「二週間後、と言ってた」

「じゃ、そのときに、ホームパーティーでもやろう」

竜二は表通りで、タクシーに乗って帰っていった。

時計を見た。まだ六時を回ったばかり。ワンルームマンションの業者を引き合わせる、と村上が言っている。約束は夜の七時に、「ヒューマンニード」の本社でだった。

竜一はもう一度、タクシー会社の駐車場とブティックの入っている雑居ビル周辺を見て回った。

すべてを更地にして、十五、六階建の白亜のビルを建てる。自社ビルを建設し終えたときに、初めて夢の第一歩を踏み出せるような気がした。竜一の目には、光り輝く白いビルの姿が陽炎のように浮かんでいた。

16

白金の料亭。曽根村と久本はすでに来ていた。もうひとり、四十代後半の精悍な顔つきの男が同席している。

この男が野見山《のみやま》証券の事業部長の影山《かげやま》という人物だろう。野見山証券は、日本の三大証券会社のひとつで、その強引商法から、むかしは、「強盗証券の野見山」と陰ぐちをたたかれたこともある。会社の体質は一朝一夕に変わるものではない。日本を代表する証券会社の一翼を担うようになった今でも、評判はあまり芳《かんば》しいものではない。

「紹介しよう」

曽根村が、竜一に、影山を紹介した。

「宇田猛と申します。お見知りおきを」

竜一は一歩退がり、丁寧に頭を下げた。

「影山です。会長には、いろいろと面倒をみていただいております」

影山の言葉は丁重だった。

「しかし、お若いので、正直驚きました」

竜一の渡した名刺を、値踏みするような目で影山が見つめている。

三日前に久本から連絡があった。曽根村が有能な証券マンを紹介したい、と言っているという。

願ってもないことだった。これからは正業で勝負するのだ。かつての一丸のような相場師は必要ない。今の資本主義の世のなかで実業を展開するには、証券会社と太いパイプを築いておくのは不可欠の要素だ。それに、竜一にはどうしても影山のような存在が必要だった。

「ケイマン諸島が本社ですか……」

「日本はいろいろと厄介な国ですからね」

「おっしゃるとおりですな」

影山が不敵な笑みを洩らした。

「影山には包み隠さず、なんでも相談したらいい」

曽根村が鷹揚に言った。

「会長のご紹介なら、安心です」

竜一は、バッグのなかから、無記名債券と株券の束を取り出した。

「影山さんなら、現金化することは造作もないでしょう。お願いできますか」

「失礼」

影山が債券と株券を手に取り、チェックしている。

「きょうお持ちしたのは二十億ほどです。あと八十億分を現金化願えますか」

「百億ですか……。表面には出したくないわけですね」

「怪しい金ではありません。しかし、国税というのがすこしばかり面倒臭いものでして」

竜二が保有している株券、債券の類を現金化する必要がある。それらは曽根村の地下ルートを通じて、ケイマン諸島に送り、ふたたび日本の口座に還流させる。

「わかりました。預手《よて》でかまいませんね」

「けっこうです」

曽根村に目をやった。聞いているのかいないのか、曽根村の表情は変わらなかった。

「それともうひとつ……」

「なんでしょう？」

「いずれ――それも近いうちに、ですが、ある会社の株を集めることになるとおもいますが、それもお手伝い願えますか？」

「それも、内密に、ということですか？」

「むろんです。そういう荒業をお願いできるのは、影山さんしかいないでしょう」

どのくらいの金額になるのですか、と影山が無表情に訊いた。

「二、三百億……、あるいはそれ以上になるかもしれません」

一瞬、影山が息を呑んだ。

「影山さんにしてみれば、大した額ではないでしょう」

竜一は笑ってみせた。

「買いは、外資ですか？」

「金の出所は、詮索《せんさく》しないでいただきたい。受け渡しに事故が起きないことだけは約束します。どのような手段を使われてもけっこうです。一任しますよ」

ちょっと考えてから、承知しました、と影山がうなずく。

「話はまとまったようだな」

曽根村が久本に、料理と酒を運ばせるよう言った。

「今後もよろしく」

影山の竜一に対する態度は明らかに変化した。用意された酒をしきりに竜一に勧める。

「せっかくのこんな席です。日本経済の今後の見通しについて、影山さんのご高説をうかがわせていただけませんか？」

持ち上げた。待っていたとばかりに影山が持論を披露する。

「金余りですな。銀行はダブついた金をどこかに注入できないか、と躍起になっている。今の株高の勢いは益々強まるでしょう。それに、土地。これは狂騰と言っていい。土地さえあれば、銀行はいくらでも金を貸す。審査もルーズを極めているし、ね。現に——」

知っている事例をいくつか挙げ、影山が上機嫌で説明する。銀行サイドで土地を探し、業者に融資もしているらしい。

「つまり、転売がきくからですよ。百億の物件が、わずか一、二ヵ月で、百二十億、百三十億という値で転売されてゆく。これを狂っていると言わないで、なんと表現すべきでしょうかな」

「それらの金が、影山さんの会社にも流れ込むというわけでしょう？」

「まあ、そういうことです。長いこと、この世界で生きてきましたが、今の日本は、それこそ日の出《い》ずる国というのがピッタリですな。宇田さんも、この機会を逃さずに、ぜひ事業展開をされたらいい。会長という後ろ楯もあることだし、正に、鬼に金棒じゃないですか」

「そのつもりですよ」

　影山に酒を注いでやった。恭しく盃を受けていた影山が、忘れていたかのように、名刺の裏にペンを走らせた。

「これは私のシークレット電話です。それと、もし連絡がつかないときは、このポケベル番号で呼び出してください」

「そうですか」

　竜一はポケベルなど持つ気はなかった。これを必要とするのは、しょせん人に使われる側の人間だ。

「では、私はこれで失礼させていただきます」

影山が竜一の持ってきた債券や株券の明細を記し、たしかに預った旨の一筆をしたためると、腰を上げた。

「話がある、と言ってたな」

影山が消えると、曽根村が促した。

「ふたつ、お願いできますか？」

「言ってみろ」

曽根村がウイスキーをくちにした。

「今でも、東都信用組合は、会長の意のままに？」

「ならんこともない。しかし、あれは核となる金融機関を持つための捨て石のような存在だった。銀行が必要なのか？」

「そうです。影山が言ってましたように、今は金を作るにはまたとない機会です。ですが、実業の看板を掲げる以上、むかしのような荒っぽい真似はできません。最近、ある分譲マンション業者に融資しました。会長の息のかかった銀行がバックについてくれれば、土地を転がせます。その業者に、地上げさせた土地を買わせます。数社、あいだに入れれば、おもしろいように、金は膨れ上がるとおもいます」

手持ちの百五十億では、ホテルチェーンを作ることなど夢のまた夢だ。土地を合法的に転がして巨額の資金を作る必要がある。

「わかった。久本に相談しろ」

そう言って曽根村は、しかるべき金融機関を竜一に紹介しろ、と久本に命じた。

「そのワンルームマンション業者、なかなか際どい営業をやっております。土地を見つける嗅覚も鋭い。問題は、見つけた土地をなかなか商品化できないという点です。つまり地上げの力が弱いのが難点なのです」

「そいつも手助けしろ、と？」

「できれば……」

曽根村が笑った。

「いいだろう。どこをどうしたらいいのか、それも久本に報告しろ」

「ありがとうございます」

「で、もうひとつは？」

曽根村が手にした葉巻に、久本がライターの火を点ける。部屋全体に、葉巻特有の甘い匂いが広がった。

「『東京二階堂急便』社長、大西勇にお引き合わせ願えますか？」

「いよいよか」

「はい」

　曽根村と見つめ合った。

「会って、どうする？」

「放っておいても、いずれ大西は自滅します」

「自滅する前に、食い尽くそうというのか？」

　曽根村の口調は愉しそうだった。

「今だったら、まだ十分に利用価値があります。あと一週間もしたら、咲が日本に帰ってきます。ふたりで、大西に会ってみたいと考えています」

　先日、咲から国際電話がかかってきた。お目当ての業者とのエージェント契約は順調に進んでいるという。最初の一年間は、先行投資として、プロパガンダに徹したい、と咲は言った。そのために、日本の芸能プロダクションと専属の契約を結ぶ。所属タレントが、海外の著名な美容師やエステティシャン、整形外科医の手で磨かれるのを嫌がる芸能プロダクションはないだろう。むろん料金は無料だが、彼女たちが広告塔としての役割も担う。どれぐらいの出資となるか。咲のためなら、十億、二十億の金など惜しくもない。彼女なら、いずれ将来、大輪の花を咲かせるにちがいなかった。

「なるほど。大西は、芸能界のタニマチを気取っているようだからな。いいところをいろいろと紹介してくれるだろう。それで、おまえのほうの狙いはなんだ？」

竜一の心を見透かしたように、曽根村が訊いた。

「先日、大西が関与している手形のリストをいただきました。たぶん実態はあんなものではないでしょう。大西に、もっと多額の手形を振り出させます。余所《よそ》で振り出した手形の裏書きでもいい。要は、彼をニッチもサッチもいかない状態に追い込みたいのです」

「それでどうする？」

曽根村のくち元には笑みが浮かんでいる。

「しかし、大西も馬鹿ではありません。なんの理由もなく手形は振り出さないでしょうし、裏書きもしないでしょう。大西に、株の買占め計画を勧めるつもりです」

「買占め？」

曽根村が葉巻の灰を落とした。

「そうです。大西は、いずれ自分が二階堂源平にすべてを奪われるとの疑心暗鬼に駆られて、その防御のために、政界とのパイプ作りに血まなこになっています。ですから、その弱点をつきたいとおもいます……」

いずれ施行される物流二法。大西は自分が手塩にかけて育てた「東京二階堂急便」が可愛くないわけがない。幸い大西は、日本列島の心臓部ともいえる首都圏に営業網を張りめぐらせている。それをうまく使え、と進言する。

全国ネットで運送業を展開するには、トラックや配送車の発着が可能なターミナルと、預った物を保管する倉庫が必要となる。

物流二法が施行されれば、市街化調整区域でのターミナル建設も容認されるようになる。大西が独自に生き延びるには、全国に広がる倉庫施設を所有したり、それらを所有する企業と業務提携を図るのもひとつの方法だが、もうひとつの生き残りの術は、「二階堂急便」と敵対関係にある他の運送業者と組むことだ。

「東証一部に、『吉兼《よしかね》倉庫』という企業があります。資本金は百二十億と小さいですが、含み資産はすごい。全国各地に、倉庫網を持っています」

「なるほど……」

先を促すように、曽根村が聞き耳を立てている。

「それと、同じく東証一部上場の『浜田《はまだ》運輸』。中堅ですが、堅実経営で、社歴も古い。なにより、同じ関西に拠点を置く運輸会社として、社長の浜田実《みのる》は、二階堂源平に、並々ならないライバル意識を抱いています。源平の商法に、反撥心を抱いているのです」

「そのふたつの会社の株を買占めさせる、というのか」

「そうです。そのためには資金が要ります。大西は、手形を切るでしょう」

「そしていずれは、首が回らなくなる……」

「ですが、私は、二階堂源平は、『東京二階堂急便』が振り出した手形、裏書きした手形を絶対に回収に回ると見ています。もし『二階堂急便』が上場している会社なら、源平も手は出せない。しかし、『二階堂急便』は非上場会社です。心臓部を握る『東京二階堂急便』の不始末は、身内で処理しようとするでしょう。源平は他の主管店に弱みを見せるわけにはいかないのです。監督官庁の目も光っていますし……」

突然、曾根村が哄笑《こうしょう》した。

「さすがだな、竜——いや、猛。大西が振り出した手形のいったい何割をかすめ奪《と》ろう、というのだ？」

「人聞きが悪いですね、会長。私は大西の側に立ち、彼を手助けしようというだけですよ。むろん、ただ働きはしません。いただくとしたら、『グローバルTSコーポレーション』としての手数料ですよ」

「手数料か……。まあ、いい。二階堂源平には、『協立商事』というアキレス腱がある。たぶん『協立商事』を通じて、政界に多額の金が流れているはずだ。だから問題は大きくしたくないだろうな。つまり、頃合いを見て、野党に一連の情報を流して、国会で追及でもさせる腹づもりか？」

「流れによっては……」

「流れ、だと？」

もう一度、曽根村のくちから哄笑が洩れた。

「そうなれば、源平は引退を余儀なくされるかもしれない。おまえと竜二の復讐の目的は達せられる……」

竜一は首を振った。

「源平の引退で、復讐の目的が達せられるなどとはおもっていません。やるなら、とことんです」

「『二階堂急便』を潰す、というのか」

「いえ。源平を引退させ、場合によったら、『二階堂急便』をそっくりいただくかもしれません」

「いいだろう。好きにやれ。わしは、おまえのやることが愉快でならん。しかし、あまり欲はかくなよ。むかしから腹八分目という言葉がある。腹がいっぱいになると、人間の思考能力は失せ、身体の自由もきかなくなる。そうだろう？　久本」

じっと黙って聞いている久本に、曽根村が声をかける。

「いや、感心して拝聴しておりました。さすがに、会長がお目をかけるだけのことはあるとおもいました。私も、お手伝いするのに、張合いが持てるというものです」

「辛辣《しんらつ》なおまえが、そこまで賞《ほ》めるか」

あすは早いのだ、と言うと、曽根村が満足げな顔で腰を上げた。

久本の運転する車で、曽根村は帰っていった。

17

元麻布の家に着いたとき、門前の人影に気がついた。全身の神経を尖《とが》らせる。

夜の十時。この時刻、この界隈はタクシーか自家用の車が通るだけで酔客の姿などほとんど見かけない。

メルセデスのヘッドライトをハイビームに変えた。明かりのなかで、男が光線を遮るように、両手で目をおおった。

エンジンをかけたまま、竜一は車から降りた。

「どうしたんだね？　こんな時刻に」

男は、「ヒューマンニード」の社長、村上だった。

「社長にお会いしたくて、待っておりました」

酔っているのかとおもったが、そうではないらしい。

「なんの用かね？」

「話を聞いていただけませんか？」

姿勢を正し、村上が改まった口調で言った。

「きょうじゃなければ駄目な話か？」

「お邪魔でしたら、出直します。日を改めてもかまいません。社長にお目にかかってから、いろいろと考えさせられるところがありました。やむにやまれぬ気持ちで、おうかがいしたというのが本心です」

迷ったのは一瞬だった。部屋で聞こう、と言って、竜一はガレージのロックを外した。

メルセデスを入れ、鉄扉のキー穴に鍵を挿し込む。

「入れ」

村上を招き入れ、鉄扉に錠をかける。

一階のリビングに足を踏み入れた村上が、内装に目を見張っている。

咲が改装した室内は広々としていて、壁には油彩画が何点かとタペストリーが飾られている。アールデコ調のインテリアが、明かりを抑えたなかで、落ち着いた空間を演出している。

「すこし飲み足りない。つき合うか？」

洋酒棚から、ヘネシーを取り出した。

「いただきます」

グラスをふたつ用意し、突っ立ったままの村上に、部屋の中央のソファに顎をしゃくった。

「すばらしいお宅ですね」

村上の口調に、お世辞は感じられなかった。

「それで、話というのは？」

グラスを揺すりながら、促した。

突然村上がソファから腰を上げ、床に手をついた。融資を引き受けたときと同じパフォーマンスだ。

「大学を出てからこの二十年余り、私は自分に対してある種の自信――いや、驕《おご》りと言ってもいいものを抱えて生きてまいりました。今の会社を、もっともっと大きくすることができるとの自負心もありました。しかし、先日、社長にお会いしてから、その自信が根底から大きく揺らぎはじめました。もし私が社長の立場だったら、私の会社に融資などしなかったでしょう。人間に対して、信頼する気持ちがないからです。社長は、会社を発展させれば、株を返すとまで言われた。私は打たれたのです。社長という人間に」

「高々、三億ばかりの用立てで、そこまで卑屈になることはない。そんな姿を見たら、社員が皆、離れてゆくぞ」

　ソファに座り直せ、と竜一は言った。

「いえ、聞いてください」

　村上は姿勢を戻そうとはしなかった。

　追加の融資を頼みたいと言うのだろうか。竜一は冷めた目で、村上を見つめた。

「株を返していただくことを断念します。私は、自分の器というものを自覚しました。仕事柄、これまでに何人もの人間に接してきました。ですが、社長ほどの人物にお目にかかったことはありません。社長がこの日本でなにをなさろうとしているのか、詳しくは知りません。お願いがあります。私に社長のお手伝いをさせていただけませんか。私は一国一城の主よりも、社長が成し遂げようとなさっている事業のために手足となって働きたい。そうおもうようになったのです。私では力不足でしょうか」

　竜一を見る村上の眼差しは真剣だった。

「事業家としての自分の夢を捨てようというのかね」

「人間には器というものがあります。今申し上げましたように、私は自分の器に見切りをつけたのです。これまで培《つちか》ってきた私の知識、人脈、それらのすべてを社長に捧げて、手足となって働きたいのです」

村上の真意を推し測った。どこまでが本心なのか。

「小畑さんには相談したのかね」

「いえ。これは私の一生の問題です。私の人生は私が決めます。小さいころから、その信念だけは変えることはありませんでした」

「貴方と会ったのは、わずかな時間だ。私という人間がどんな人間なのか、よくはわかるまい」

「なぜ私が人材派遣会社を立ち上げたのか。それは自分には人間を見る目がある、との自信があったからです。私は社長に惚れ込んだ。一生、この人についていきたい、そうおもったのです」

村上の瞳が潤んでいる。

竜一は黙って腰を上げた。村上に背をむけ、窓の外の暗い夜空に目をやった。

「村上」

小声でつぶやく。

「はい」

「どんなことがあっても秘密を守れるか」

「誓って」

「おれは、おれを裏切る人間は決して許さない。その覚悟はあるか」

「その覚悟がなければ、こうしてお邪魔しておりません」

振り返った。

「いいだろう。おれについてこい」

「ありがとうございます。どんなことがあろうと、とことん社長についてまいります」

村上が深々と頭を下げた。

18

荒い息を吐き、咲がぐったりと身体を崩す。

竜一は、咲の臀部の薔薇の入れ墨に唇を押しつけた。汗ばむ肌のなかの薔薇は、まるで生きているかのように波打っている。

アメリカから帰ってきてまだ二時間と経っていない。報告もなにも聞かず、すぐにベッドにもつれ込んだ。竜一同様、咲の欲求もすさまじかった。

身体を合わせれば合わせるほど、かつて覚えたことのない陶酔感が深まる。夫婦というより、この世のなかのたった一対の生き物になったかのような錯覚すらする。咲は自分のために生まれてきた、そう確信した。

たばこに火を点けると、ひとくち吸わせて、と咲が物憂げに言った。

咲の唇に、たばこをくわえさせてやる。

渡米中に起きた出来事を話してやった。咲がじっと耳を傾けている。すでにその顔からは、身体を合わせた後の気怠《けだる》い表情は失せている。

「その村上という男、信用できそうなの？」

「人間なんて、そう信用できるものではない。しかし、おれと咲とふたりだけでは、いずれ身動きできなくなる。二、三年、ようすを見てみようじゃないか」

「わかった。貴方が決めたことに、異論をとなえるつもりはないわ」

あっさりと咲がうなずく。

「『レインボー咲』のスタッフも選んでおくように伝えてある」

「むこうで契約した、美容師やエステティシャン、それに整形外科医たちは、こちらの態勢が整いしだい、来日してくれるわ」

「その方面は、サッパリわからん。すべて咲のおもいどおりにしたらいい。必要な資金はすべて出す」

「うれしいわ。私の夢が叶いそう」

咲の腕が竜一の首に巻きつく。

「おまえの夢はおれの夢でもある。おれの夢はおまえの夢だ」

ワンルームマンション業者への融資のダミーとなる会社の物色。だがそこにも直接資金は投入しない。久本に頼んで、もう一社、あいだにかませる。そうすることによって、「グローバルTSコーポレーション」の影を消す。他にもある。大西勇との接触、新社屋のための用地買収、「吉兼倉庫」と「浜田運輸」の株集め——。やらなければならないことが、山積している。首に巻きついた咲の腕に唇を這わせながら、竜一は武者震いをした。

シャワーを浴びる、と言って、咲がバスルームに消えた。

ウイスキーをグラスに注いでいるとき、電話が鳴った。久本からだった。

——明後日の夜、時間を作れますか。大西に引き合わせます。

「そうですか。ありがとうございます。万難を排しておうかがいします」

場所はやはり白金の料亭だった。曽根村はなにも言わないが、あるいはあそこは彼が所有している店なのかもしれない。

「咲も同席させます」

——けっこうですよ。貴方のことは、外資の金持ちだとだけ先方には言ってあります。会長のくち添えですから、安心して、なんでもお話しになってかまいません。

「わかりました。感謝します」

――それと、金融筋のほうですが、話はつけておきました。資金が必要なときは、おっしゃってください。相手に引き合わせます。

もう一度礼を言い、電話を切った。

久本の行動は機敏だ。さすがに曽根村が秘書として使うだけある。

すべてが確実に動き出した。退屈極まりなかったリオでの生活が嘘のようだ。

「電話、誰から？」

バスローブで身体を包んだ咲が、髪を拭きながら訊いた。

「久本だよ」

電話の内容を咲に教えてやった。

「おれは外資の金持ち、と紹介してるらしい。大西のやつ、すぐに、融資話を切り出すだろうな」

「応じるの？」

「むろん応じるさ。もっとも、おれの金はビタ一文出さないけどな」

「まるで、シメ殺しいちじく、に見込まれたようね、大西は」

咲が笑った。

「シメ殺しいちじく？　なんだ、それは」

「南方のジャングルに生える木よ」

巨木に絡みつき、その巨木の養分を吸い尽くす、植物界のヒルのような存在。それがシメ殺しいちじく、という木なのだ、と咲が笑って説明した。

「おれは、ヒルかい？」

苦笑を洩らして、竜一は首をすくめた。

「喩えが悪かったわね。大西の末路を言いたかっただけよ」

「大西がどんなに背伸びしようと、しょせん源平とは器がちがう。大西は源平に対抗意識を持っているようだが、彼が今あるのは、源平という力があってこそだ。源平に逆らうことなく、忠誠を誓っていれば、滅びることもないのに、な。つまり大西は、その程度の男だよ。おれがやらなくても、いずれ大西は他の誰かに葬りさられる」

「私も、せいぜい大西を利用させてもらうわ」

咲がウイスキーを手に、竜一の横に来た。シャンプーの香りに、ふたたび竜一は欲情を覚えた。

咲を引き寄せる。咲の手のグラスから、ウイスキーがこぼれ落ちた。

19

男が名刺を取り出した。顔のなかの瞳がせわしなく動く。

竜一は名刺と男の顔を照合するように、見つめた。

『日興開発代表取締役社長 長谷部《はせべ》博章《ひろあき》』。ワンルームマンションの分譲販売会社の社長だ。

「話は、村上から聞いてます。三十億ですか」

背筋を伸ばした長谷部が、竜一と村上に、すがるような目で、うなずいた。

「条件があります」

「おっしゃってください」

緊張のためか、長谷部の頬が小さく痙攣《けいれん》している。
四十二、三、そんな年だろう。この若さでここまで会社を拡張したのだから、根はしたたかなはずだ。だが、黒々とした髪の下の表情はそれを隠すように穏やかにも見える。それがこの男の世のなかを渡るための武器なのかもしれない。
「金利は年、五パーセント」

「えっ」

長谷部が目を見開いた。無理もない。銀行金利よりも低率だ。

「私は金貸しではないんでね。貴社への融資とは考えてない」

「と言われますと？」

長谷部の顔に不安の色が浮かんだ。

「投資ですよ、投資。『グローバルTSコーポレーション』は投資会社なんです。利益の折半では、どうです？」

「折半？」

長谷部の声が裏返った。

「調べたところでは、お宅は若い社員、それも元気な社員が多い」

皮肉を込めて、竜一は言った。

若い二十代の社員を募集し、馬車馬のように二十四時間働かせ、しかも詐欺すれすれの強引商法を展開している。苦情もかなりあるらしい。

「噂は耳に入ってますよ。しかし、強引と言われようとなんだろうと、販売力が伴わない会社は先が知れている」

長谷部に笑みを送った。

「自信はあります。だからこそ、村上さんに融資の紹介をお願いしたのです」

皮肉は通じなかったようだ。気負ったように長谷部が言った。

「金以外の問題もある」

「なんのことでしょう？」

長谷部が竜一を見つめる。

「都心部に格好の土地を探し出す嗅覚はある。しかし、開発はなかなか進まない。もしそれがクリアできたら、業績はもっと伸びる。ちがいますか？」

長谷部は無言だった。

「利益の折半を条件にするからには、金以外の応援もする。地上げ交渉のお手伝いをしましょう。うちは、資金も豊富だが、そういう方面のプロのツテもある。地上げのための資金も用意する。このふたつの協力を申し出ても、承諾できないですかな？」

瞳がせわしなく動いた。考えているとき、緊張したりしたときの癖のようだ。

「長谷部さん、悪い条件じゃないとおもいますよ」

黙って聞いていた村上がくちを挟んだ。

村上に目をやり、長谷部が言った。

「二、三日、考えさせてもらえませんか？」

「いいですよ。二、三日どころか、一ヵ月二ヵ月、気が済むまで考えられたらいい」

わざと興味を失ったような顔をして、竜一は腰を上げ、大きな木製の自分のデスクに座り直して、村上が持参した書類に目を落とした。

応接ソファに座る長谷部の、うかがうような視線を感じた。
一、二ヵ月も待てるわけがない。長谷部の会社の手形決済の期日は一週間後に迫っているのだ。
「では、後日、返事をさせてもらいます」

竜一に一礼すると、長谷部は部屋から出ていった。見送りに行こうとする村上を、竜一は首を振ってとどめた。

「申し訳ありません。話はもっと簡単に済むとおもったのですが」

「謝ることはない。虚勢ぐらい張らせてやれ。結果は見えている。それより、彼のところに融資するためのダミー会社を早急に手当てしてくれ」

長谷部の会社にどう対応していくのか、その方策はすべて村上に話してある。重要なのは、「グローバルTSコーポレーション」に傷がつくのを避けることだ。

「わかりました」

村上が頭を下げ、帰ろうとする。

「ちょっと待て」

電話を手にして、咲に来るよう、言った。咲の会社には内線が繋がるようになっている。

「『レインボー咲』の社長を紹介しておく。大切なパートナーだからな」

すぐに咲が顔を出した。

「こちらの方が、『ヒューマンニード』の村上社長だ」

咲に、村上から受け取った「レインボー咲」のスタッフ候補の名簿を渡した。

「目を通し、気に入った人間を、選ぶといい」

「話はうかがっております。今後ともよろしく」

咲の名刺を受け取った村上の顔は、上気していた。

秋らしい藍色《あいいろ》のツーピース姿の咲は、モデル顔負けの華やかさがある。しかも知性に溢れている。

「なに、キョトンとした顔をしてるんだ」

内心の誇らしさを隠し、竜一は村上に言った。

「失礼しました。村上です。宇田社長に魅かれ、お手伝いさせてもらうことになりました。必要なことはなんなりとお申しつけください。全力でやらせていただきます」

村上が咲に深々と頭を下げる。

「ありがとう。貴方が選んでくれたのならなんの不服もありません。このスタッフを来月からよこしてください」

　スタッフ名簿に視線を落とし、咲がうなずいている。

「紹介は終わりだ」

　竜一は村上の手と咲の手を重ね合わせ、その上に自分の手をのせた。

「我々は身内だ。これからの飛躍を誓おう」

「全力を尽くします」

　答える村上の興奮が伝わってくる。

　村上が帰ると、咲がコーヒーを淹れてくれた。

「感想はどうだ？」

「気に入ったわ。使えそうな人間よ。選んだスタッフの履歴を見ると、私がなにをやりたいのかを十分に理解しているわ」

　あと数日もしたら十一月に入る。窓の外の景色には、秋の色よりも冬の匂いを感じた。

「来月からは、ここのスタッフも顔を出す。いよいよだな」

「もうすぐ今年も終わりね。来年からのことを考えると、胸が躍るわ」

「おれたちには、年の終わりも、来年もない。毎日が勝負さ。六時に出るとしよう」

　今夜、大西勇と会う。約束は七時だが、早めに出掛けて待つつもりだった。

20

料亭には六時半に着いた。茶をすすりながら大西を待った。あと十五分もしたら七時だ。

「なに浮かない顔をしているの？」

黙って目を閉じる竜一に、咲が訊く。

「大西と会ったら、どう話を進めるかを考えていただけだ」

嘘だった。来る前に竜二と交わした電話での話をおもい出していた。

いよいよだな、竜一。復讐できるんだな、源平に。美佐のために、二階堂急便をズタズタにしてやろう。

竜二と交わした約束は、すべて、必ず守る。しかし、竜一の本心は微妙に揺れていた。

竜二は復讐と言う。しかし、二階堂急便に対する気持ちは、当初の復讐という感情からは変化して、乗っ取りたい、という欲望が芽生えはじめている。美佐のため、でもない。世のなかの大きな組織を手中に収めたいという願望からだ。

ようやくジョン・ドゥから脱出できた。これからは、己の存在を世に問いたい。だが竜二には、そんな胸のうちを曝《さら》さなかった。

仲居が来客を告げに来た。

姿勢を正し、大西を待った。

「早くから来られていたそうですね」

顔を出した久本が、竜一と咲に笑みをむける。彼の後ろから、恰幅《かっぷく》のいい、やや赤ら顔の六十前後の男が、どんよりとした目でこちらをうかがっている。

酒と女と金。大西は巷《ちまた》では、豪放磊落と言われているが、竜一からすれば、単に自堕落なだけだ。

テーブルに対座してから、久本が紹介の労を取った。

「お若いとは聞かされたが、若さばかりか、こんなお美しい伴侶を持たれていて、うらやましいかぎりですな」

「恐縮です。初めてお目にかかりますが、大西社長は、噂どおりの方、と確信しました」

「どんな噂かね？」

満更でもない表情で、大西がおしぼりで顔を拭く。

「小事に疎《うと》く、面倒見のよい、豪放磊落なお方。週刊誌などでは、そう紹介されています」

「主人の言うとおりです」

咲も口調を合わせる。

「思考能力の衰えた老人というだけのことですよ」

なあ、と言いながら、大西が隣の久本に笑みを投げる。

機嫌がいい。咲とふたり、好印象を持たれたのがわかる。

仲居が去ってから、大西のグラスにビールを注ごうとした。

「美しい女性からのほうがいいですな」

大西が笑う。

咲が竜一からビール瓶を取り、大西にむけた。

「ところで、どうして私と会いたかったのかね？」

くちの端にビールの泡をつけ、大西が訊いた。

「久本さんからは、私が知り合って損のないご夫婦だとしか教えられていないが」

「損とか得とかは、私のくちからはなんとも言えません。それはこれからの私の話を聞いて、大西さんが直接判断してください」

「なるほど」

鷹揚にうなずき、大西が料理に箸をつける。

「私は日系ブラジル人でして、ね……」

竜一は、頭のなかにたたき込んである三番目のジョン・ドゥ——宇田猛の生い立ちと、咲と結婚するに至った経緯を語った。

「必死で働き、小さな財を作って、それを元手にウォール街で勝負に出たんです。幸運にも、ユダヤ系金融の目にとまりまして、ね。それからはおもしろいように金が集まるようになった。その名刺にあるケイマン諸島、ご存じないかもしれませんが、世界各国から、税金を逃れるために企業が進出してきてるんですよ。誤解のないように申し上げますが、脱税ではありません。ケイマン諸島は、税の恩恵を与えることで、成り立っているんです。もし私が妻と知り合うことがなかったら、あるいは私は、その地で一生を終えることになっていたかもしれません。しかし運命的と言いますか、妻と会ってしまった。私は自分の身体に流れる日本人の血に正直になりたいとおもった。日本で一生を終えたい、とおもった。そのためには、この日本で自分の土台を作る必要がある。政財界に繋がりのある、尊敬できる人たちと知り合いたい、それが私と妻の希望であり、願いなのです」

　自分でも驚くほど能弁だった。

「この私が、君や奥さんの希望に沿う人物とおもった、とでも……？」

「私なりに、日本の企業や社会構造、経済のメカニズムを調べてみました。これからは閉鎖的だった日本の経済メカニズムは大きく変わるでしょう。自由化の波が押し寄せてくる。外資の参入は、驚くほどのスピードで日本に変革をもたらすでしょう」

「なるほど。勉強家でもあるわけだ」

大西の言葉を無視して、竜一はつづけた。

「知り合いに、今は名前を伏せさせていただきますが——運輸官僚のキャリアがいます。彼から、大西社長の、運送業界の話を聞きました。興味を持って、それからいろいろと調べてみた。なかなか大変なようですね、大西社長の業界も」

機嫌のよかった大西の顔が苦虫を嚙み潰したような表情に変わっている。

気にしなかった。竜一には大西が自分になびく自信があった。

「人間関係というのは、持ちつ持たれつ、です。大西社長のお力をお借りする場面もあれば、さしでがましいようですが、私のほうから社長をお助けできることがあるかもしれない。そうおもったのです」

「私に、どんな力を貸せるというのかね？」

「社長はお顔が広い。社長の人徳のおかげで、いろいろな人たちが社長の許に助けを求めに来ているると聞いております。妻はこのたび、『レインボー咲』という会社を興しました。美容業界に進出する夢を抱いております。話を聞いていただけますか？」

大西の視線が咲にむけられた。

咲が空になった大西のグラスにビールを注いだ。

「わざわざお越しいただいて、きょうは本当にありがとうございます。今、主人が話しましたように、私には私なりの夢があります……」

咲がアメリカやヨーロッパの美容業界の話を語りはじめた。

話に好奇心を抱いたのか、咲に好奇心を抱いたのか、大西のどんよりとした目はしだいに光を帯びはじめていた。

咲がカバンのなかから、書類を取り出した。

「留学中に種を蒔《ま》いておいたおかげで、むこうで名をはせる何人かの方々とエージェント契約を結ぶことができました。日本の美容業界でも、組織だってやっている企業はたくさんあります。しかし、女性という人種は、心変わりしやすいですし、それに流行に敏感ですから、すこしでもその嗅覚を鈍らせたら、たちどころに、行き詰まってしまいます。海外の流行を先取りしなければならないのです。その点については、私は自信があります。それに、こう言ってはなんですが、私には資金力豊かな主人がついています」

「なら、なにひとつとして、心配は要らんじゃないですか」

「いえ」

咲が頭を振った。

「今の時代に要求されるのは、そうしたノウハウ、資金と同時に、スピードなのです。日進月歩などという言葉ですら遅いのです。毎分毎秒の変化に対応しなければなりません」

書類をパラパラとめくり、咲が大西に差し出す。

「いや、私が見てもチンプンカンプンでわかりゃしない。それで、この私にどうしろ、と？」

咲に書類を押し返し、大西が訊いた。

「宣伝で、最も手っ取り早いのは、世間で注目を浴びている人たちに、私の企業の顧客になっていただくことです。社長は芸能界にも顔が広いと聞いています。有力どころのプロダクションや女優、タレント、歌手、そうした方々をご紹介願えませんか。彼女たちは、美に関心がある。いえ、美を失いたくないと、切実に願っている。彼女たちの願いを実現する自信が私にはあります。お断りしておきますが、彼女たちからは、一切料金をいただきません。最先端の美容テクニックや医療などを、無償で提供いたします。彼女たちにも、決して損な話ではないとおもいます」

「そんなことですか」

拍子抜けしたような顔で、大西が言った。

「私は、もっと難しい話かとおもった。その程度のことなら、お安いご用だ。いくらでも力を貸しましょう。その業界だったら、私が言って、首を縦に振らない人間はさほどいませんよ。しかし、無料でされると言われたが、いったいどれぐらいの金額に相当するのかね」

「数億、いえもっとかもしれません。覚悟はしております」

「数億？　ほう……」

感心したように、大西が竜一と久本に、視線を動かす。

大西はブランデーが好きだと久本に教えられていた。竜一は、用意させておいた年代物のブランデーの封を切った。

咲に注いでさし上げるよう言って、ボトルとグラスを渡す。

「ご助力、感謝いたします。さきほども言いましたが、力をお借りしたら、お返しするのが筋というものです」

竜一もブランデーに替え、大西に目をやった。

「社長、街なかに大分出回ってますね」

「なにがだね？」

竜一は懐から、大西の振り出した、あるいは裏書きしてある手形のリストを取り出して、大西に手渡した。

一見するなり、大西の顔が朱に染まった。

「なんだね、これは。どういうことだ」

竜一を睨みつける。

「失礼だとはおもったのですが、調べさせました。街金《まちきん》にこのようなものが出回っては、社長の面子《メンツ》が丸潰れです。すべて、私が回収しましょう」

「なにぃ……」

大西が目を瞬かせた。

「私が回収して保持すれば、表面に出ることはありません。この際です。正規の金融筋以外に出回っている手形のすべてを、私に正直に教えていただけませんか。決して、悪いようにはしません」

興奮気味だった大西が、すこし落ち着きを取り戻した。

「どうしてそこまでやる？　奥さんの事業の手助けの見返りとしては、あまりに釣り合わんのじゃないかね」

「回収するとは申しましたが、借金を肩代わりするわけではありません。手形は期日にきちんと決済していただきます。社長の面子が保たれるというにすぎません。じつは本題はこれからなんです」

たばこの断りを入れてから、竜一はマッチを擦《す》った。

「『二階堂急便』はふしぎな会社だ。運送業界の実態を調べているときに、真っ先に目にとまったのが、社長の所属しておられる『二階堂急便グループ』だった。詳しく調べていくうちに、益々ふしぎにおもうようになった。端的に申し上げましょう。物流二法が施行されたら、『二階堂急便』内での社長の立場は非常に微妙になる……。いや、もっとはっきりと言わせてもらえば、いずれ社長は、親会社に見切りをつけられるかもしれない。そのことは、社長ご自身が一番よくわかっておいでではないですか」

鎮まっていた興奮をふたたび呼び起こしてしまったようだ。大西の首筋に血管が浮き出ている。

「なにを根拠にそんな馬鹿げたことを言う。失礼極まりないな」

「主管店のなかでも、社長の『東京二階堂急便』だけは独立王国的な地位を保っておられる。裏を返せば、会長の二階堂源平氏にとって、社長は目の上のタンコブ的存在と言えるでしょう。やがて、路線は自由化となり、激しい競争時代に突入する。そうなれば、『二階堂急便グループ』内での社長の立場は極めて弱くなってしまう。その危機感を抱かれているから、社長は政界とのパイプ作りに躍起になっておられるのでしょう？　ちがいますか」

ふう、と大西が大きな嘆息を吐いた。チラリと久本に目をやる。

「社長。宇田さんの力を借りられたらいかがですか。うちの会長は、宇田さんを全面的に信頼していますよ。宇田さんのためなら命まで投げ出すよう、私に命じられているほどです」

久本が噛んで含めるように言い、大西にブランデーを勧めた。

「よく調べたものだ。感心するよ」

観念したように、大西がつぶやく。

「それでは、具体的に、どう私を助けるというのかね」

「二階堂会長は、超ワンマンで、あのとおりの性格です。今、社長が白旗を掲げたところで、一時的には許したそぶりを示しても、いずれは冷遇するに決まっています。ならばと、会長と袂を分かって、他の主管店を社長の味方につけようとしても、今更、遅い。他の主管店は皆、株で支配を受けてますからね」

「そんなことはわかっておる」

腹立たしげに大西が言った。

「社長が生き残る方法はふたつ」

断言するように、竜一は言った。

「ひとつは、物流二法が施行される前に、『二階堂急便』本社の議決権に参画できるだけの株を源平会長から譲り受けること」

「そんなこと、あいつが許すわけがない」

大西が吐き捨てるように言う。

「そうでもないですよ。方策はある。これはもうひとつの方法とも関連するのですが」

竜一は用意しておいた書類を大西の前に置いた。

「なんだね？　これは」

「『吉兼倉庫』と『浜田運輸』の資料ですよ」

「それと、なんの関係がある？」

「『吉兼倉庫』には、運送業に不可欠な倉庫網と膨大な含み資産がある。ご存じのように、『浜田運輸』は、二階堂急便とは犬猿の仲だ。このふたつの会社の株を買い集めるのですよ」

意味がわからないとでもいうように、大西が目を瞬かせた。

「それもグズグズはできない。来年中には、それなりの株を集めねばならない」

「それで……？」

「場合によったら、『浜田運輸』に、『東京二階堂急便』を買い取ってもらう。そう言えるだけの株を集めれば、『浜田運輸』も無下には断れないでしょう。『吉兼倉庫』のほうは、『東京二階堂急便』が親会社を離れて独立するときに役立つ。いずれにしたところで、株集めが目標の水準に達したら、そのときに、源平会長にその腹づもりをぶつけるんですよ」

物流二法が施行される前に、「東京二階堂急便」が「浜田運輸」の傘下に組み込まれれば、源平は大きな痛手をこうむる。全国ネットで展開される運送業の心臓部を失えば、それこそ営業に支障をきたすからだ。それでも源平が本社株の譲渡を拒否すれば、独立宣言をする。むろん、そのときは、物流二法が追い風となる。

「どちらに転んでも、社長は生き残れるんですよ」

もう一本たばこに火を点けた。つられたように、大西もたばこを取り出した。火を点ける大西の指先はかすかに震えていた。

「意図はわかった。しかし、株集めをするといっても、その資金がない。それこそ、目の玉が飛び出してしまうほどの額が必要だろう」

「資金のお手伝いはしますよ。それと、極秘裏に事を進めるには、証券業界での腕っこきの人間の助けが要る。それをやってくれる人物の心当たりもあります」

「資金を手伝うというが、うちの会社にはそれに見合う担保となるような資産はないぞ」

「手形があるじゃないですか」

「手形？」

「そうです。『東京二階堂急便』の会社自体には資産がないかもしれない。しかし、振り出した手形には、グループ全体の信用がかかっている。源平会長は、自分に無関係だとシラを切るわけにはいかないのです。つまり、『東京二階堂急便』の手形は、二階堂急便全体の責任を背負った手形なんです。値打ちがあるんです」

たばこを指先でいじり回しながら、大西が考え込んでいる。正念場の決断を迫られている
とおもっているにちがいなかった。
「社長」
耳を傾けていた咲が、やさしい口調で声をかけた。
「人生は短いですわ。仮に失敗に終わったとしても、そのほうが悔いが残らないのではない
ですか。主人は、社長の期待に応えられるだけの実行力を持った人物です」
決断がつきかねるように、大西が久本に顔をむけた。
豪放磊落との世評とはほど遠い表情だ。根は小心者にちがいない。
「出回っている手形、それだけでも大変なんでしょう。宇田さんを信用されたらどうです
か」
無表情に久本が言った。
そのひと言で、肚が固まったのか、大西がたばこを灰皿に押し潰してから、竜一に言った。
「わかった。その話に乗らしてもらおう」
「そうですか。決心されましたか。さきほど、ウォール街で成功を収めた話をしましたが、
あのときつくづくとおもったものです。男にはふたつの道しかない、と。進むか、逃げるか、
そのふたつです。逃げる道を選択するのは、九十九・九パーセントの人たちに任せておけば

いい。ある人物が、むかし私にこう諭したことがあります。この世のなかは、九十九・九パーセントの凡庸な人間と、その九十九・九パーセントの凡庸な人間を支配する〇・一パーセントの人間とで成り立っていると。社長は後者の人間ですよ。若僧がくちはばったいことを言うようですが」


大西がブランデーを手にして、竜一に勧める。

「私の酒を受けてくれ。心のなかの靄《もや》が晴れたような気分だ」

注いでもらったグラスに、大西が自分のそれをぶつける。

「よろしく頼む。じつを言うと、ここへ来ることには気が進まなかったんだ。人間、どこで、どう運命が開かれるかわからんな。私はきょう、自分の運命を感じたよ」

「では、妻のほうの件は、社長にお願いしましたよ」

咲と目が合った。咲の目は、勝利宣言をしているかのように笑っていた。

21

十一月一日。きょうは、「レインボー咲」と「グローバルTSコーポレーション」に、スタッフが集合することになっている。

ビルの最上階の六階が「グローバルTSコーポレーション」と「レインボー咲」の入っているフロアだ。ワンフロアを借り切っている。

すでに村上が来ていた。

「早いな」

「今朝一番に、長谷部から連絡がありました。社長の条件はすべて呑むそうです」

「そうか」

結果の見えた話だ。特に感じるものはない。

「午後一番に、挨拶に訪れたい、と言ってましたが」

「わかった。待っている、と伝えてくれ」

始業タイムは九時だが、九時まで十五分ほど残して、ひとりふたりとスタッフが顔を出してくる。

当然村上は、全員を知っているが、竜一は履歴書に目を通しただけなので、きょうが初顔合わせとなる。

「おはようございます」

出社したスタッフが、村上と竜一に声をかける。村上には笑みを投げるが、竜一には軽い会釈だけだ。たぶん自分たちの仲間のひとりとおもっているのだろう。全員が揃ったときに名乗るので、いちいち紹介することはない、と村上には伝えてある。

九時ちょうどに、村上が全員を整列させた。

全員といったところで、女性スタッフが二名と、男性スタッフが五名の小所帯で、皆若い。総務と経理の責任者に決めた伍代《ごだい》という男だけが最年長の四十六歳だ。

「ご苦労さまです。私は皆さんを知っていますが、ここ『グローバルTSコーポレーション』の宇田社長は、きょうが皆さんと初対面ということになります。ご紹介します。宇田社長です」

村上が竜一に挨拶を促す。

「初めまして、私が社長の宇田猛です。ご覧のとおり、皆さんと同じように若い。そして見ておわかりのように、皆さんが、うちの社での初めての社員です。ここにいる『ヒューマンニード』の社長である村上くんに、うちのスタッフの人選をお願いした。村上社長は、自信を持って送れるスタッフを揃える、と私に約束してくれた。期待しています」

長広舌は好きではない。全員に一礼し、あとを村上に任せようとしたが、若い男性スタッフのひとりが挙手をした。

「なんだ？」

「手島伸行《てじまのぶゆき》といいます。外資系の投資会社である、と聞かされただけで、詳しい内容は知らされておりません。社長のくちから、ぜひご説明願いたいのですが」

「そうか」

軽くうなずき、竜一は笑ってみせた。

「胸を張れることがひとつある。うちの会社は、資金が潤沢《じゅんたく》であるということだ。日本に進出してきた、というより、私は日本に骨を埋める覚悟で、この会社を設立した。腹案はいろいろある。その腹案も、すでにすこしずつ動きはじめている。君たちのなかで、これは、とおもう企画があったら、遠慮せずに申し出てくれ。いい企画なら、資金は出す。そのプロジェクトに必要なスタッフも揃えよう。誕生したばかりで、手垢のついていない企業、それが我が社だ。それともうひとつ」

竜一は全員を見回した。

「気づいた人もいるだろうが、この同じフロアに、『レインボー咲』という会社がある。社長は、私の妻が就任している。この『レインボー咲』という会社は、日本の美容業界に進出するために設立されたもので、我が社と兄弟会社とおもってくれていい。『レインボー咲』は、いずれ近いうちに、日本の美容業界をアッと言わせるほどの華々しさでデビューするだろう。だから、皆も負けずに、頑張ってほしい。うちの社で今現在進行中の案件については、いずれ誰かに手伝ってもらうことになるだろうが、当分は、企画案を練ることに専念してほしい。提出される企画内容と、各個人の適性に合わせて、仕事は割り振ることになるとおもう。説明はこれでいいか」

「わかりました。精一杯頑張ります」

手島の返事に、全員が拍手する。

以降のミーティングは村上に任せ、自室に戻った。

受話器を取る。竜二は在席していた。大西と会ったときの結果は、あの日の深夜、すでに電話で報告済みだ。

「どうだった？ 例の件は」

ビル建設予定地にあるタクシー会社の事務所。きのうの夜、竜二は相手先の専務と食事をすることになっていた。

――特に思惑はないようだ。会社の所有地ではなく、名義は社長本人になっている。あそこの社長も、表通りのあの雑居ビルを買収して、新しいテナントビルを建てたいとおもってるらしいんだが、雑居ビルのオーナーであるブティックの女社長が応じないそうだ。テナントビルを建てるのは本業ではないので、しつこく説得するのは控えているというのが現状らしい。

「見込みがある、ということか」

——十分、可能性はある。なんだったら、おれがタクシー会社の社長に、直談判してもいい。

「わかった。そうしてくれ。その結果しだいで、雑居ビルのオーナーのほうは考えるとしよう」

——きょう、スタッフが揃ったんだろう？　どうだ、新生会社の社長の気分は。

竜二の声にはちょっとばかり、冷やかしが込められていた。

「なかなかいいメンバーだ。楽しみだよ」

——竜……いや、社長ならきっとうまくいく。おれは信じているよ。

「ありがとう。ところで竜二、落ち着いたらホームパーティーをやろう、と約束してたな。きょうの夜はどうだ？」

——いや……。

竜二が言い淀んだ。

「仕事か？」

——美佐と食事の約束をしてるんだ。新しい童話の本の見本ができたらしい。それをぜひおれに見てほしいと。

カッとした。会社が産声を上げたというのに、美佐との約束のほうが大切だというのか。

「竜二。おれの旅立ちと美佐と、どっちが大事なんだ」

――なにを言ってるんだ。そういう問題じゃないだろう。

「わかった。もういい」

荒々しく電話を切った。初めてだった。小さいころから、竜二とはただの一度も喧嘩などしたことはない。

苛立ちが、竜二にではなくしだいに、美佐に対してむけられてゆく。

美佐……。どうすべきか。竜二との夢を摘むのは、世間にいる敵ではなく、美佐のような気がした。

電話が鳴った。おそらく竜二だろう。目を閉じ、竜一は鳴り響く電話のベルをただ聞いていた。

22

小さいながらも城はできた。城を作れば、外濠《そとぼり》も城下町も考えなければならない。外濠は、「グローバルTSコーポレーション」に司直の手が入らないようにするための法的な防御網であり、城下町は城を繁栄させるための各種の企業ということだ。

久本の紹介で、虎ノ門にある法律事務所と顧問契約を結んだ後、資金調達のための金融機関のいくつかとも顔繋ぎをした。曽根村の息がかかっているとはいえ、正規の銀行は監督官庁の目が光っているだけに荒っぽいことはできない。融通手形を金に換えるには、ワンクッション置く必要がある。銀行はその系列下にいくつかのノンバンクを抱えている。そこを通せば金は流れる。

村上に命じて、資金難にある会社をいくつか探させた。業種は問わなかった。

「日興開発」の長谷部には、三十億の融資の条件として、第三者割当増資による十五億の出資、残りの十五億は彼の持ち株を担保とすることを提示した。長谷部に拒絶できる体力はなかった。

竜一は、勝負に出るのは、年が明けてからと決めていた。それまでは、「グローバルＴＳコーポレーション」の土台を固めておく必要がある。土台——つまり、金だ。影山を通して現金化された資金は、曽根村の地下ルートを経由して、ケイマン諸島から送金される形をとった。だが高々、百五十億ほどだ。資金は潤沢にすぎるほど潤沢でなければならない。

大西が切った手形の回収は、久本に委ねた。手形の回収が一段落してから、大西に、五十億、二十億、十億、三枚の手形を切らせた。現金化された資金は、大西には渡さず、やはり地下ルートから、「グローバルＴＳコーポレーション」の口座に送金させる。「吉兼倉庫」と

「浜田運輸」の株を買い集める資金にするということで、大西は同意した。

その一方で、長谷部にも手形を切らせた。彼の会社には、地上げの滞《とどこお》っている物件がいくつかあり、名目はその地上げ資金調達だ。長谷部には裏書きを「東京二階堂急便」がする、ということで安心させた。できた資金も、やはり彼には渡さなかった。大西のときと同じ手口で、竜一の会社口座にプールした。

咲も多忙を極めていた。大西が紹介するプロダクション関係者や女優、歌手たちと親交を深めるために、連日のように、パーティーに出席したり、会食をしている。その一方で、エージェント契約を結んだ相手側の要望どおりに、美容業に必要な最新式のハードの手配にも追われている。

慌ただしく時間がすぎ、あっという間に十二月も半ばになった。

竜一はたしかな手応えを感じていた。戦場に打って出るには、十分な資金と武器がなければならない。武器――それは人材だ。村上の人選は的確だった。スタッフの誰もが、竜一の指示どおりに、迅速に動く。かつて扱ったこともないような資金を動かせ、しかも竜一から権限を委ねられ、待遇もいい。彼らが必死になるのは、当然といえば当然だった。

「社長、本当にいいんですか？」

リストアップしてきた会社のファイルを前にして、村上が念を押すように訊いた。

「かまわんよ。なかには落ちこぼれる会社もあるだろう。だが、二億、三億失ったところで、痛くも痒くもない。うちの企業を大きくするためには、多少の犠牲はやむを得ない」

資金難の会社に資金を注ぎ込む。点滴を打っているようなものだ。生き永らえる会社は将来、「グローバルTSコーポレーション」に多大の利益をもたらすだろう。死ぬ会社には死ぬ会社としての利用価値がある。

「融資の条件は、『日興開発』と同じだ。うちは、多数の系列会社を持つ必要がある。おまえに全権を委ねる。手腕を見せてくれ」

「わかりました」

一礼すると、村上は部屋を出ていった。

村上の会社、「ヒューマンニード」にとってもありがたい話だろう。彼の会社に登録している人材を、融資先に送り込むことができる。わずか三億ほどの資金調達に青息吐息だったころとはちがい、今の村上は水を得た魚のように生き生きとし、自信にも満ちている。

内線が鳴り、咲に呼ばれた。

「レインボー咲」の社長室には、咲の他に、竜一が初めて見る男がいた。咲と男のあいだには、設計図らしきものが置かれている。

「設計士の方よ」

男は山形《やまがた》と名乗って、名刺を竜一に差し出した。

「いろいろ工夫してもらったんだけど、どうしてもここでは手狭だわ。ツーフロアはないと……」

咲が首を傾げる。

「そうか」

新しいところを借りれば済むが、咲とわかれて事務所を構える気はない。

タクシー会社の一件はその後どうなったのだろう。竜二からは、社長に会ったがいい返事はもらえなかった、と連絡があったきりだ。連日の忙殺で、新ビル建設のほうまで頭が回っていなかった。

ビル建設が可能になれば、対外的な信用もつくし、咲に煩《わずら》わしいおもいをさせずに済む。しかし、仮に目処がたったとしても、完成するまでに一年や二年はみなくてはならないだろう。

「このビルのオーナーは、どんな人物だ？」

ここを見つけたのは咲で、オーナーとの交渉も彼女に一任していた。

「大変な資産家みたい。この界隈や西麻布のほうにも、いくつかビルを所有しているそうよ」

「下は、会計事務所だったな」

「借りようと言うの？」

「会計士なら、算盤《そろばん》をはじくのはお手のものだろう」

立ち退き料、新事務所への移転費用、一切合切面倒みてもいい。

「ビルのオーナーに打診してみたらどうだ」

「わかったわ」

「ツーフロアあれば、期待に沿えるものができるとおもいます」

黙って咲とのやり取りを聞いていた山形が顔を綻ばす。

では吉報をお待ちしています、と言うと、山形は帰っていった。

「きょうも竜二さんから連絡はないの？」

咲が訊いた。

竜二との空気が微妙にギクシャクしている。これまでは、最低でも週に一、二度は連絡を取り合っていたのに、近ごろはめっきりとその回数が減った。

「あいつも忙しいのさ。年の暮れも迫ってきたし」

「原因はわかってるくせに」

「なんだと言うんだ？」

つい口調が荒くなった。

「美佐さんに、神経を遣いすぎよ」

「彼女は、おれや竜二とはちがう世界の人間なんだ。それがわかっているくせに、竜二のやつはいくら言っても距離を置こうとしない。おれと竜二が進もうとする道に、美佐は障害となる。彼女がいると、竜二の心が揺れ動いてしまう。おれはそれが心配なんだ」

「だったら、早いところ決めてしまえば？」

「決める？　なにを決めるんだ？」

咲が組んでいた足を組み替える。ソファに座った姿は、もう十分に女社長の威厳を漂わせている。

「わかってるでしょう？」

咲がくち元に笑みを浮かべた。

「まゆみか」

「彼女と竜二さんを結婚させてしまえばいい。竜二さんはあなたの言うことにはすべて従うわ」

「まだ早い」

自分の胸のうちは、咲にはお見通しだ。苛立ちを、たばこに火を点けて肚のなかに押し込んだ。

「二階堂源平を窮地に追い込んでから考えるさ。竜二にはそれまでやってもらうことがいろいろある」

現職の運輸省キャリアが、その監督下にある民間企業のひとり娘と結婚するということになれば、職にとどまるのは難しい。竜二には今の立場でできる仕事をやってもらわねばならない。

「興味があるな、美佐さんという女性。竜二さん、いつ私と父を彼女に会わせてくれるのかしら」

「おれはやめておいたほうがいいとおもうな。美佐の神秘的な力は、信じられないほどだ。きっと美佐は、咲や会長がどういう人間か、一発で見通すぞ」

青山墓地の桜並木の下で、舞い落ちる桜の花びらと大勢の花見客がいるにもかかわらず、美佐は瞬時にして、自分が近くにいることに気づいた。ホテルの中華料理屋においてもそうだ。脇を通りすぎようとしたときには、あやうく手を握られそうになった。

「未来との架け橋を持つ女性――。私の事業を展開してゆく上で、美佐さんはものすごく手助けになるとおもう」

「美佐を、女優や歌手と同じように、広告塔に使うつもりか」

「女性は、占いとか予言とか、その手のものに弱いのよ。それに、とても美しい女性なんでしょう？　美佐さんは」

「竜二は、たぶん承諾しない。もしそんな狙いがあることを知ったら、美佐を引き合わせることも嫌がる」

「美佐さんが大事なの？　それとも、私の成功？　竜二さんだって、きっとわかってくれるわ」

「美佐は、未だにおれが生きているとおもっている。彼女を、おれや咲のそばに近づけるのは危険なんだ」

たばこを灰皿に押し潰した。

「あなたらしくないわ。そんなに彼女に怯《おび》えることはないとおもう。あなたは、私の主人、宇田猛なのよ。彼女がなんと言おうと、竜二さんの兄、矢端竜一はすでにこの世にはいないの」

「もういい。この話はやめだ」

叱責するように吐き捨て、竜一は腰を上げた。

「そんなことより、下のフロアの一件、早急に話し合いを持て。金はいくらかかってもいい」

「わかったわ」

竜一の不機嫌な態度に、咲が肩をすくめて、うなずいた。

23

紀尾井町にある竜二の馴染みの料亭。いつかふたりで食事をしたことがある。

時刻は七時五分前。約束は七時だったが、すでに竜二は来ていた。上座に七十近くの老人が座っている。

「待たせてしまったようですね」

竜二と老人に丁重に頭を下げ、竜一はテーブルに着いた。

「ご紹介します。『東京ロードライン』の社長、山賀《やまが》さんです」

竜二が老人を引き合わせた。

「宇田猛と申します。きょうはご足労をおかけしました」

名刺を山賀に渡した。

「お若いのに、遣り手なんですな」

珍しいものでも見るような目で、山賀が名刺を見つめている。

「ケイマン諸島というのは、いったいどこにあるんです？」

竜一は笑みを浮かべながら、説明してやった。

まるで咲との会話を聞いていたかのように、その夜、竜二から電話があった。一度、当人に会わせてくれ、と山賀のほうから連絡があったという。竜二は粘り強く交渉してくれていたらしい。

竜一は運ばれたビール瓶を手に取り、山賀のグラスに恭しく注いだ。

「あの土地の件では、いろいろなところから話を持ち込まれる。すべてお断りしてるんだが、矢端さんが相手では、耳を貸すしかない」

山賀が老人特有の乾いた笑い声を上げた。監督官庁の偉いさんには頭が上がらないとでも言いたげだ。

「その代わり、私で役立つ話なら、力になりますよ」

竜二がピシャリと言う。態度には、微塵も臆したところがなかった。それどころか、老練なタクシー会社の社長など、歯牙《しが》にもかけない、とでもいう口調だ。

「いや、それはありがたい。その節にはぜひよろしく」

ふたたび山賀が乾いた笑い声を洩らした。

「単刀直入に申し上げます。社長のあの土地をお譲り願えませんか。相場にプラスアルファをおつけします」

「プラスアルファ、ですか。残念ながら、私はもうこの年ですし、金には大して興味がない。それに、あの土地は親から譲り受けた代物で、簡単に手放すというわけにはいかんのですよ。土地なら他にもいろいろあるでしょう」

「あそこでなくてはならないんですよ。妻が気に入ってましてね」

咲の会社と、これから展開する予定の事業の概要を話した。

「若い人はうらやましい。いろんなことをおもいつくものですな」

「アイデアの浮かぶ人間はいるでしょう。しかし、浮かんだアイデアを実現できる人間とそうではない人間がいるのは事実です」

この老人を金で落とすのは難しいような気がした。

「社長は、あの土地は親から譲り受けたから手放せない、とおっしゃった。うらやましいかぎりですよ、親から譲り受けるものがおありの方は。いや、嫌味でこんなことを言ってるんではありません。じつは、私は日系ブラジル人なんです」

宇田猛の家系について話してやった。

「そんなわけで、私には、肉親はただのひとりも残されてはいない。だから、私はこの日本で根を張りたい。この日本で一生を終えたい。私という人間の球根を埋める土地がどうしても欲しい。わかっていただけますか？」

「老人の泣きどころを突きますな」

歪んだ笑みをくち元に浮かべ、山賀がビールを飲む。

「社長が損得で動くお方でないことは理解しました。しかし、いずれは社長も第一線を退き、息子さんに後を託されるわけでしょう？　くちはばったいのですが、そのときは微力ですが、私も力をお貸しできるとおもいます」

「どんな力を貸していただけるのかな？」

「今は景気がいい。株も上がれば地価も上がる。巷には金が溢れ、誰の懐もゆるくなっている。おかげで、社長の会社も潤っていることでしょう。しかし景気というのは、歴史を振り返ってみればおわかりのように、必ず波があります。しかもこれからは、規制緩和、自由競争の時代に突入する。タクシー業界の競争も熾烈《しれつ》を極めることになるでしょう」

そんなことはわかっているとでも言いたげな目で、山賀が竜一を見つめている。

「うちはいろいろな企業に投資していますが、そのなかに『日興開発』という会社があります」

「日興開発」は、マンションの建設用地を求めて都内の到る所に目を光らせ、その用地買収には、竜一の会社がひと役買っているのだ、と教えた。

「競争で生き抜くには、事業所網の整備も必要となるでしょう」

「そのときには、手助けできると……」

「それと、もうひとつ。手前味噌ですが、うちは資金が潤沢ですし、金融筋にもいくつか太いパイプがある。今は必要ないでしょうが、その面でのお役に立つこともできる」

「なるほど……」

初めて山賀の表情が動いた。

「失礼ですが、矢端さん。宇田さんとはどんなご関係で？」

山賀が竜二に顔をむける。

「今までの話でおわかりいただけたとおもいますが、宇田社長には先見の明がある。これからの日本には、彼のような人物が必要なのです。私も単なる一官僚として人生を終えるつもりはない。もっともっと上を目指し、お国の力になりたい。私は宇田社長のような若い人に力を貸すのが、もうひとつの私の役目だとおもっているんです。宇田社長が好きなんですよ。ただそれだけのことです」

竜二の話を引き取るように、竜一はつづけて言った。

「私も矢端さんを買っている。官僚の世界にあっても、最も官僚タイプの人間でないのが矢端さんだ。いささか癪《しゃく》だが、ご存じのとおり、矢端さんは大変富裕なお方でして、金などでは一切転ばない。そんな点も私は気に入っている。将来矢端さんが、日本を背負って立てるような人物になるよう、私は陰ながら応援したくおもっています」

竜一は山賀を見つめながら、もうひと押しした。

「どうでしょう？　社長のあの土地をお譲り願えないでしょうか？」

タクシー会社には興味がない。山賀から土地を購入すれば、彼との関係はそれで終わりだ。そんな胸のうちはおくびにも出さず、山賀の返事を待った。

「球根を植える、ですか……。そんな殺し文句に、老人は弱いんですよ。いいでしょう、宇田社長にお譲りしましょう」

山賀がビールを手に取り、竜一に勧めた。

「ありがとうございます」

竜二と視線が合った。目が笑っている。

グラスに浮かぶ泡のなかに、竜一はそびえたつ自社ビルの姿をおもい描いた。

「売り渡し価格は明後日までにお決めいただけますか」

「ずいぶんと性急な話ですな」

「もう、あと半月もしないで、今年も終わりです。代金は即金でお支払いします。年内にすべて結着をつけたいんです」

「いいでしょう」

　ちょっと迷う顔をしたが、山賀がうなずいた。

　料理に箸をつけながら、しばらく雑談した。省内での矢端さんの評判は耳にしている、と言って、山賀が竜二をしきりに持ち上げる。その表情から、お世辞で言っているのでないのは明らかだった。

　三十分ほどして、山賀は帰っていった。

「竜二。ありがとう。連絡がないから、進展していないのかとおもってたよ」

　竜二に頭を下げた。

「なんでそんなことおもうんだ。おれは竜一のために官僚になったんだ。おれの頭のなかにあるのは、まず竜一、その他のことは二の次、三の次だ」

「そうか。悪かった」

「ところで……」

　竜二が一瞬躊躇してから、カバンを引き寄せる。

「美佐の話をすると、竜一の機嫌が悪くなるのは知ってるが、どうせ、本屋なんてのぞかんだろう、とおもってな」

　カバンのなかから取り出したのは、黄色い表紙の一冊の本だった。

「先月出版されたばかりだ。美佐は一生懸命やっている。竜一が目を通してくれたら、おれもうれしい」

手に取った。『銀河のむこうの小さな島』。パラパラとめくった。頁の合間から、幼いころの美佐の香りが漂い出てくるようだった。

「売れてるらしいよ」

「そうか……。しかし、いかにも美佐が考えそうなタイトルだな」

竜二と美佐と三人で、夕暮れどきの洞海湾に行ったとき、美佐はいつも薄明かりの空に、星の姿を探していた。

「小さいころからあいつ、妙なところがあったな」

「星のことか？」

「ああ。おれやおまえには見えないのに、あいつ、夕暮れどきの薄明かりのなかでも自分の目には、はっきりと星の光が見える、と言ってた」

「なあ、竜一……」

竜二が改まった口調で言った。

「自惚れでなく、おれや竜一は、他の誰にも負けない秀でた頭脳を授かってこの世に生を享けた。美佐は、おれたちとは別の意味で、他の人間とはちがう才能を天から授かって生まれてきたんだとおもう。だからおれは、美佐のこの才能を大切にしてやりたい。一生守ってやりたいんだ」

「それはそれでいい。おれは反対はしない。竜二、ひとつはっきりさせておこう。小さいころから、おれとおまえはすべてを分かち合ってきた。喧嘩なんてのも、一度もしたことはなかった。それが、美佐のこととなると、おれたちのあいだがどこかギクシャクとしてしまう。おまえ、美佐のことをどうおもってるんだ？」

「どう、って……？」

「愛してしまったのか？　ひとりの女性としてだ」

美佐の本をもう一度、パラパラとめくった。竜二の胸のうちは知っているが、はっきりとくちに出して言わせる必要がある。

竜二が眉を寄せた。視線を落とした横顔には苦渋の色が浮かんでいる。

「ずっと妹のようにおもっていた。それ以上の感情はないとおもっていた。だが……」

「だが、なんだ？」

「美佐が東京に出てきてから、おれの感情は微妙に変化していった。おれは、美佐を愛しているとおもう。いや、愛している」

「そうか……」

封の切っていないウイスキーボトルを手にした。開封し、グラスにウイスキーを注いで竜二のほうに押しやった。

「竜二。おれは責めてるんじゃないぞ。美佐はあのとおり、聡明で美しい。それにやさしい。特別な才能を持っている彼女を愛するようになるのは、ごく自然の成行きだったろう。だがな、竜二。おれたちは、もう船を漕ぎ出してしまったんだ。あのくそッタレ養父母をこの世から抹殺しようと、互いに決めたあの瞬間から、この世のなかで、平穏に生きることを放棄したんだ。汚れることを覚悟して、生きよう、と互いに誓った。そして、おれたちは汚れた。そんなおまえが、美佐と同じ屋根の下で暮らせるとおもうか？　美佐への感情を捨てろとは言わん。殺せ。そうすることが、美佐が幸せになる最良の道だ」

竜一は自分のグラスにもウイスキーを注ぎ、一気に飲み干した。喉が焼けるようだった。

「わかってる。だが、感情を殺そうとすればするほど、もっと激しい感情が胸の底から噴き上げてくるんだ」

「美佐もまちがいなくおまえを愛している。たぶん一生、おまえ以外の男を愛することはないだろう。もし美佐への感情を殺すことができないのなら、おれとの縁は切れ。だがおれと縁を切ったところで、美佐と一緒にいるかぎり、おまえは彼女を騙しつづけて生きていかなければならなくなる。それは、おまえの地獄というより、美佐のほうにとって、地獄というものだろう」

竜二が唇を嚙み締めている。竜二のグラスに、ウイスキーを注ぎ足してやった。

「おれたちの船は、港に着くことがあるんだろうか」

ポツリと竜二がつぶやく。

「わからん。しかし、おれは小さな島に船を着ける気はない。着けるなら、大陸だ」

「大陸に着いたら、船を下りてもいいか……？」

竜一を見つめる竜二の目には、うっすらと涙が滲んでいた。

「それほどに、美佐を愛しているのか？」

「この気持ちだけは、どう説明していいのかわからない」

「わかった、竜二。大陸に着いたら、そのときは、おまえは船を下りろ。そして、美佐のもとに行ってやれ。だがそれまでは、たとえどんなことがあってもおれと一緒の船にいろ。舵《かじ》取りはおれがする。それまでは、おれの言うとおりに、できるな」

「竜一……」

滲んだ竜二の目から、涙がひと筋頬を伝った。

いずれまゆみと結婚させるから、その心づもりでいろ。そう言うつもりだった。だが、言えなかった。

「もういい、竜二。おまえのそんな面を見ていると、闘志が萎《な》える」

わざと声を出して笑った。

「この年末年始は、おまえと咲と三人ですごそうとおもったが諦めた。おまえは美佐のそばにいてやれ」

「すまない」

竜一の言葉に、胸のわだかまりが氷解したのか、竜二の表情に生気が戻りはじめた。

急に空腹を覚えた。箸を動かす竜一の頭のなかには、もう美佐のことはなかった。

自社ビル建設、大西、株集め、系列に置いた会社群……。やらなければならないことが次から次に頭に浮かんでくる。

久々に酒に酔った。竜二に胸のうちを曝した。やはり、竜二は、自分と血を分けた兄弟、コインの表と裏なのだ……。酔いに身を任せながら、竜一はそうおもった。

24

伍代と手島を呼んだ。伍代は総務と経理の責任者で、手島は初出社の折に、竜一に質問を投げた元気のいい若者だ。

「ちょっと先に、タクシー会社の事務所があるのを知ってるな？」

　ふたりが同時にうなずく。

「あそこを、うちが買い取ることになった。投資のためじゃない。うちの社屋を建設するためにだ」

「自社ビルを建てるのですか？」

　伍代が目を見張る。

「そうだ。だが、問題がある。通りに面した、一階がブティックになっている古ぼけた雑居ビル。あそこを買収する必要がある。ふたつの土地を合わせなければ、青山通りに面した自社ビルが建てられない。ビルのオーナーは、ブティックの経営者らしい。ふたりで、話をまとめてこい。できるか？」

　手島に笑みを投げる。

「やります。必ず話をまとめてみせます」

「その意気だ。年内いっぱいでやれるか」

「えっ……」

　絶句した手島が、当惑した目で竜一を見る。

「タクシー会社の事務所、あそこは坪三千万で手を打った。しかし、あの雑居ビルは表通りに面しているから、そうはいかない。坪三千五百万で交渉したらいい。いいか、交渉で大事なのは、金を惜しまぬことだ。相手の顔色をうかがいながら、値をつり上げていくことなど、愚の骨頂の交渉術だ。こんな話を逃したら、二度とチャンスはない。そう相手におもい込ませろ。買収金額の他に、裏金として、五億のキャッシュを用意する。これでオーナーを説得できないようだったら、問題はおまえらにあるということだ」

「入居しているテナントには？」

「それは、ふたりで考えろ。くどいようだが、金は惜しまなくていい。金は使うべきときには使う。それがおれのやり方だ」

「わかりました」

手島が上気した顔で、頭を下げる。

退室しようとした伍代に、残るよう、言った。

「なんでしょう？」

伍代がかしこまった顔で訊く。

「来年早々、村上の手配したスタッフが十五名増える。不動産部、証券部、企画部の三つを創設するためだ。新しいスタッフは、それぞれの分野の経験者だ」

「十五名、ですか……」

「スペースは心配しなくていい。一月下旬に下の会計事務所のフロアが空く。そして、その下のフロアも二月には借りることになっている。ふたつのフロアは『レインボー咲』と分かち合う」

咲の交渉手腕は鮮やかなものだった。たった三日で、会計事務所を籠絡《ろうらく》した。移転補償として、三千万。新しい事務所を借り受ける費用は全額負担。それが条件だった。幸いしたのは、会計事務所のほうが、かねてから移転したい希望を持っていたことだ。ビルの賃料はかなり高い。会計事務所にとって表通りに面していることのメリットはさほどないから、咲の申し出は渡りに船だったにちがいない。

ビルのオーナーは、咲の資金力に驚いたらしい。次の日、その下のフロアも借りてくれないか、と言ってきた。業績不振の広告イベント会社は、賃料も滞りがちとのことだった。

交渉は竜一自ら行った。三千万のキャッシュを前に、イベント会社の社長は即座に同意した。ただし、仕事の関係上、明け渡すのは来年の一月末にしてほしい、と言われた。

「伍代」

「はい」

「そんなに緊張しなくていい」

竜一は笑みを送った。

「おまえ、赤川銀行にいたようだが、なぜ、転職する気になった?」

「人生の節目と考えたからです。他人の金勘定で一生を終わっていいのか、と疑問を持つようになっていました。小さな会社でもいい、生き甲斐の持てるような仕事がしたくなった、そういうことです」

「それで、どうだ? うちに来た感想は?」

「驚いています。今までは、ひとつのことを決めるのにも、大変な時間がかかりました。それに、他人の顔色までうかがわなければなりませんでした。社長は、即断即決なさる。会社というのは、こうでなければならない、と心底おもっています」

「四十六歳だったな」

「年が明けた一月で、四十七になります」

引き出しから、ファイルを取り出し、伍代に渡した。

「これは……」

「そうだ。おまえに関する全調査記録だ。村上から、身上書は見せられていた。しかし、うちは知ってのとおり、巨額な金を動かす。おまえがどんな人間なのか、知る必要があった。村上に命じて、おまえの身辺をもう一度洗わせたんだ」

伍代は井の頭線沿線のマンションを十年ほど前に購入している。ふたりの子供、それにローン。生活は決して楽ではあるまい。それなのに、銀行を辞めた。

「なにか、問題を抱えているのではないか、そう疑ってもふしぎではないだろう」

　竜一は笑った。

「だが、すべて杞憂《きゆう》だった。それどころか、前の銀行でもすこぶる評判がいい。金銭感覚もしっかりしているし、女関係の浮いた話もない。年明けに、おまえの後任がくる」

「えっ、私は不合格なのですか？」

「逆だよ。総務や経理など、経験を積んだ者なら、誰にでもできる。おまえには、村上と一緒になって、おれを支えてもらう。すべての事業部門の責任者として、会社に目を光らせること——。それがおまえの新たな役割だ」

　おまえを年明けに役員として迎え入れるつもりだ、と言って伍代を見据えた。

「本当ですか。感謝します」

　伍代の顔は紅潮していた。

　立ち上がり、竜一は伍代の前に歩み寄った。

「来年から、本格的に仕事が動き出す。新しい会社にようこそ。これがおれのおまえに贈る言葉だ」

　伍代の手を握る。

「精一杯、頑張らせていただきます」

握り返す伍代の手は熱かった。


午後四時に影山が来社した。

「どうですか？　相場のほうは」

「これから数年は、大いに期待が持てますね。なにしろ、素人までが参加するほどの相場です。連日大商いですよ」

「金余り現象というわけですね」

「金が金を呼ぶ、という言葉があるじゃないですか」

影山は悠然《ゆうぜん》としていた。

「例の件、そろそろうかがわせてもらえますか」

影山に、株集めの手助けをしてもらうことになる、とは言ったが、標的となる企業の名はまだ教えていない。

「影山さんを信用している。口外無用です」

「わかってます」

影山がうなずく。

「『吉兼倉庫』と『浜田運輸』、このふたつをすこしずつ集めてほしい」

「なにか材料があるのですか」

「そんなものはありませんよ。売り抜けて利鞘《りざや》を稼ぐつもりもね」

「すると……？」

「来るべきときが来たら、大株主として名を出すつもりです」

「事業提携かなにかをお考えで？」

「それも視野には入れている」

　きょうはいくらで引けているか知らないが、きのうの終値は、「吉兼倉庫」が七百二十円、「浜田運輸」は五百五十円だった。

「まとまって持っているところを探してみましょうか」

「そうですね。それに越したことはない」

　場に通さず、相対取引で株集めをするのは買収の常套《じょうとう》手段だ。影山はお手のものだろう。場に通さなければ、注目を浴びることもない。

「買い付け口座は、社長の会社の口座でいいんですか？」

「使ってもいいが、その他にも口座を設けます」

　内線で、伍代を呼んだ。

伍代が、口座開設のリストを持ってきた。

「おまえも同席しろ」

影山に、伍代を紹介した。

「こちらは野見山証券の遣り手として評判の影山さんだ」

「今後ともよろしくお願いします」

伍代が丁重に挨拶した。

「私で足りないときは、伍代が代わりを務めます。うちの口座には、まだ十億ほど金が残ってましたね」

株券、債券の類を現金化した折に、口座にすこし金を残しておいてほしい、と影山から頼まれた。彼には彼の、社内での立場や思惑があるのだろう。

「当面、その資金で買いに入ってもらえますか。年が明けたら、資金を投入していきます」

影山に口座開設のリストを渡した。

「うちが資本参加している会社です。なんの心配も要りません。手続きに必要なことは、すべて伍代に言ってもらえますか」

「わかりました」

リストを脇に置き、影山が感心したような顔で言った。

「会社設立は、ついこのあいだのようでしたが、もうこれらの会社に資本参加なさってるんですか」

「手入れをすれば光る石と、そうでない石もあります。玉石混淆《こんこう》というところですか」

集めた株を、手形同様、金融機関に持ち込む。それを担保に、資金を借り出す。いくら株を買い集めたところで、会社の資金が眠ることはない。集めながら、大西にはもっと巨額の手形を切らせてゆく。一年も経ったら、「東京二階堂急便」はニッチもサッチもいかない状況に追い込まれるだろう。

「もうひとつの、自社ビル建設計画のほう、順調に進んでいるのですか?」

「おかげさんで、ね。場所はすぐそこですよ。すでに用地の半分以上は確保しました。できたら、再来年の春ごろまでにはなんとかしたい、とおもっています」

ビルの建設には都の許可が必要であり、時間がかかる。そっちの方面は曽根村に頼んで政治家を動かすつもりだ。

「建設会社のほうは、もう?」

「いや。どこか心当たりはありますか?」

「むろんです。早速、手配してみましょう」

橋渡しをすれば、影山の懐にもなにがしかの金は入ることだろう。それは影山の役得というものだ。

「では、買い付けの件は逐一、報告させてもらいます」

竜一と伍代に頭を下げると、影山は帰っていった。

「伍代」

たばこに火を点け、伍代に目をやる。

「おれは、株を売買して利益を上げようなんて気は毛頭ない。株で儲けようなんて考えるのは、下賤《げせん》の輩《やから》のすることだとさえおもっているほどだ」

伍代にどこまで打ち明けるか。いつまでも目的を隠してはおけないだろう。

「これから、『吉兼倉庫』と『浜田運輸』の株を集めはじめる。今はまだ言えないが、ある目的を持っての行動だ。おれは、この会社を、天下に認知させてみせる。それまでは、黙っておれの後についてこい」

「わかってます。私もこれまでに、いろいろな経営者と面識を持つ機会がありました。お世辞抜きに、社長はこれまで目にしてきた誰よりも、秀でた頭脳と決断力を持っておられるとおもいます。私は黙って、社長についてまいります。ご安心ください」

「期待している」

部屋を出る伍代の後ろ姿がいつになく頼もしく映った。

雑居ビルの買収もきっとうまくやるだろう。そのときは、ポケットマネーを奮発してやるつもりだった。信頼の証は金だ。金を手にすることで、伍代はもっと忠誠心を深めることだろう。

内線で咲を呼んだ。

――どうしたの？

仕事がうまく動いているのだろう。咲の声は弾んでいた。

「正月は、どこか外国で、もう一度新婚気分でも味わうか」

――ばかね。

うれしそうな咲の声を耳にしながら、竜一は来年の構想に想いを馳《は》せた。

25

元日は咲とふたりですごした。年末に仕事で忙殺されていたにもかかわらず、咲はいつの間にかお節料理を作っていた。

手作りのお節料理を食べることなど、生まれて初めてだった。幼かったころ、養父母たちは彼らだけでお節料理に箸をつけ、竜一と竜二には一切くちをつけさせなかった。与えられたのは、乾いたパンがひとつだけだった。

夜、酒を飲みながら、これから先の仕事について語り合った。語り合えば語り合うほど、咲が自分と同種の人間であることがわかる。仕事の話は、ベッドでの前戯と言ってもよかった。言葉を交わすうちに、咲が欲しくなる。咲も同じらしかった。いつしかふたりとも裸になり、知り合って初めてとおもえるほどの激しさで肉欲の渦に翻弄されていた。

目覚めたのは正午だった。急いでシャワーを浴び、外出の準備に取りかかった。夕刻までに横須賀に行かなければならない。曽根村にはきょう挨拶に行くと伝えていた。

咲に運転を任せて、BMWに乗った。

予想どおり、首都高速は数珠《じゅず》つなぎだった。ふだんは空いている横浜横須賀道路ですら、渋滞している。

しかし、この渋滞にもかかわらず、咲は終始上機嫌だった。咲の頭のなかは、一年半後を目処に新築する自社ビルの青写真で占められているにちがいなかった。

伍代と手島に、雑居ビルのオーナーを年末までに口説き落とせと命じたが、ふたりは見事にやってのけた。

伍代の取った作戦はなかなか巧妙だった。

彼の銀行員時代の顧客に服飾デザイナーがいた。今、中高年の女性に人気のある「ユキ」

というブランドを展開している羽佐間由紀《はざまゆき》というデザイナーだ。彼女がまだ売れないころ、伍代は親身になって資金の相談に乗っていた。売れっこになった現在、服飾販売業者は、「ユキ」ブランドを欲しているが、羽佐間由紀は、販売ルートを極力抑えた。なかなか入手できないということが、「ユキ」ブランドの人気に拍車をかけた。彼女流のマーケティング戦略が功を奏したと言える。

伍代はその羽佐間由紀から、専属販売を手掛けるブティックのオープン許可をもらったのだ。

五十をいくつか出た、雑居ビルのオーナーでブティックを経営している女は、金もさることながら、世間から認められる存在になることを欲していた。伍代は、「ユキ」ブランドの一件と、裏金の五億の現金を積んで交渉に当たった。女の承諾が得られたのは、翌日だった。慌ただしい暮れの二十七日に、女との売買契約は完了し、あとはビルに残るテナントの立ち退き交渉だけになった。テナントの問題など金で簡単にケリがつく。影山にすぐに連絡を入れ、建設会社の手配をするよう、伝えた。設計の諸々については、すべて咲に任せることにしている。

「お義父さんのところには、挨拶客が絶えないだろう？」

「そうでもないわ。あの世界の正月は、世間とはちがうのよ」

やくざ社会の年明けは十五日で、松の内の三日間は、ふだんとあまり変わらないという。

「それはまあ、お正月を祝わないというわけではないけど、ごくかぎられた身内とだけね」

冬の青空から光が失せた夕刻、曽根村の邸宅に着いた。

すでに酒で顔を赤くしていた曽根村は、機嫌よく竜一たちを迎えた。

「昨年は大変お世話になりました。今年も、いえ、これから先もずっとご指導くださいますよう」

竜一は指をついて、深々と頭を下げた。咲も倣う。

「久本からいろいろと聞いている。頑張っているようだな」

「すばらしい人をご紹介いただきました。久本さんのお力添えがなかったら、こんなに早く形を成すことはなかったでしょう」

「これからも、なんでも頼むがいい」

うなずいた曽根村が、久しぶりにおまえの和服姿が見たい、と咲に言った。

「そうですか。では、お正月らしく」

咲は二階に消えた。

「竜二は連れてこなかったのか?」

「申し訳ありません。欠かせない用事があるとかで……。会長にはくれぐれもよろしく、とのことでした」

美佐と一緒に正月をすごしているなどとは、くちが裂けても言えない。

曽根村は、そうか、とつぶやいただけで、不満そうな顔はしなかった。

「ところで、竜二はいつになったら、例の美佐という娘に会わせてくれるのだ？」

「私のくちから、重ねてその旨強く伝えておきます」

「ちょっと興味を持って、調べてみた。なかなかの娘のようだ。今でも、九州のほうの財界人のあいだでは、人気が絶大だそうだぞ。わしの未来も占ってほしいものだ」

「どうでしょう……。美佐は、予知したり、人間を見抜く能力には秀でたところがあるようですが、占いの類は……。それに、そうした頼み事は、今は一切受けずに、ちがう道を歩みはじめたようです」

なんとか曽根村の美佐に対する興味の矛先《ほこさき》を変えたかった。曽根村や咲に、美佐を会わせることの利点はなにひとつとしてないようにおもえる。それどころか、トラブルの因になりそうな気がする。

「ちがう道とはなんだ？」

曽根村が訊いた。

「子供むけの童話作家です。すでに何冊か刊行されて、人気も高いようです」

「今度は、童話か」

曽根村がくち元を綻ばせた。

「益々興味が湧くな。その美佐という娘」

「会長に童話はそぐわないとおもいますが」

「馬鹿を言え。年を取ると、心は童《わらべ》に戻るもんだ。生臭い話は、おまえだけでたくさんだ」

声を上げて、曽根村が笑った。

童話と言えば興味が薄らぐとおもったが、どうやら藪蛇《やぶへび》のようだった。美佐に会わせることは、避けては通れないらしい。

咲が戻ってきた。手に盆を持ち、その上には、酒と肴が載せられている。

「やはり、おまえは着物が似合うな」

曽根村が目を細めた。

咲の着物は、白地に花模様の入ったいかにも高価そうな代物だった。曽根村が言うように、オフィスにいるときの咲とはまたちがって、妖しいほどの美しさだった。

咲の酌で、酒を酌み交わした。

「お父様。猛さんに、ビルを建ててもらうことになりました」

「ほう。自社ビルか？」

「はい。私の夢だったもののひとつです」

社屋を建てる場所と、夢に画くビルの仕様を、目を輝かせながら咲が説明する。

「それで、いつごろ完成するのだ？」

「業者をせっつきますが、来春を目標にしています」

咲に代わって、竜一は答えた。

「ただ、建設の許可が早く下りるよう、会長にお願いする必要があるかもしれません。名もない会社にとっては、一等地に自社ビルを構えることが、大きな信用に結びつくとおもっています」

「自社ビルというのは、世間の認知を受けるには、一番手っ取り早い。わしにできることならなんでも協力しよう。だがな、猛。あまり飛ばすなよ。脇を固めることも大切だ。わしらの世界にも、名を成したいがために、急いだやつが何人もいた。そいつらは、一瞬名が出て、すぐに消えた。足元を固めなかったからだ」

「肝に銘じておきます」

竜一は丁重に頭を下げた。

「それと、だな……」

酒をくちにしながら、曽根村が言った。

「万事にぬかりのないおまえとはいえ、そろそろ用心したほうがいいだろう。きょうをかぎりに、もうわしの家には来るな。おまえとわしの関係が表に出て、プラスになることはなにもない。以前のように、用事があるときは、秘密の場所で会うことにしよう」

「わかりました」

しばらくのあいだ、酒を飲みながら、咲の語る美容業界の話に耳を傾けた。竜一は自分の仕事の話はなにもしなかった。曽根村は、久本から逐一報告を受けているような気がしたからだ。

警護の者が来客を告げに来た。

「帰るつもりでしたが、きょうが最後ということでしたら、咲とふたりで泊まっていってもよろしいでしょうか？」

咲の気持ちはわかっている。竜一は曽根村に訊いた。

「帰ると言っても泊まらせるつもりだった。咲、部屋に案内してやれ」

「ありがとうございます」

頭を下げ、咲と三階の部屋に落ち着いた。

「父のひと言で、私は自分の帰る家、骨を埋める家がどこであるのかがよくわかったわ。私たちは、本当の夫婦になったのね」

「天国を見るのも、地獄を見るのも、おまえと一緒だ」

竜一は、咲の着物の裾に手を伸ばした。咲が身体を開いた。

26

松の内が明けてから、竜一と咲は本格的に動きはじめた。

竜一は、村上が選りすぐった新たな社員十五名を、それまでの社員と合体させて、不動産部、証券部、企画部の三つに振り分けた。

不動産部には、長谷部の「日興開発」のテコ入れを命じる一方、狂乱の様相を呈しはじめている地価に目をつけ、投資可能な新規物件を探させる。

証券部には文字どおり、株の売買をさせる。しかし売買益が目的ではなかった。市場の動向を探るのと、いずれは注目を浴びる「吉兼倉庫」と「浜田運輸」の株買占めが投資目的であると、世間の矛先をかわす狙いがある。

企画部には、村上が持ってくる買収企業の管理をさせると同時に、次なる投資プランを発案する役割を与えた。

創設した三つの部署の総責任者には伍代を任命した。

一月の半ばごろから、影山が「吉兼倉庫」と「浜田運輸」の株集めに本腰を入れはじめた。市場を通して大量の買い注文を出すと株価は上がるし、注目を浴びてしまう。影山はふたつの作戦を取った。目立たぬように、すこしずつ市場で株を拾う。もうひとつは、両社の株主名簿から大口の株主を洗い出し、そのなかから、株を売却する意思のある者とそうでない者とを分類する。売却する意思のある者との交渉、及びその手段は影山に一任した。「グローバルTSコーポレーション」が会社として機能しはじめた。

その一方で、咲の行動も活発化していた。

竜一には、物流二法が施行されるまでに、二階堂急便をたたき潰さねばならないという時間の制約があるが、咲にはそれがない。咲の視線は、新社屋の完成後にむけられていた。それまでは、プロパガンダに徹するらしい。

一月の下旬、咲が契約したアメリカのエージェントから、「レインボー咲」で働くスタッフが送り込まれてきた。咲は、彼女らが生活するための部屋を確保し、通訳まで雇った。それと並行して、日本人女性スタッフの募集も開始した。

未来を拓く美容産業、高収入――。謳《うた》い文句に魅かれて応募してくる女は多数いたが、咲の選考眼は厳しかった。容姿に秀でていること、接客術に長けていること、頭脳明晰であること、語学が堪能であれば更によい――。だが咲の希望に適う女がそういるものではない。

それだけに、選ばれたスタッフは、誰もが一様に、おもわず振り返ってしまうほどに美しく、魅力をたたえた女たちばかりだった。

会計事務所とイベント会社が退去した後の二フロアは、咲のコンセプト——ゆったりと華やかに——を反映させて、設計士の山形が鮮やかに変貌させた。山形は設計のみならず、インテリアのコーディネートにも非凡な才を発揮した。完成したフロアは、女性客を魅了してやまない華やかさが漂っている。

事務所のすべての改装が完了した二月の半ば、「グローバルTSコーポレーション」と「レインボー咲」のスタッフ全員を集めて、ミニパーティーを開いた。

竜一の会社は最上階のワンフロア、咲は下の二フロアを占有している。ミニパーティーは、「レインボー咲」の事務所で行われた。

シャンパンやワイン、料理のたくさん並べられたフロアには、花の香りが充満している。色とりどりの花は、咲が契約した著名なフラワーコーディネーターの手によるものだ。

集まった竜一の会社のスタッフの皆が皆、居並ぶ「レインボー咲」の女性スタッフを目にして、驚きの表情を見せた。エレベーターやフロアですれちがうことはあっても、全員が揃った光景は初めて見るのだ。

シャンパングラスを掲げて、竜一は乾盃の音頭を取った。

「『グローバルTSコーポレーション』と『レインボー咲』のこれからの飛躍を期して」

スピーチは日本語でした。英語では、竜一の側の社員にわからない。

横にいる咲が、竜一のスピーチを通訳する。

七名いる金髪のアメリカ人女性は、さすがにパーティー慣れしていて、衣装も決まっている。彼女らは、咲の通訳する竜一のスピーチに、歓声を上げた。

「すばらしい事務所に生まれ変わった。しかし、これも仮の姿にすぎない。すでに知ってのとおり、来春には、すぐそこに自社ビルを建設する計画になっている。だがそれすらもまだ第一歩だ。十年後には、誰もが想像し得ないようなすばらしい企業に育て上げようではないか」

フロアに拍手が鳴り響く。竜一は、拍手を手で制し、「レインボー咲」の社長からも挨拶がある、と言った。

にっこりと笑って、咲が全員に頭を下げる。

「ようやくここまでたどり着きました」

咲の声は凛《りん》としていた。

「これは、私の力ではなく、夫である『グローバルTSコーポレーション』の社長の尽力の賜物《たまもの》です。たしかに今は、私たちの会社、『レインボー咲』はひとり立ちしていません。今年いっぱいは、皆さんにご迷惑をおかけすることになるでしょう。しかし、自社ビルが建った瞬間から、『レインボー咲』は、世間の耳目を一身に集める存在となることをお約束します。アメリカに留学中、私は美容産業に着目しました。豊かになった国は、女性を対象とした産業が目ざましい躍進を見せるのです。経済の躍進が心のゆとりを生み、心のゆとりが女性に、美への憧れを促すことになるからです。ひとくちに、美容産業と言っても、様々なものがあります。美容整形、美容歯科、エステティック、美容サロン、コスメティック──それこそ、挙げたらキリがありません。『レインボー咲』は、そのすべてに挑戦します。日本の美容産業の頂点にたどり着くまで、『レインボー咲』の挑戦は止まりません。今ここにいる皆さん全員に宣言します。日本の全女性の頭上に、私たち『レインボー咲』の虹をかけるということを」

咲はなかなかの演説上手だった。淀みなく、しっかりと自分の意思を伝えている。

拍手しようとしたスタッフに軽く首を振り、咲は視線をアメリカ人女性スタッフにむけ、今行ったばかりの演説を、今度は英語で彼女らに伝えた。

竜一は内心舌を巻いていた。咲の狙いは明らかだった。

「レインボー咲」の日本人女性スタッフの咲を見つめる目には、憧れと尊敬の色が滲んでいる。この瞬間、咲は彼女ら全員の心を摑んだにちがいなかった。

英語のスピーチを終えた咲が、自らの手で拍手をした。咲の拍手につられたように、全員の手が打ち鳴らされる。たちまちフロアは、拍手の嵐に包まれた。

竜一は「レインボー咲」の女性スタッフに、咲は「グローバルTSコーポレーション」のスタッフに、互いにシャンパンを注いで回った。

アメリカから来た、二十をいくつか出たばかりの金髪娘たちは、竜一の若さに驚嘆の声を上げた。東洋人の顔だちは年齢よりも若く見えるらしい。彼女たちと流暢《りゅうちょう》な英語で語り合う竜一に、社員たちが熱い眼差しをむける。

咲も同様だった。伍代や手島は、咲がシャンパンを勧めると、上気した顔で応えている。

七時を回ったころ、伍代が竜一の耳元で、準備ができた、と告げた。

大きく手を打ち、竜一は全員に、ビルのむかい側に出るよう、言った。

数分後、竜一は青山通りに面した歩道に立って、事務所のビルの屋上を指差した。

突然ビルの屋上に、「レインボー咲」の大きなネオンが輝きはじめた。ビルのオーナーの了解を取り、五日前から工事をさせて作り上げたネオンだった。

赤や青に点滅するネオンを見て、スタッフ全員が歓声を上げた。

通行人が何事かと、ビルの屋上に目をやる。

「あのネオンは、いずれ、我々の城の屋上に移って輝く。あのネオンの明かりを消さぬよう、これからも頑張ってもらいたい」

咲と目が合った。竜一の目には、咲の瞳の輝きが、屋上のネオンなどよりもはるかに美しくまぶしく映った。

27

夕刻、大西が顔を出した。

「久しぶりです。相変わらず、銀座で暴れてるようですね」

大西にソファを勧め、竜一はデスクから立ち上がった。

「飲むのも仕事のうちだよ」

赤ら顔を上下させ、大西が笑う。

大西と顔を合わせるのは、今年に入って初めてだ。会ってはいないが、金の要求だけは度々あった。手形を振り出させている以上、要求には、それなりに応えてやらなければならない。現金の運び役は、伍代に任せるようになっている。

「ずいぶんと垢抜けた事務所だね。わしみたいなガサツな男には、ピンとこんよ」

全面改装した事務所に大西が訪れるのもむろん初めてのことだ。

「咲はもうすぐ帰るそうですから、あとで顔を出させましょう。彼女のオフィスもご覧になったらいいですよ」

「奥さん、評判がいいね。芸能プロ関係者のあいだでは、ちょっとした噂になってるよ。紹介したわしも、鼻高々というもんだ」

「すべて、社長のおかげですよ」

ノックの音がして、伍代が顔を出した。両手で段ボール箱を抱えている。

「大西社長、週刊誌にまた書かれてましたね」

段ボール箱を竜一の前に置き、伍代が大西に笑みをむける。

「なんの話だ？」

たばこに火を点けながら、竜一は伍代に訊いた。

「水巻伸《みずまきしん》の尻拭いですよ」

「水巻伸？　演歌を歌っているあの歌手か？」

「ええ。ラスベガスのバカラ賭博で借金を作って、大西社長に泣きついたそうですよ」

「しょうもないやつさ。わしはなにも喋ってないのに、本人がよそでベラベラと喋っている。よほど週刊誌に載せてもらいたいんだろう」

「このお金、まさか、その尻拭いのためじゃないんでしょうね？」

皮肉を込めて、伍代が言った。伍代は、竜一が大西を馬鹿にしているのを知っている。大西に届ける金は、将来を見据えての捨て金だと竜一は伍代に教えていた。

「あいつに渡したのは、高々三千万ほどだよ。もうこれっきりだと釘を刺しておいた」

クダらない話だ。芸能人のタニマチを気取ることがそんなにおもしろいのだろうか。こんな男だから、二階堂源平に潰されてしまうのだ。たばこを吸いながら、竜一は軽蔑を込めた目で大西を見つめた。

「約束の二億です」

竜一は伍代に、段ボール箱を大西の前に置くよう、言った。

むろん伍代は、大西に手形を切らせていることは知っている。しかしなぜ大西にそこまでするのか、裏の事情までは話していない。ギリギリまで伏せるつもりだった。

「もういいぞ」

退室するよう、伍代に顎をしゃくった。伍代が出ていってから、大西に言った。

「『吉兼倉庫』と『浜田運輸』の株、順調に集めてますよ」

「どのくらいになった？」

「どちらも、五パーセントぐらいでしょう。疑ってるわけじゃないですが、社長、この話を誰かに洩らしてはいないでしょうね？」

「そんなことするわけないだろう。なんでだ?」

ちょっと憮然《ぶぜん》とした顔で、大西が訊いた。

「いやね。プロ中のプロにやらしてるんですが、このところ両方とも値を上げているし、出来高も膨らんできている。先方が私に訊いてきたんですよ。情報がどこかで洩れてるんじゃないか、ってね」

「自分で自分の首を絞める馬鹿がいるもんか。君のほうこそ大丈夫だろうな」

「心配要りません。私のほうは」

竜一は鼻先で一蹴した。

「じゃ、単なる相場の値動きだろう」

影山に、株を集めてくれるよう依頼してから、すでに両銘柄とも、二百円近く値上がりしている。

正直なところ、株価の上下は、竜一にとってはどうでもいいことだった。要は大西にどんどん手形を切らせればいいのだ。

「よけいなことでしょうが、この金、どうなさるんですか?」

「頼まれたんだ」

「頼まれた? また、芸能人とかスポーツ選手の類ですか?」

「巷で言われているほど、わしは阿呆《あほ》じゃないよ。竹口だよ、竹口」

「なるほど。竹口先生ですか」

堀内と袂を分かって「信政会」を作った竹口は、面倒をみなければならない子分議員をたくさん抱えている。しかし政界での評判はかなり悪い。金になると踏めば、なんにでも首を突っ込んでくると陰口をたたかれている。

「源平と竹口の仲は、その後どうなんです？」

「会長は、恩を忘れる人だから、脱税問題が落着した後は、距離を置いてるようだ。なんせ、竹口は金がかかるからな」

「そうですか。しかし竹口先生にパイプを作っておくのはいいですけど、あまり信用しないことですね。一度人を裏切った人間は、何度でも裏切るものですよ」

それはそうと――、ひと呼吸置いて、竜一は言った。

「手形、うちのほうで用意しますから、また裏書きしてくれますか？」

「いくらだね？」

「五十億ほどです。五枚に分けますよ」

「どこの会社なんだ？」

すでに大西には三百億を超える手形の振り出しと他の手形の裏書きをさせている。だが今年に入って依頼した三十億程度の裏書きに、若干腰を引いた。彼なりに危機感を抱いたのかもしれない。

「うちの系列会社です。資本参加している会社を、すでに八つほど持ってます。安心していいですよ。それに、以前に切った手形の期日が迫ってる分もありますので、今から準備しておかなければなりません。勝負するからには、肚を括ってもらわないと」

最後はやんわりと恫喝《どうかつ》を込めた。

すでに大西は、かすみ網にかかった鳥のようなものだ。竜一の手助けがなければニッチもサッチもいかないだろう。

「わかった」

大西がうなずく。

内線電話が鳴った。咲だった。こっちに来るよう、竜一は言った。

「女房が帰ってきたみたいです。下のフロアをのぞかれたら、ビックリしますよ」

咲が顔を出した。

「社長、やっと来てくれたんですね」

満面に笑みを浮かべて、咲が大西に手を差し出した。一瞬照れたような表情を見せた大西が、咲の手を握る。

竜一の隣に座り、咲が言った。

「社長のおかげで、芸能プロ、三社と無事契約を交わしましたわ。来月には、もう二社とも契約する予定です」

「聞いているよ。無料で、しかも最先端の設備と技術を駆使してケアしてもらえる、と言って、皆喜んでるよ」

「自社ビルが建つまでのサービスですわ。でも、うちのやり方を見てもらえれば、きっとたくさんのお客様が来られるとおもいます。今も、三人の方がお見えになってますわ」

咲が女優の名をくちにした。竜一の知らない名前だった。

また内線が鳴った。伍代からだった。声がすこし緊張している。来るよう、伝えた。

「咲、大西社長にすばらしい事務所を見せてさし上げろ。おれにはまだやらなければならない仕事がある」

大西には、金は帰るときまで預っておきましょう、と言った。

大西が咲に引かれるようにして、部屋から出ていった。

入れ替わるように、伍代が姿を見せる。

「どうした？」

「長谷部の会社に、やくざ者が数人やってきて、今現在、長谷部を社長室に監禁しているぞうです」

伍代の顔は引きつっていた。無理もない。銀行員上がりの彼にとっては、初めての経験だろう。

「それで、どんなインネンをつけてるんだ？」

落ち着き払った竜一の口調が、伍代に安心感を与えたようだ。くちをすぼめるようにして、伍代が言った。

「目黒の山手通り沿いの、長谷部が地上げしていた土地の件です。そのトラブルみたいです」

「なるほど」あっさりと竜一はうなずいた。

「日興開発」の本社は代々木だ。車で行けば、十分ほどで着く。

「伍代。どうだ、収拾に顔を出してみるか？」

「えっ。私が、ですか」

「ふたりでだ。こういうトラブルは、これからも度々あるはずだ。おまえも収拾の仕方を学んでおいたほうがいい」

「日興開発」の社長室への直通電話で、長谷部を呼び出すよう、伍代に言った。

うなずいた伍代が電話を握る。

「駄目ですね。出ません」

受話器を耳に押し当てた伍代が首を振る。

「連絡してきたのは誰だ？」

「手島です。彼は今、社長室の下の営業フロアにいます」

「じゃあ、あいつを呼び出せ」

電話をかけ直した伍代が、社長に代わる、と言って、竜一に受話器を差し出した。

「手島か。どうなってる？」

――長谷部社長は、相変わらず監禁されたままです。

手島の口調は興奮していた。社長室に立てこもっているやくざ者は四人だという。

「警察に連絡したのか？」

――いえ。指示を仰いでから、とおもいまして。すぐに連絡しましょうか？

「必要ない。相手はどこの組の者だ？」

――わかりません。

「おまえ、社長室に行って、やくざモンの誰かに直通電話に出るよう、伝えてくれ」

――わかりました。

手島が電話を切った。

「どうなさるんですか？」

伍代が訊いた。

「こういう荒事をするのは、お勤めに行く覚悟を持ったやくざのなかでも下っ端の連中だ。どうせ、きょうは脅しだろう。その後に、バックが出てくるという寸法だよ」

もう一度直通に電話し直すよう、伍代に言った。

今度はすぐに、誰かが電話を取ったようだ。出ました、と言って伍代が、電話を竜一に渡した。

「誰だね？　お宅らは」

竜一はむしろ愉しんでいた。むかしの血が騒いでいる気がした。

——誰だ？　テメェは。

かすれた声だった。四十前後と踏んだ。頭株かもしれない。

「お宅らが押しかけているその会社の大口出資者ですよ」

もう一度竜一は、相手の素姓を訊いた。

——話があるんなら、こっちに来いよ。

「妙なことを言うね。話があるから、お宅らは押しかけてきたんでしょう？　その話を聞きましょう、と言ってるんですよ。話の相手がどこの誰だか、わからんようでは、こっちも耳を貸せんでしょうが。名前が言えんのなら、どこの組に属しているのかだけでも教えてくれませんかね」

伍代が緊張した顔で、受話器のコードをいじりながら話す竜一を見つめている。その目には、また別の竜一を発見したかのように、驚きと畏怖《いふ》の念が滲み出ていた。

——警察でも呼ぼう、ってのかい。

「そんなもん、用事はないね。お宅らの大将と直接話し合いたい、ってことですよ」

——ふざけるな。

「もう一回チャンスをあげよう。どこの組だね？」

押し殺したような声を回線に流した。相手の吐く息に、動揺を感じ取った。竜一の口調に、ふつうの人間にはない匂いを嗅ぎ取ったのかもしれない。

——おまえらのバックは？

男が訊いた。

「訊いているのは、こっちなんだがね」

——渋谷の神代組だ。で、そっちは？

「神代組ねえ。では、十分ほどでそっちに行く。ジッとしててくれないか」

電話を切り、久本の電話の番号をプッシュした。

心配げに見つめる伍代に、竜一は笑みを送った。

「私です。代々木にあるうちの系列の会社に、渋谷の神代組と名乗る乱暴者たちが乗り込んできて迷惑してるんです。押さえられますか？」

――わかりました。どうすれば？

「これから先方に出向きます。話をつけておいていただけますか」

久本に会社名と住所を教えた。

――若い者を同行させましょうか。

「必要ないです。ではよろしく」

受話器を戻し、竜一は腰を上げた。

「どちらに連絡されたんですか？」

「おれに未来を託している人の筋だよ」

行こうか、と言って、竜一は外出の用意をした。

駐車場のメルセデスの運転席に座り、伍代に後ろに乗るよう、言った。

車内電話を使って、社長室に置きっ放しにしてある金を大西に渡すよう、咲に伝えた。他の話は一切しなかった。

「日興開発」は、代々木駅のすぐ裏手にある。地下の駐車場にメルセデスを滑り込ませ、エレベーターに乗った。

伍代は緊張の面持ちだった。

「そんなに緊張するな。なにも殺されに行くわけじゃない」

「社長はこうした事態での経験はもう何度も？」

「まあ、そうだな。ブラジルは物騒な国でね。銃で撃たれたこともある」

にやりと笑って、伍代を煙に巻いた。

「日興開発」を訪れるのは二度目だ。前回は、長谷部に会うというより、会社で働く若い社員たちの顔と、社内の空気をたしかめるためだった。血気盛んな若い社員が多くいたようにおもったが、さすがにこういう場面では用をなさない。

社長室の前で、手島が待っていた。そこで待つよう、車から伍代が連絡していたのだ。心なしか手島の顔色は青ざめていた。

「まだ、そのままか？」

「はい」

ノックするよう、手島に言った。

ドアが開けられた。顔面蒼白の長谷部が社長デスクに座っていた。その長谷部を囲むようにして、四人の男が立っている。

　竜一は伍代と手島を従えて、社長室に入った。

「先刻の電話の者だが」

　竜一の言葉に、右端の男が突然直立不動の姿勢から、深々と頭を下げた。

「失礼しました。自分らの勇み足でした」

　男が他の三人にも、頭を下げろ、と言う。命じられた三人が、男と同じように直立して竜一に頭を下げた。

「長谷部社長、なんの話だったんだね？」

「いえ……」

　長谷部が唇を震わせる。

「話もなにも、自分らの勘ちがいでした。今後一切、ご迷惑をおかけすることはありません」

　頭株がもう一度、竜一に頭を下げる。

「トラブルは解決した、と解釈していいんだな」

「もちろんです」

「なら、帰ってくれ。水に流そう」

その言葉を待っていたかのように、頭株が三人を促して、足早に社長室から出ていった。

長谷部はもとより、伍代、手島のふたりも呆気《あっけ》に取られた顔で、竜一を見ている。

「すみません」

長谷部が竜一の顔色をうかがうようにして、言った。

ドアを閉めるよう、手島に命じて、竜一はソファに腰を下ろした。

「おれに謝ることはない。約束しただろう？　おれは金も出すが、地上げのトラブルもすべて解決してやる、と。なぜ、こうなる前に、相談しなかった？」

どんなトラブルだったのか、説明するよう、長谷部に言った。

地上げに着手したが、ふたつの区画、それもわずかばかりの土地を事前に誰かに押さえられてしまっていた。買収工作に当たっていた社員に提示した金額は、十億という途方もない額だったらしい。

「名義人は、五十代のごくふつうの人間に見えたので、社員がつい脅し口調で、売り渡しを迫ったようです」

「馬鹿馬鹿しい。何年、この商売をやってる？　それじゃ、まるで素人同然だ。うちは、多額の金を出資している株主だぞ。もっとおれを信用したらどうだ。『日興開発』の不利益は、うちの不利益でもあるんだ」

「申し訳ありません」

「謝らんでいい。謝られると、おれはイライラするんだ。うちの不動産部とうまくいってないのか？」

「そんなことはないです」

「そうか。もしまた、今回のようなトラブルがあったらどうする？　独力で解決できるのか？」

長谷部が唇を噛んだ。

「うちの出資で、当面の苦境は乗り越えられた。それをいいことに、妙な欲でも出したんじゃないのかね？」

長谷部が視線を落とした。

「おれは、裏切るやつには容赦はしない、と言ったはずだ。相手の出方によっては、鬼にも仏にもなる。もう一度訊くが、うちの不動産部の知らない動きはしてないんだろうな？」

長谷部は目を伏せたまま、なにも言わなかった。

「帳簿を見せてくれ」

「えっ」

「帳簿だよ。なにもやましいことはないんだろう？」

「日興開発」の業績は、伍代が監督する不動産部に逐一報告することになっている。しかし、隠れて用地を買収し、勝手に土地転がしをやっている可能性がある。

「さっきのやくざモンにも、チャンスは一度与えた。だから君にも与えよう。隠していることはないんだな？」

長谷部が視線を天井にむけた。

「どうしたらよろしいですか？」

長谷部の顔には、観念した色がある。

「すべてを、ここにいる伍代に報告してもらう。なにをどう言おうと、この『日興開発』は君の会社だ。融資した金を返し、うちが所有する株を全株買い戻すと言うなら、なにもくちを挟みはしない。しかし、それができないんだったら、当面はうちの傘下で頑張るしかない。これまでのことには目を瞑ってやるよ」

「わかりました。申し訳――いや、謝ってはいけないんでしたね。すべてをオープンにします」

長谷部が内線電話で、帳簿を持ってくるよう、誰かに言っている。

「伍代。手島と残って、帳簿を点検してくれ」

銀行出身の伍代にかかったら、長谷部がどんなに取り繕おうとしても、隠し通せるものではない。

「日興開発」が欲しいのではない。いつ切り落としてもいい枝とは言え、現段階では失いたくないだけだ。

きょうの一件は、会社の内部を引き締めるのには格好の出来事だったのかもしれない。わずかな綻びが、命取りになることだってある。

これを機に、融資に応じてやったすべての会社を一度徹底的に調べさせる必要がありそうだ。小さく息を吐き、竜一は腰を上げた。

28

「にあんちゃん」

机にむかっていた美佐が、竜二のほうを振り返る。

「どうした？　疲れたのか」

「そうじゃないわ。きょうのにあんちゃん、なにか悩みを抱えているでしょう？」

「そんなことはないよ。この部屋でくつろいでいるのが、おれにとっては一番幸せな時間さ」

「それならいいんだけど」

南青山の美佐の部屋。竜一には言ってないが、毎週末、必ず一度は顔を出すようになっている。

「紅茶が入りましたよ」

良子がクッキーと紅茶をテーブルの上に置いた。美佐が机を離れて、竜二の前に座った。

「もうすぐ、また桜の季節になるのね」

「そうだな。時間が経つのは早い」

「桜が咲いたら、またあそこに行きましょうか」

良子が窓の外に目をやってから、美佐を見て微笑む。

「そうしよう」

応える竜二の胸のうちは、美佐に見透かされたとおり、憂鬱だった。

今年に入ってから、まゆみの言動が以前にも増してうるさくなった。これまではノラリクラリとかわしてきたが、言うことを聞かなくなったのだ。一昨日など、初めて省内の竜二のもとに電話をかけてきた。一瞬、何事か起きたのかとおもったほどだ。まゆみには、絶対に仕事場には電話をしてはならない、と厳命していた。用件はなにもなかった。声が聞きたくなったのだという。

竜一に命じられてまゆみを籠絡したころは、最低でも月に二、三回は食事を共にしたり、ドライブやテニスに興じたりもしていた。しかし、今では多忙を理由に、たまに電話で話すぐらいだ。今年に入ってからまゆみに会ったのは、わずか二回だけだった。それも仕事を理由に早々とわかれてしまった。

自惚れではなく、まゆみは自分に夢中だ。去年会ったときには、もし他に女ができても絶対にわかれない、と言うほどまでになっている。まゆみの頭のなかにあるのは、竜二と結婚したいという、ただそのことだけのようだった。無理もなかった。蛇の生殺しのようにして、もう何年もすぎている。

今朝も出しなに、まゆみから電話がかかってきた。泣きながら、父に会ってほしい、と言った。仕事でこれから人に会わなければならない、と言ってすぐに電話を切ったが、竜二の心はいつになく沈んだ。

竜一は付かず離れず、まゆみとつき合っていろ、と言う。美佐の一家を不幸に陥れた二階堂源平の娘。そのおもいが強かった最初のころは、なんの痛痒《つうよう》も覚えなかった。むしろ弄ぶことで、源平に復讐しているような気にすらなったものだ。だがしだいに憂鬱になった。憂鬱は、苦痛へと変わり、今では軽い罪悪感のようなものさえ芽生えはじめている。まゆみへの自分の心の変遷の理由について、今では竜二は自覚している。すべての原因は、美佐だった。美佐への愛を確信すればするほど、竜二は深い谷の底に身を落としているような気分になるのだった。

大陸に着いたら、船を下りてもいい、と竜一は言った。そしてそのときには美佐のもとに行ってもいい、とも言った。

大陸に着くことができるのだろうか……。時々、このまま美佐と良子と三人で、誰も知らない未知の土地に行ってしまいたい気持ちに駆られることがある。

すでに三月も中旬。美佐の言うように、桜の季節はすぐそこまでやってきている。窓の外の日の光は、穏やかで、春を感じさせるほどにやわらかい。

竜二は、今のこの時間の幸せを嚙み締めるように、美佐の童話『銀河のむこうの小さな島』を手に取った。

29

伍代の報告を聞き終えると、竜一は閉じていた瞼を開けた。

「つまり、目下のところでは、他には怪しい点はない、ということだな」

「はい。だいじょうぶです。私の目が節穴なら別ですけど」

伍代が笑った。その笑みには自信が溢れている。

「日興開発」の帳簿を点検した伍代は、すぐに長谷部の帳簿操作を見破って、彼が土地転がしで十億余りの隠し資金を蓄えていることをあぶり出した。

長谷部は自分の非を認めて、その金を会社の口座に返還した。

だが竜一は、約束どおり、長谷部を罰することはしなかった。追い詰めるばかりが能ではない。度量を見せることで、従順にさせるほうが、はるかに有効だ。長谷部への処置で、伍代や村上も益々、自分への忠誠を誓うようになるだろう。

長谷部の一件が落着した後、傘下の各社に不正がないかどうか、伍代に命じて調べさせた。

銀行員生活で培った伍代の目はたしかで、彼が目を光らせれば、傘下の会社は、隠し事をしようにもできるはずがない。

「おまえの目で見抜けないのなら、おれでは到底無理というものだ。それほど、おれはおまえを信用している」

「恐れ入ります」

伍代が深々と頭を下げた。

ドアのノック。入れ、と竜一は言った。

書類カバンを手にした村上が姿を見せる。三時に顔を出すよう、竜一が呼んでいたのだ。

「まあ、座れよ」

伍代の横のソファに、竜一は顎をしゃくった。

失礼します、と言って、村上が腰を下ろす。

「ビルの取り壊しがはじまりましたね。ちょっと興奮しました」

買収した雑居ビルの解体工事がきのうからはじまった。村上は車のなかから見たのだろう。

「裏のタクシー会社の跡地はどうということもないが、あのビルだけは、早いうちに、ブッ壊して更地にしないとな」

数日前に、四月に入った。ビルの解体工事は、三月中に取りかかるつもりだったのだが、雑居ビルのなかのテナントで、明け渡しにゴネた会社がいたため、延期した。結局、金を積んで、結着を図った。今は強硬手段を取って揉めるのは得策ではない。

「宝友《ほうゆう》建設に委ねたんですね。業者の表示看板を見て、うれしくなりました」

「どうせなら、一流の建設会社のほうがいい。箔《はく》がつくしな」

宝友建設を紹介したのは影山だが、そこまで教える気はなかった。

「今、伍代から報告を受けたんだが、『日興開発』以外には、不正を働いているところはなかったようだ」

「長谷部のことは申し訳ありませんでした。彼を紹介した手前、どうしたらいいものかと、頭を悩ませていました」

「なに、おまえが責任を感じる必要はない。悪さをしたのは長谷部だ。今回はあいつを許したが、人間というのは、一度裏切ると、二度目、三度目があるからな」

「私が定期的に、彼をチェックします」

伍代の言葉に、竜一はうなずいた。

「それで、社長。これです」

村上が持参した書類カバンのなかから、ファイルを取り出す。

天の川にするためには、数多くの子会社が必要となる。そのために村上には、「ヒューマンニード」に登録している会社のなかから、有望な会社を洗い出すよう、命じていた。

ファイルには七社の資料が入っていた。

「じゃ、伍代。この七社の財務内容を調べてみてくれ。最終的な判断は、おまえに任せる」

伍代にファイルを渡してから、竜一は改めてふたりに目を注いだ。

「早いもので、会社を興してから、もう半年がすぎた。若干急ぎすぎたきらいがなくもないが、まあなんとか、形らしきものも見えてきた。そこで、おまえたちふたりには、おれがなにを目指し、なにをやろうとしているのか、それをある程度、話しておこうとおもう。しかし、これからの話は、すべておまえたちの胸のうちに収めて、決して他言はならない」

いつにない竜一の口調に、村上と伍代が、すこし緊張の色で、うなずく。

「知ってのとおり、今現在、うちが買収したり資本参加したりしている会社の数は九社。そしてきょう、村上が新たに、七社を選んできた。もしこの七社、すべてがこちらの眼鏡にかなうなら、全部で十六社になる。だが、これでも、まだ十分ではない。今、おれが頭のなかで画いているのは、常時、二十社ほどの傘下会社を抱えているという絵柄だ」

竜一は言葉を切って、たばこに火を点けた。

「本当のところは、傘下に置く会社数は、多ければ多いほどいいのだが、今のうちの陣容では、せいぜい二十社が限度というものだ。もし、おまえたちと同等の能力を持つ者が、あと数人もいたら、とおもうこともあるが、これればかりは、無いものねだりだろう」

笑って、竜一はたばこの灰を払った。

「そこで当面は、傘下企業二十社を抱える体制作りを目標にやってゆくことにする。そしてその盤石《ばんじやく》の体制を築いた後に、次のステップに踏み出す」

わかりました、と村上と伍代が声を揃える。

「では、その次のステップだ。じつは、この話が最も重要だ。時代は今、すさまじいスピードで変化している。株価や土地の狂騰——。だが、はたしてこれが、いつまでつづくものなのか。天に石を投げれば、必ず落ちてくる。これは愚かな人間に、天が教えた真実だ。これを忘れた者は、痛い目に遭うだろう。だが今は、惧れることなく、この流れに乗らなければならない。でないと、チャンスを逃してしまう……」

選りすぐった二十社を抱えても、先行きがないと判断すれば、その企業は切り捨てねばならない。そして切り捨てた後は、新たな企業を補塡《ほてん》する。そうすることによって、「グローバルＴＳコーポレーション」の勢力規模を維持してゆく。

「しかし、切り捨てることによって、多少の損失をこうむったとしても、それなりの利点というのもある。切り捨てた企業は、必ず潰れる。そういう企業には、もっと大きな損失を抱えて沈んでもらうことにする。この意味はわかるな？」

竜一はたばこをくゆらせながら、ふたりに訊いた。

「他社の負債をつけ替える、ということですね」

伍代がアッサリと言った。

「そのとおりだ」

竜一も、アッサリとうなずいた。

「だが、たとえどのようなことがあろうとも、本丸であるこの『グローバルＴＳコーポレーション』には、火の粉を降りかからせてはならない。したがって、沈んでもらう企業の目星がついたときには、その企業とうちのあいだの痕跡を消し去る必要がある」

「どのようにして……？」

村上が目を細めて、訊いた。

「今までは時間がないせいもあって、直接うちが資金を提供するか、直接でない場合でも、あいだにかませたのは、せいぜいが一社だった。しかしこれからは、あいだに数社、かませる。沈んでもらう企業と運命を共にする会社は、多いに越したことはない。多ければ多いほど、資金の流れは不透明になって、『グローバルTSコーポレーション』の痕跡は薄くなる」

「しかし、そんな都合のよい会社が、はたして見つかりますか？」

若干不安げな顔で、村上が訊いた。

「その心配は無用だ。そういう会社は、おれが用意する。おまえたちは、そういう局面になったときに、おれの指示どおりに動いてくれればいい」

「わかりました」

期せずして、村上と伍代の声が重なった。

「では、次の話だ」

竜一は短くなったたばこを灰皿に押し潰した。

「端的に言う。おれの目的は、金ではない。この『グローバルTSコーポレーション』を、世間で認められる大企業にすることだ。どんなに金を儲けたところで、世間に認められなければ、なにもないのと同じだ。人間は、いずれ死ぬ。死んだときに、どれほど金を握っていようと、無意味だ。つまり、金などというものは、目的のための手段であって、目的にはなり得ない代物だとおもっている」

新しいたばこに火を点けた。その竜一の指先を、村上と伍代がじっと見つめている。

「おれの最終目標は、国内はおろか、海外からも認められる一大ホテルチェーンを作り上げることだ」

「ホテルチェーン……、ですか」

村上が、ゴクリと喉仏を動かした。伍代の頬には、朱が差した。

「そうだ。道のりは厳しいだろう。生半可なことではできないことも承知している。しかし、なにがなんでも、作ってみせる。そのためには、どんな手段でも取る。どうだ？　おれに、ついてこれるか？」

「もちろんです。たとえ、どのようなことがあろうとも、私は社長についてまいります」

興奮口調で村上が言う。

「私も同じです。死に物狂いで働かせてもらいます」

言うなり、伍代が頭を下げた。

「よし。おまえたちの気持ちは十分すぎるほどわかった。その覚悟を絶対に忘れるなよ」

　これから「グローバルTSコーポレーション」がやろうとすることは、「株式日日新報」や「DSF」を操った時代の、あの金集めだけを目的とした荒業とは根本的にちがう。あのときは、目的を達成したら、すべての痕跡を消して、ただ逃亡すればよかった。

　しかし今度は、痕跡を消すどころか、世間に広く認知させなくてはならないのだ。そのためには、絶対的な信頼の置ける腹心が必要だった。

「これからは益々忙しくなる。もはや、おれひとりの力だけでは済みそうもない。だから、今、おれがやろうとしていることを理解してもらわねばならない……」

　竜一はたばこの火を消し、身体をすこし前に乗り出した。

「おまえたちは、『東京二階堂急便』の大西の一件について、疑問――いや、どんな意図をおれが持っているのか、ふしぎにおもっているだろう？」

　村上と伍代が、かすかにうなずく。

　二階堂源平や美佐、むろん曽根村との関係については話すつもりはない。しかし、大西に手形を切らせている理由や、その後の処置、そして「吉兼倉庫」と「浜田運輸」の株集めをしている背景については、そろそろ打ち明ける時期だろう。

「さっきも言ったが、これからの話は、絶対に他言はならない」

　念を押す竜一の言葉に、村上と伍代の顔が緊張で引き締まった。

タクシーを降り、マンションに入ることはせずに、竜二はたばこにライターで火を点けた。そして、そっと背後をうかがった。

黒い国産車が竜二の脇を通りすぎてゆく。

やはりあの車だった。後部プレートのナンバーを、素早く頭にたたき込んだ。

尾行されているのではないか、と気づいたのは、先週の土曜日に、美佐の部屋を訪れた帰りだった。

30

自宅のマンションまで歩く竜二の後ろに、距離を置いて、黒い国産車が徐行運転しながら尾《つ》いてきた。そして竜二がマンションに入ると、車は加速して通りすぎていった。

気のせいかとおもったが、休み明けの月曜日、赤坂で会食を終えて帰りのタクシーに乗ったとき、やはり自宅マンションまで、あの車は尾いてきた。

それから金曜日の今夜まで、同じことがずっとつづいている。

もはや疑いようがなかった。尾行されているのだ。

いったい誰が……。胸にわだかまりを抱いて、部屋に入った。

明かりを点けてから、窓に寄り、カーテンの陰から、そっと外をうかがった。

数分後、あの車が徐行運転をしながら、マンションの前を通りすぎた。

暗さのせいで、運転席まではたしかめられなかった。

しばらくジッとしていた。しかし時々タクシーが行き交うだけで、もうあの車は姿を見せなかった。部屋の明かりを確認したことで、今夜の尾行は終えたということだろう。

洋酒棚からブランデーを引っ張り出し、ソファに座る。

省庁関係とは考えづらい。トラブルなど、なにもないのだ。

問題は、尾行に気づいたのが、美佐の部屋に行った帰りという点だ。

美佐を張っていて、自分の存在を知った……。あるいは、ずっと自分を張っていたのか……。どちらにせよ、いつから張っていたか、ということが問題だ。もしかしたら、気づかなかっただけで、大分前から尾行されていた可能性がある。

ブランデーを飲みながら、頭をめぐらせた。テーブルのメモ用紙に、頭にたたき込んだ車のナンバーを記した。品川ナンバーだ。

陸運局に問い合わせれば、車の持ち主はすぐに突き止められる。正体を暴いてから、竜一に相談して対応策を考えるべきか。

電話が鳴った。瞬間、身構えて受話器を握ったが、竜一の声だった。

——宇田です。今、お電話、だいじょうぶですか？

自宅に電話をかけてくるときでも、竜一は万全の警戒で、丁寧な口調を変えることはなかった。どんなときでも、盗聴には気をつけねばならない、というのが竜一のくち癖だ。

「宇田さんも、毎日、お忙しいのではないですか。たまには、空の星でも見ないと、安まりませんよ」

「空の星」。竜一とのあいだで決めた、警戒が必要なときの符丁だった。竜一の息遣いが聞こえるようだった。

——そうですね。都会にいると、空を見上げることもなくなってしまいます。しばらくお声を聞いていなかったので電話してみましたが、お元気そうなので安心しました。

時計に目を走らせた。十時半。

「ご丁寧に、恐れ入ります。どうでしょう、久々に、一時間ほど飲みますか。二十分もしないで、ご自宅の前にタクシーを止めますよ。準備なさっていてください」

わかりました、の声を残して、竜一の電話は切れた。

部屋を出て、マンションの入口の陰に隠れて周囲をうかがった。道路には、あの車はおろか、一台の車の姿もなかった。

空車表示のタクシーが走ってきた。直前まで来たとき、竜二は飛び出して、タクシーを止めた。

念のため、西麻布の交差点でタクシーを乗り換えた。

西麻布の裏手のバー。知っている店は避けた。静かそうな店。それだけを考えて選んだ。カウンターと、隅に小さなテーブル席がふたつ。客はカウンターにひとりいるだけだった。テーブル席に座り、スコッチの水割りをふたつ頼んだ。

店に来るまでのタクシーのなかでは、竜一とはよけいな話は一切しなかった。

「で、なにがあった？」

バーテンがテーブルにグラスを置いて退がると、待ちかねたように、竜一が訊く。

「尾行されている」

「尾行？」

竜一の表情が一変した。

「まちがいない」

竜二は、この一週間近くの尾行のことを、小声で、さりげなく話した。ふつうの声でもカウンターには届かないだろうが、更に用心した。

聞き終えた竜一の表情は険しかった。

「気づいたのは、先週の土曜日なんだな？」

「ぬかった。気がゆるんでいたのかもしれない。ひょっとしたら、それ以前から尾行されていた可能性もある」

水割りを口にして、竜一が考え込む。

「毎週末、美佐の部屋には、必ず顔を出していたのか？」

「今年に入ってからは、そうだ。すまない。おれの心が、一番安まるときなんだ」

竜一の顔に怒りは感じられなかった。

「仕事のことでは、おもい当たる点はないんだな？」

「ない。おれを尾行したところで、なんの意味もない」

「まゆみの線は考えられないか。興信所を使ったとか……」

「それは、考えた。あの女、このところ以前にも増してしつこいからな。おれの女関係が気になってという可能性がなくもない。だが、これはおれのカンだが、それはないとおもう。もしそれがバレたときには、おれに棄てられるのはわかっているからな。あの女にとっては、それが最も怖い。おれに他に女がいてもいい、とまで近ごろでは言ってるほどだ」

「じゃ、源平はどうだ？　まゆみから聞いて、おまえの身辺調査に乗り出したとは考えられないか？」

「それも、考えられん。源平には、時がくるまで、絶対におれのことは話すな、ときつく言ってある。あの女は、今はもう、まるで奴隷のように、おれの言葉には従う。もしおれの許しなく源平に話したときには、絶対にわかれる、ときつく言ってあるほどだ。その約束を破ることはまずないはずだ」

「すると、考えられるのは、たったひとつだな。おまえを張ってたのではなく、美佐を張ってた、ということだ」

　竜一の目を見て、竜二はうなずいた。

「まず、まちがいないだろう。美佐はマスコミにも取り上げられるほどの有名人だから、嗅ぎ回るやつがいたっておかしくはない。そこに、ノコノコ現れたのが、このおれだったということだろう」

　尾行に気づいてから、ずっと考えつづけた末の、竜二の結論だった。

「おまえは、華やかで目立つ存在だからな」

「おれの、ドジだ。すまない。おれを洗ったところで、なにも出やしないのだが、おれと美佐の関係に興味を持っただろう。小倉《こくら》時代のことまで調べるとはおもえんが……」

「甘く見るな。おまえを一週間もつけ回したんだ。よほど暇か、逆に、執念を持ったタイプの人間と見たほうがいい」

「なにはともあれ、相手の正体を摑む必要がある。車のナンバーは控えておいた。休み明けの月曜日、朝一番で、陸運局に調べさせる」

「駄目だ。おまえは、この件には一切手を出すな。すべて、このおれに任せろ」

竜一の目が鋭く光った。

どんなに整形したところで、目の光までは変えられない。こういう目をしたときの竜一は、必要とあらば、たとえ誰であろうと、相手の命を狙う。

もし竜二が調べたことの痕跡でも残れば、後々面倒なことになると竜一はおもっているのだ。

「わかった」

竜二は、車のナンバーを記したメモを、そっと竜一に渡した。

「おまえは、これまでどおり、自然に振る舞え。あしたの土曜日も、変わることなく、美佐の部屋に行くんだ。相手に気づかれぬよう、こっちも誰かに、その車を張らせる。車の持ち主は、月曜日に調べさせるが、持ち主と尾行者が同一人物とはかぎらんからな。すべての対応策は、相手の正体を突き止めてからだ」

竜二は無言でうなずいた。

部屋でふたりきりのとき以外は、会話には絶対に互いの名前は出さない。それも竜一が決めたルールだ。竜一の用心深さは、万事に徹底している。

水割りが空になった。

竜一がウイスキーのストレートをふたつ頼んだ。

カウンターから出ようとするバーテンに手を振り、竜二はふたつのストレートグラスを受け取ってきた。

「正体がわかりしだい、おまえに連絡する。方策は、それから練ろう」

「わかった」

ストレートを喉に流し込んだ。いくらか気持ちが落ち着いた。

「ところで、今夜の電話は、どういう？」

竜二は訊いた。

「おまえの話を聞いて、益々弱った」

竜一が顔をしかめながら、たばこに火を点ける。

すぐに察しがついた。たぶん、美佐の件だ。

「家の整理も、事務所の整理もついた。おれと咲の仕事も、目下、すこぶる順調だ。会長と咲との約束を覚えているだろう？」

「ああ」

竜二はうなずいた。

元麻布の家に、青山の事務所。そのふたつの整理が終わったら、会長と咲に、美佐を会わせる約束をしている。

「せっつかれたのか？」

「そうだ。会長が首を長くして待っている、と咲から言われてしまった」

たばこの煙を吐きながら、竜一が憂鬱そうな顔をする。

「わかってはいるが、なんせ、こんな状況だ。今は、無理だ」

「当然だ。しかし、そういつまでもは待たせられない。とりあえずは、今回の一件を話して、すこし待ってもらうようにはするが、いずれは、美佐を会わせなければならなくなる。そのことを、いちおう、頭の片隅に入れておいてくれ」

「わかった」

「それと——、まさか、おまえの部屋が盗聴されてるとはおもわんが、これからは、必要なとき以外は、極力電話することは控える。その代わり、おまえのほうから、最低でも週に一回は、おれの家か、事務所のほうに電話を入れてくれ」

残りのウイスキーのストレートを一気に飲み干し、竜一が腰を上げた。

まゆみをどうするのか、竜一の考えを聞きたかったが、諦めた。すべては、今回の尾行の一件が明らかになってからでいい。

竜一を先に帰し、五分ほどしてから、竜二も店を出た。

さりげなく周囲をうかがったが、特にピンとくるものはなかった。

31

竜二の話を聞いて、過敏になっていた。

タクシーを降りても、すぐには家に入らず、周囲に神経を張りめぐらせた。

不審な点のないことをたしかめてから、門の錠にキーを差し込む。

十一時半。咲はまだ起きていた。絹のガウン姿で、竜一を迎える。

ソファに脱いだ竜一の上着を片づけながら、咲が訊いた。

「なにかあったの？」

竜二が迎えに来る、と言っただけで、他にはなにも話していない。

「ウイスキーをくれないか」

「ストレートのほうを、お望みみたいね」

笑って、咲がストレートグラスをソファテーブルに置く。

「竜二から、相談があった」

ストレートを喉に流し込み、竜一は言った。

「尾行されてるそうだ」

「尾行?」

咲の表情には、特に驚いたふうはなかった。こういうところが、やはり、ふつうの女とはちがう。肚が据わっているのだ。

竜一は、ストレートを舌先で転がしながら、たった今、竜二から聞いた話を咲に語った。

「それで、貴方はどうおもっているの?」

竜一は、竜二に話したのと同じ内容の自分の考えを披露した。

「私も、その推測どおりだとおもう。『未来との架け橋を持つ少女』も、今や、大人の女性へと変貌した……。それも、目が不自由なのに、天女のように美しい……。下世話なジャーナリズム関係者にとっては、これ以上にない標的だもの。きっと、私生活を暴くとか、なにがしかのスキャンダルネタはないだろうか、と彼女の家を張っていたのよ。家なんて、その気になれば、調べられるわ。美佐さん、童話まで書いているのよ。そこへ、おあつらえむき、というか、カモというか、竜二さんが現れた。竜二さん、あの容姿だもの、目立つわ。調べてみたら、運輸省のバリバリのキャリアで、しかも大金持ち、ときている……」

咲が言葉を切り、竜一を見つめる。

「なんだ？　言ってみろ」

「ひょっとして、もう、竜二さんの過去も調べているかもしれないわね」

私も一杯いただくわ、と言って、咲がブランデーを持ってきた。

「もしそうなら、美佐とは同郷であることは知られてるな」

「そればかりか、義父母、双子の兄が焼死した事件も、ね」

ブランデーグラスを傾けながら、咲が訊いた。

「あの事件の後、竜二さんの手元には、どのくらいのお金が入ったの？」

「義父母の生命保険金が九千万、それに、製鉄所が跡地を買い上げた六千万の、全部で、一億五千万だ。しかし、その金のうち、四千五百万は、今、竜二が住んでいる南青山のマンションン代に消えている……」

「じゃ、実質、一億ほどのお金しか自由にならなかったというわけね」

咲の言いたいことがわかった。

高級マンションに、アルファロメオと国産車の車二台。それに、タクシー会社の社長から購入した、この元麻布の土地と家は、竜二の名義で、その費用は約二十億円――。

「いくら、株で資産が増えたといっても、目をつけられるわ」

「わかった。この家の名義は、早急になんとかしよう」

「それがいいわ。国税庁に目をつけられるのだけは避けないと、ね。もっと問題なのは、生家が焼失した事件のほうよ。もし、根掘り葉掘り調べられたら、いくら落着した事件とはいっても、面倒になるわ」

「厄介な芽は、摘んでおけ、と」

咲はうなずいた。

「でも、焦っては駄目。相手の正体を知ることが先決よ。そして、どこまで調べているのか、たったひとりで行動しているのか、それとも、グループとか組織があるのか、とか、そうしたすべてを把握してからでないとね」

「わかった。いずれにしても、手を打たねばな」

竜一は、テーブルの上の電話を引き寄せた。

「もう、お寝《やす》みでしたか？」

──いや。なにか？

久本の声には抑揚がなかった。ベッドで横になっているのかもしれない。

「すこし、面倒なお願いなのですが──」

竜一は、竜二が尾行されている話を、丁寧に説明した。

――なるほど。

「これから、尾行車のナンバーを言います。メモしてもらえますか」

どうぞ、と言う久本の声を聞いてから、竜一は車のナンバーと一緒に、竜二のマンションの住所を教えた。

「あしたの土曜日の午後、省から戻った竜二は自宅から数百メートルほど先の、あるマンションを訪れます。たぶん、尾行車も竜二の後をつけるはずです」

――その車を押さえればいいんですか？

「いや、泳がせてください。張るだけでいい。知りたいのは、尾行者が何者で、なにが目的なのか、ということです」

――つまり、尾行が終わった後に、どこに帰るのかを突き止める、ということですね。

「そうです。日曜日も目を離さないでいただきたい。そして、月曜日の朝一番で、陸運局に問い合わせをして、車の持ち主を割り出してほしい」

――それだけでいいんですか？

拍子抜けしたような口調だった。

「いや、尾行車を張るのは、来週一週間は継続してください。しかし、絶対に、こちらが監視していることは、相手に悟られてはならない。くれぐれも注意を――」

久本がくぐもった笑い声を洩らした。

――ご心配は無用です。こちらは、その道のプロですよ。では、早急に手はずを整えるとしましょう。

久本が電話を切った。

咲がウイスキーを注いでくれた。

「久本なら、すべて、うまくやるわ。安心しなさいな」

咲の腰に手を回し、竜一はウイスキーを呷った。

32

竜二からの電話――。

ちょっと待て、と言って、竜一は電話を保留にした。社長室のドアをロックしてから、電話機を握り直す。

「これ、どこからだ？」

――省内の公衆電話だ。近くには誰もいないから、心配ない。それで、どうだった？

「沖和紀《おきかずのり》、という人物に心当たりがあるか？」

――オキ、カズノリ？

「そうだ。沖縄の沖に、和紀は、平和の和に、紀元の紀だ」

――初めて聞く名前だ。誰なんだ？　そいつは？

「尾行車の持ち主だ。車は、トヨタのカローラ。尾行にはもってこいの、目立たない車だ。朝一番で、久本が調べてくれた」

これから一週間、久本の尾行車への監視がつづくことを教えた。

「おまえは、ふだんと変わらない行動を取れ。妙に警戒すると、相手に気づかれる恐れがある。車の持ち主と、尾行している人物とが一緒だとはかぎらない。問題は、単独での行動か、バックに何者かがいるか、ということだ。もしバックに誰かがいるのなら、そいつを突き止めんとな。こっちの対応策は、そうしたことがわかってからだ」

――わかった。

「一週間後に、また連絡をよこせ」

竜一は、電話を切った。

久本の報告では、尾行車には運転手しかいなかったとのことだ。

土曜日の早朝、八時半ごろに、竜二のマンションに尾行車が現れた。

竜二は省に通うのにタクシーを使っている。霞が関まで、およそ十五分。竜二がマンションを出るのが、八時半すぎということを知っているとおもわれる。つまり、竜二の監視がきのうきょうのことではない、ということだ。

仕事を終えた竜二は、自宅マンションに帰ってから、歩いて美佐のマンションにむかった。当然のように、尾行車も尾いてくる。

夜の八時ごろに美佐のマンションを出た竜二は、自宅まで歩いて帰った。それから三十分ほど、尾行車は竜二のマンションを見張っていたが、もう動きはない、と踏んだのだろう、監視を解いて、車を動かした。

尾行車は、五反田の、とあるマンションの駐車場に車を駐めた。

出てきたのは、ラフな格好の中年の男だった。裏の筋の人間ではないようだった。

男はマンションのなかに消えたが、部屋や名前までは確認できなかった。気づかれる危険を避けて、深追いをしなかったからだ。

きのうの日曜日も、男は動いた。朝の八時前にマンションから出てきた男は、車を駆って、竜二のマンションに直行し、入口が見える場所で、終日、見張りをつづけていた。

だがその日、竜二はマンションから一歩も外出しなかった。男が監視を諦めたのは、夜の八時すぎだった。そして途中、街の中華屋で食事をして、五反田に帰っている。

これから一週間、久本は男の監視をつづける。その一方で、男の身許の洗い出しにも着手する。久本の情報網があれば、身許はすぐに割れるだろう。

週末の土曜日の夕刻、久本から連絡が入った。

例の白金の料亭で七時に待っている、と言うと、久本の電話は切れた。電話で知らせる緊急の情報は特にないのだろう。

約束の七時に、料亭に顔を出した。久本はすでに来ていた。

「どうも」

竜一は頭を下げて、久本のむかいに腰を下ろした。

ビールを運んできた仲居の姿が消えると、久本が懐のなかから、折り畳んだメモ用紙と数枚の写真を取り出した。

「張ってる男と車の持ち主は同一人物――沖和紀ですよ。これまでにわかった、やっこさんの経歴と、盗み撮りした写真です。正面から撮りたかったんですが、気づかれてもいけませんので――」

手渡された写真は、いずれも、マンションに出入りしたり、車に乗り降りするときの横顔だった。

しかし、かなり鮮明で、男の特徴もよく捉えられている。

風貌には若干、崩れた匂いがあるが、裏の筋の人間特有の危険な感じはない。四十代半ばだろうか。知的な雰囲気もある。

「ご足労をかけました。まずは、一杯」

竜一はビールを取り、久本のグラスに注いだ。

「フリーの、ライターですよ。しかし、経歴が、異色ですな」

「フリーのライター？」

竜一はメモに視線を落とした。

メモには達筆な文字が並んでいる。

沖和紀
年齢　四十五歳
住所　五反田六の×××。グリーンハイツ４０２
職業　フリーライター
家族構成　独身　離婚歴アリ
女関係　不明
友人関係　不明

前職　東京地検検事　四年前に依願退職
現時点までで判明していること
タブロイド判夕刊紙「日刊ジャパン」にて、「裏を読め」のタイトルでのコラムを、毎週金曜日に連載中。主なテーマは、政財界の裏面を読み解いたり、今話題の社会的出来事についての論評。
その他。週刊誌数誌に、不定期投稿。
これまでの著作物。
『官僚の背徳』はベストセラー。『心霊術師の罠』『悪いやつらの黒革財布』など。

「元、地検の検事ですか……。退職した理由は？」

「そこまでは、まだ」

ビールを飲み、久本が首を振った。

「しかし、検事を辞めると、たいていの人間は弁護士になるもんです。なんせ、資格はあるんですから。変わってる、といえば、変わった人間ですよ」

「辞めた理由、調べられますか？」

「もうすこし、時間をもらえれば」

「お願いします」

マスコミ関係の人間であることは想像がついた。しかし、ヤメ検で、ペンを振るう世界に転身したのが、引っかかる。それに、一連の著作物も気になる。ベストセラーの『官僚の背徳』などは、竜二を連想させるし、『心霊術師の罠』に至っては、美佐にも通じる。

「この一週間の動きは、どうです？」

「竜二さんへの尾行はやめましたね」

「やめた？」

「ええ。諦めたのかどうかは、わかりませんがね」

この間、沖が取った行動は、喫茶店で何人かの人間と会い、渋谷の興信所と、神田に本社のある中堅の出版社に顔を出すというものだった。

「喫茶店で会った人物の特定や、出版社の誰と会ったのか、そういう点まではわかっていません。そこまでやるとなると、もうすこし人数が要ります。で、どうします？　まだ、やっこさんを張りますか？」

「あと一週間、引きつづき、お願いできますか。しかし、人数を増やすのは、どうも……。目立ちますからね」

「わかりました。私は、検事を辞めた理由を洗ってみましょう」

33

家に帰ったが、咲はまだ帰っていなかった。

このところの咲は、芸能プロダクション関係者の接待で、多忙を極めている。

洋酒棚からブランデーを引っ張り出し、グラスになみなみと注いだ。

久本の前では、鷹揚に振る舞ったが、内心ではかなりの衝撃を受けていた。

久本に渡された写真を、もう一度、マジマジと見た。

ヤメ検……。ひと筋縄ではいかない風貌をしている。

これまでに、何人もの人間をこの手にかけてきた。惧れを覚えたことなど一度もなかったし、すべてを完璧に成し遂げた。それは、どの人間も見下していたからだ。計画どおりに実行すれば、失敗することなどない、との自信もあった。

しかし、今度の、この沖という人間は彼らとはちがう。頭も切れるだろうし、あの手この手の策も練っていそうな気がする。

だが検事を辞めて、なぜ一介のフリーライターなどという身に甘んじているのだ。弁護士になれば、収入も安定するし、世間の見る目もちがう。その点が、どうにも解せなかった。

時刻は十時になろうとしていた。

竜二には、万が一を考えて、こちらから電話するのは控える、と言ってある。

しかし、この胸の苛々とした感情は、どうにも抑えがきかない。

ブランデーをひと口飲んでから、電話を取った。

——はい、矢端です。

若干、警戒した声で、竜二が応える。

「今夜も、空の星がきれいですね。もしよろしかったら、先日のバーで、星でも見ながらお話しししませんか」

——いいですね。一時間もしないで顔を出しますよ。

竜二の電話が切れた。

南青山からだと、西麻布のバーまで、十五分とはかからない。たぶん竜二は警戒して、遠回りをしたり、タクシーを乗り換えてくるつもりなのだろう。

出掛けてくる、との咲への短い伝言メモを残して、家を出た。

念のため、周囲に神経を配った。アンテナに響くようなものはなにもなかった。

すこし歩き、通りかかった空車に手を上げた。

土曜日ということでだろうか、バーには、この前よりも客がいた。しかも、奥のテーブルも埋まっている。

　カウンターに座って、竜二を待った。二杯目のウイスキーを頼んだとき、竜二が顔を出した。

「すまんね。また、来るよ」

　バーテンに一万円札を渡して、竜二に顎をしゃくった。

「お釣りを……」

　バーテンの言葉に、笑みでチップだと伝え、竜二と一緒に表に出た。

「なにが、あった？」

　竜二の顔は、若干、緊張していた。

「沖のプロフィールが掴めた。ちょっと厄介かもしれん」

「厄介？」

「あとで、ゆっくりと話すよ」

「紀尾井町の料亭に行くか。この時間でも、おれが電話をすれば、女将は入れてくれる」

「いや、やめておこう。おれと一緒のときは、おまえの馴染みの店は避けたほうがいい」

　知らない新しい店に入ってもいいが、週末だから、空いているとはかぎらない。

　公衆電話が目に入った。咲は、もう帰っているだろうか。

「ちょっと待て」

家に電話してみた。

コール音が響く。諦めて切ろうとしたとき、咲の声がした。

「おれだ。面倒だが、おまえのＢＭＷをちょっと貸してくれ。今、竜二と一緒なんだが、話があるので、すこしドライブしてくる」

念には念を入れて、自分のメルセデスは避けた。

——話なら、うちですればいいじゃない。

「詳しくは、帰ったときに話すが、警戒が必要なんだ。万が一、ということもある。竜二が家に入るところは見られたくない」

——わかったわ。どうすれば？

今、いる場所の概略を咲に教えた。

十分ほどで行く、と言うと、咲は電話を切った。

「どうする気だ？」

竜二が訊く。

「見ろよ」

竜一は、暗い空を見上げた。

この一ヵ月ほど、雨らしい雨が降ったことはない。今夜も雲ひとつなく、夜空には、小さな星が、無数に輝いている。

「本当に空の星でも見に行こうじゃないか。星を見るのは、海っぺりにかぎる」

幼かったころ、くそったれ義父母が寝静まるのを待っては、深夜に家を抜け出して、洞海湾から夜空を見上げたものだ。

「なるほど……。たまにはいいかもな」

竜二が、拳で竜一の脇腹を軽く打つ。

「タクシーだと、話ができんからな」

竜一も、竜二の脇腹に、軽い一発を返した。

ブルーのＢＭＷが、角を曲がってくるのが目に入った。

ビームを点滅させ、竜一たちの前でＢＭＷが止まる。

「お久しぶり」

運転席から降りた咲が、竜二に笑みを投げる。

「すみません。わざわざ」

「いいのよ。私たちのあいだで、そんな他人行儀な言葉は必要ないわ」

「すまんが、タクシーで帰ってくれ」

竜一は、咲に言って、運転席のドアを開けた。助手席に乗るよう、竜二に目配せする。

咲に軽くうなずいてから、車を発進させた。

用賀から東名高速に入り、厚木のインターで下りて、江の島方面にむかうつもりだった。

「咲さん、また一段と垢抜けたな。あの美しさでは、芸能人を広告塔にする必要なんかないんじゃないか。咲さん自身が、広告の前面に出ればいい」

竜二の言葉は、あながち、お世辞には聞こえない。

大西の紹介で、女優やタレントたちとの交流を深めているせいか、たしかにこのところの咲の容姿は、以前にも増して輝いている。

用賀の料金所を抜けたところで、竜一は懐から、久本にもらったメモと写真を取り出して竜二に渡した。

「これまでに、久本が調べた内容だ」

竜二が食い入るような目で、メモと写真を見ている。

「元、検事……？　なんで、こんなやつが……」

「退職した理由を調べてくれるよう、久本には頼んだ。しかし、これまでの邪魔者とは、色合いがすこしちがう。おまえのことを諦めてくれりゃいいんだが」

竜二への尾行がピタリとやんだことと、メモ以外の久本からの報告を教えた。

「引きつづき一週間、久本の手のモンがふたり、張りつく。なにかあったら、すぐに報告が入るはずだ」

「警察庁に、おれと同期の男がいる、と言ったろ？」

「やめとけ。絶対に、おまえは動いちゃいかん。知らんぷりを決め込むんだ」

もし沖に、最後の手段を取らざるを得なくなったとき、竜二が妙な動きをすれば、竜二への疑惑を招きかねない。

「そいつの、今の活動状況と、これまでの著作物を見ろ。やつの嗅覚を刺激する存在なんだ。おまえと美佐は。問題は、だな……」

竜一はたばこをくわえた。竜二がダンヒルのライターを擦ってくれた。

「こいつが、単独で動いているのか、どうか、ということだ。もし仲間がいたり、おまえと美佐を調べていることを、他の誰かに相談してたりすると、少々厄介なことになる」

沖を殺《や》ること自体は、そう難しくはない。しかし不自然な死は、その背景に目がむけられてしまう。

厚木インターの標識が目に入った。

竜一は車の速度を落として、左側車線に変えた。

「消すのか？」

竜二が重苦しい口調で訊いた。

「必要とあらば、そうするしかない。厄介な芽は、大きくなる前に摘み取っておかなきゃならん」

「もし、こいつが、おれへの興味を失っていたとしたら？」

「久本からの報告内容による。仮に、尾行をやめたのが、おまえへの興味を失ったせいであっても、こいつは、美佐への関心は抱きつづけるだろう。となれば、おれたちにとっては、邪魔者以外の何者でもない」

「わかった。美佐のためにならないやつは、消えてもらうしかない」

覚悟を決めたように、竜二がラークを一本抜き出して、ライターで火を点けた。

さすがにこの時間ともなると、道路は空いている。

厚木道路を南下して、湘南海岸に出た。

ハンドルを左に切り、江の島の方角に、車を走らせた。

「きのう、元麻布の家の名義を、『レインボー咲』の法人名義に変更し終えた。おまえが、あの家を購入した資金は、咲の会社からの融資だったということにする。つまりは、名義貸し、だ。それを証明する書類だけは、後々のことも考えて、作っておかなきゃな」

「レインボー咲」の資金は、「グローバルTSコーポレーション」からの出資。疑惑の目をむけられたとしても、あいだにひとつふたつ、会社をかませれば、実態解明には時間がかかる。そのあいだに、手だてを考えればいい。

江の島の灯台の明かりが見えた。

運転席と助手席のドアの窓を開けた。

潮の匂いを含んだ風が、ドッと流れ込んでくる。

「どうだ？　都会のゴミゴミとした空気とちがって、気持ちいいだろう」

「格別だな。いずれは、こういう海っぺりの近くに家を持ちたいよ」

目を細めて、竜二が言う。

たぶん竜二の頭のなかには、その家で美佐と暮らしている絵柄が浮かんでいるにちがいない。

「美佐のことは、どうしても諦められないか？」

竜一に目をむけたが、竜二はなにも言わなかった。

ハンドルを右に切り、江の島のヨットハーバーのほうに車をむけた。

ヨットハーバーの駐車場に車を駐めて、外に出た。

すでに零時を回っているが、逗子《ずし》や油壺《あぶらつぼ》のほうへの海岸線には、車のライトが、ポツリポツリと浮かんでいる。

ヨットハーバーの岸壁まで歩いてみた。

穏やかな波が岸壁を洗っていた。

「こっちの海、ってのは、洞海湾とはちがって、明るいな」

「ああ、こうして見ると、あそこからの海は暗かった。良い想い出といえば、美佐と三人で遊びに行ったことぐらいだ」

落ちている小石を拾って、竜二が海面遠くを目がけて放る。

「見ろよ。星だって、こっちのほうが明るいぜ」

夜空を見上げる竜一は、天の川を探していた。

「事業のほうは、順調に進んでいるのか」

「まあ、順調と言えるだろう。咲のほうが、おれよりも、一歩も二歩も、先を行ってるけどな」

竜一は、小声で笑った。

「彼女は優秀だよ。行動力もあるし、女でありながら、肝も据わっている。こんな表現は不適切かもしれんが、彼女を見ていると、時々おれの背筋に、悪寒にも似た電流が走ることがある」

「まるで、美佐とは対極にいる女とでも言いたげだな」

「そういう意味で言ったんじゃない」

竜二の顔に、バツの悪い表情が浮かんだ。

「まあ、いいさ。たしかに、おまえの言うとおり、このおれでさえ、時には怯むことがあるほどだ」

たばこをくわえた。

竜二が金貼りのダンヒルの火を差し出す。省内で、こんなライターを使っているのは竜二ぐらいのものだろう。

おもわず竜一のくち元には、笑みが浮かんでしまった。

「なにが、おかしい？」

「いや、な。働いているときの、おまえの姿を想像してしまった」

「こいつ、で、か……」

竜二がライターをてのひらで弄んだ後、いきなり、海上の遠くに投げ捨てた。

「どうした？」

「竜一。おれは近ごろ、どうしようもなく、苛つくことがある。こんな仕事を、いつまでやってるんだ、ってな」

「頭と身体が、ナマってる、ってわけだ。エリート、ってのは、そんなもんだよ。誰も歩かん道を歩むのは、おれの役目だ。おまえは、敷かれたレールの上を、なに食わぬ顔をして突っ走っていけばいいんだ。だが、道は異なっていても、おれとおまえのゴール地点は一緒だ」

「まゆみはどうする？」

海風で乱れた前髪を、竜二がかき上げる。

「もうひとつの、苛々の原因はそれか」

「今朝も、電話をしてきやがった。近ごろじゃ、電話の音を聞いただけで、あいつじゃないか、とおもうほどだ」

「まゆみも、嫌われたもんだ」

竜一は声を出して笑った。

「笑い事じゃないぜ。こっちの身にもなってみろ」

「もうすこし我慢しろ。料理の方法は考える」

「もうすこし、って、どのくらいだ？　あのバカ女が爆発でもしたら、省内でのおれの立場だって悪くなる」

「そうだな……」

たばこをくゆらせた。

宝友建設には、新社屋のビル工事を可能なかぎり早くするように、と言ってある。しかしそれでも、来春完成がギリギリだとのことだ。

大西に切らせた手形は、これまでに三百億少々。これではまだ不足だ。今年いっぱいまでには、一千億近くまでは切らせるつもりだった。「二階堂急便」にダメージを与えるには、それぐらいの額が必要なのだ。

そしてひと区切りがついたところで、「二階堂急便」の集金システムと、政治家への献金実態を、検察庁やマスコミ、野党にリークする。きっと蜂の巣をつついたような騒ぎになることだろう。想像するだけで胸が躍る。

「大西と源平を追い詰めるのは、新社屋が完成してからになる。それまでに、大西との関係が、こっちに飛び火しないよう、手だてを講じる必要がある。まゆみの一件も同時に処理しよう」

「あと、一年か……」

竜二が鬱陶しそうにつぶやく。

「なに、一年なんてのは、あっという間だ。焦って失敗したんじゃ、元も子もない。それまでは、せいぜい、まゆみを可愛がってやるんだな。まゆみの苦痛は、源平の苦痛にも繋がるんだ」

竜一は不敵に笑った。

「わかった。そうしよう」

渋々という顔でうなずき、竜二が訊く。

「もし、沖を消すとなったとき、竜一が直接、手を下すことはもうやめろよ。久本に任せるんだ」

「そいつは、どうかな……。久本が調べた内容しだいだ」

曽根村には、生いたちからなにから、すべてを包み隠さずに打ち明けた。

しかし、咲の話だと、曽根村は信頼する久本にも、そうした内容は一切教えていないらしい。久本が竜一と竜二の意のままに動いてくれるのは、曽根村から命令されているからだ。

久本は命じられた仕事を即座に実行するだけで、よけいな詮索など一切しないし、口も固い。竜一と竜二の関係など、まるで関心がないかのように、そのことを訊ねることも一度としてなかった。

「久本は、おれとおまえが実の兄弟であることを知らない。仕事の件は別にして、おれたちのことには関わらせたくないんだ。秘密を知っているのは、この世のなかに、曽根村と咲のふたりだけでいい」

「つまり、もし、沖が小倉時代のことまで調べていたり、調べようとしていたら……」

「曽根村は、今後は危険なことはすべて久本に任せて、おれが直接手を下してはならない、と言った。だが、この沖の問題は、たとえ消さねばならなくなったとしても、久本に任せることはしない。久本は曽根村の腹心の部下だが、しょせんは曽根村の使いっ走りの手下にすぎん。やつに弱みを握られてはならないような気がする」

「じゃ、竜一。おまえが直接手を下すというのか？」

「いや、それもしない。曽根村は、今は、おれに絶対的な信頼を置いている。しかし、しょせんは、やくざだ。おれは、日本を離れたときにいろいろ考えたよ。おれの身はひとつ。だから、絶対的に信頼の置ける、曽根村も知らない腹心が必要だとな。そして、ロスで整形手術を受けているときに、格好の人物を見つけた。そいつはゲイなんだが、もう男にも関心はない。そればかりか、人間のあるゆる俗欲にも興味を持っていない。金にも出世にも女にも、だ。たったひとつ興味があるのは、殺しだよ。人を殺すことだけが生き甲斐なんだ。そしてそいつは、このおれに同じ匂いを嗅いだと言って、興味を抱いた。人間に興味を抱いたのは、これまでの人生で初めてだそうだ」

「そいつを使うと？」

竜二が不安の表情を浮かべた。

「米国籍の韓国人だから、華僑との繋がりもない。武術、銃器、あらゆる殺しの術に通じている。ある日入国し、仕事を終えたら、ロスに帰る。バレる心配なんて、これっぽっちもないのさ。だから、もしそんなことが必要になっても、おまえは黙って見ていればいい」

「竜一……」

「心配するな。おれたちの大望の前には、沖なんてのは、ゴミ同然の存在だ」

風が強くなっていた。それに、星空だったのに、いつの間にか、薄黒い雲が空を覆いはじめていた。

「雨になるかもしれん。帰ろう」

竜二の肩をひとつたたいて、竜一はBMWの運転席に足をむけた。

34

咲の社長室――。

イタリアから取り寄せた大きなテーブルの上には、新社屋の完成予想の模型と、十四階、各フロアの設計図とが置かれている。

会議の顔ぶれは、宝友建設の設計部長とその部下三名、それに、咲と竜一だった。

十四階の最上階とその下のツーフロアだけを、「グローバルTSコーポレーション」が、他の全フロアは「レインボー咲」が使用する計画になっている。

「グローバルTSコーポレーション」は、全グループの司令塔であるから、機能的な人材配置さえできれば、それでいい。特段の設備などは必要としないのだ。

その点、「レインボー咲」は、この新社屋が、根城となり、象徴ともなるわけだから、設計計画の段階から、竜一はすべてを咲に任せていた。

それに、グループの全体構想を練るのは得意とするところだが、建物の設計や、デザイン、インテリアなどの細部にわたってのセンスは、咲のほうが数段優《すぐ》れている。咲に任せて、なんの心配もなかった。

「話は、わかった。ともかく、急いでほしい。要望は、それだけだ」

咲は、また新たな注文を、あれこれと出していた。竜一の関心は、いつ新社屋が完成するのか、その一点にしかなかった。

「では、一週間以内に、社長の提案を入れた具体策をお持ちします」

設計部長が咲に一礼し、部下を連れて部屋から出ていった。

「貴方、あまり関心がなさそうね」

「おれが、ツベコベ口を挟んだって、しょうがない。咲の使いやすいようにするのが一番だ。おれには、センスもないしな」

竜一はたばこを吹かしながら笑った。

「頭のなかは、例の男のことで、いっぱいなんでしょ？」

「気にはなっている」

三日経ったが、その後、久本からはなんの報告もなかった。

これまでの久本だったら、一日か二日もあれば、たいていなんらかの報告はあったようにおもう。

「検察庁ともなると、そう簡単にはいかないわ。口が固いし、一歩まちがえると、墓穴を掘ることだってある。久本は、慎重に調べているのよ。いずれ、報告があるわ」

内線電話で、咲が、コーヒーのお代わりをふたつ、持ってくるよう、伝えた。

「ここのツーフロアでは、いよいよ手狭になったわ」

このところ、「レインボー咲」の来訪者が多くなっていることは知っている。咲の目論見が功を奏して、各界の裕福な女性たちが、現場を見学しに来るのだ。

「なんだったら、臨時に、どこかを借りたらいいじゃないか」

「そうはいかないわ。安易な設備でやれば、イメージが悪くなる。でも、賑わうのは、それはそれで、いいものよ。女性というのは、賑やかで華やかなことが好きだし、信用もするようになるものなのよ。底の浅い人種だから」

「ずいぶんな、言いようだな」

「事実だもの。だから、計画さえまちがえなければ、成功するわ」

ノックの音がして、金髪の女性がコーヒーを運んできた。

ハロー、ボス、と言って、竜一に笑みを投げる。

毎日、楽しいかい？　と竜一は英語で返した。

「オフコース。ビューティフルな日々よ」

英語と日本語の混ざったチャンポンな言葉で答えて、彼女が竜一にウィンクをする。コーヒーを置くと、彼女は早々に、部屋から出ていった。

「彼女は、なにをやるスペシャリストなんだ？」

「本業とは関係ないわ」

コーヒーを飲みながら、興味なげに咲が言う。

「ただの事務員にも見えんが」

「エンジェルよ」

「エンジェル？」

「そう。レインボー・エンジェル。日本の男は、金髪に弱いでしょ？　事業展開の要《かなめ》に、重要人物がいたときには、彼女の出番よ」

「なるほど。そういうことか」

竜一は苦笑した。咲は、抜け目がない。正しく女性経営者の器だ。

「今夜は、取引先の銀行筋と会食なんだ。あるいは、少々遅くなるかもしれん。先に寝ててくれていいぞ」

コーヒーにひとくち、口をつけてから、竜一は部屋を出た。

夕刻の七時まで、企画会議を開いた。

伍代、村上と、企画部の全スタッフ七名。それぞれが立案した企画を検討する。

竜一は、基本的に、持ち込まれた企画には反対はしなかった。企画に異をとなえて、やる気をそぐよりは、やるだけやらせて、見込みがなかったときに撤退させればいい。少々の赤字は、先行投資みたいなものだ。

要は、十ある企画を十実らせようとするから、失敗するのだ。値打ちのある企画は、十のなかに、せいぜいひとつかふたつあればいいほうだろう。

そういう竜一の姿勢だから、会議の進行は驚くほど早い。即断即決。あとは、伍代と村上と、立案した企画者とのあいだで、更なる案を練る。

この方針で、会社を設立して以来、すでに十五、六の実のある事業を展開している。

不動産を転がしての金稼ぎは、簡単だが、転売すれば、それで終わる。それは、事業という名に値しないものだ。だが、実のある事業を育てれば、まるで果実の木を植えたように、次の年もその次の年も果実を収穫できるし、木は更に大きくなる。だから竜一は、企画部を大切にしているし、将来は「グローバルＴＳコーポレーション」の心臓部にしよう、と考えている。

会議を終えて、たばこを吸っていると、直通電話が鳴った。

直通電話の番号を教えているのは、数人しかいない。直感した。久本ではないか。

――電話、今、だいじょうぶですか？

「ちょっと待ってください」

保留にして、部屋の内鍵をロックした。

「どうぞ。で、なにか、わかりましたか。なんなら、いつもの場所で会いましょうか」

時刻は七時半。銀行との会食の約束は八時だが、場合によったら、伍代に任せてもいい。

――いや、五分もあれば。

「わかりました。聞かせてください」

――沖が検事を辞めたのは、ふたつの理由からです。ひとつは、特捜に異動が内定していたのに、突如、地方に飛ばされそうになったからです。詳しくはわかりませんが、彼の独断専行型な性格が嫌われたんでしょう。彼はなかなかの切れ者だったようで、主として、汚職関係の捜査に関わってたようなんですが、上の命令に逆らって、当時行っていた捜査の継続を主張したようなんですな。上の命令というのは、当然、圧力ということでしょうが、時の上司と、大衝突を起こしたようです。

「それで、地方に飛ばされそうになった、と」

——まあ、そういうことです。しかも、丁度そのころ、女房との離婚話が持ち上がってしまった。なんのことはない。やっこさん、頭は切れるが、女には滅法、ダラしないらしいんでね。しかし……。

「しかし、なんです?」

竜一は電話のコードを指先で弄んだ。

——相手は銀座の女だったらしいんですが、結婚を約束していた、との告発状を検察庁に送って、プッツリと姿を消してしまったようなんです。なんでも、善処してくれないなら、マスコミにバラす、との文言もあったそうですよ。

「本人は否定したんですか?」

——いや、関係は認めたそうです。しかし単なる浮気で、結婚の約束などした覚えはない、と……。早い話が、ハメられたんでしょうな。本人、いっとき、その女を探し回ってたそうですよ。

「女は見つからず、そして、結局、離婚して、検事も辞めた、と……」

──まあ、そういうことらしいです。

「では、やっぱり、検察を快くおもってないでしょう？」

──そりゃそうでしょう。しかし、なかなかに好漢だったらしく、同僚検事は大旨《おおむね》、彼の肩を持ってるみたいですな。

「では、辞めた後も、同僚たちとの縁はつづいている可能性も？」

肝心な点だった。もしそうなら、彼のくちから、いろいろな情報が同僚たちの耳に入っていることだってある。

──さあ、それはわかりません。なんせ、警察ならともかく、検察庁ともなると、私たちも、そう縁があるというわけではありませんから。ここまで調べるのにも、いろいろと神経を遣わなければならなかったほどです。

「わかりました。いろいろとご苦労さまでした。で、沖のその後について、なにか変わった動きは？」

──いや、特にはないようです。この前報告したのと、ほぼ同じような毎日を送ってるようですな。もしかしたら、もう竜二さんの一件は諦めたのではないですか？

初めて、久本の口調が癇に障った。

「判断は、私がします。私が、いい、と言うまで、引きつづきふたりを張りつかせてください」

了解しました、と言うと、久本は電話を切った。

どこか、釈然としなかった。

汚職関連の捜査を専門にやっていた。上層部と衝突してまで、筋を通そうとした男。美佐を張っていたときに、偶然、美佐の部屋から出てきた竜二を目にした——。当初は、そうおもっていた。しかし、もしかしたら、最初から、竜二に目をつけていたのではないか。なにしろ竜二は、あの容姿の上に、金回りがいい。当然、その噂は彼の耳にも入っていただろう。

そんな硬骨漢《こうこつかん》が、簡単に竜二を諦めるだろうか。

時計を見た。八時五分前だった。

会食を約束した場所は、竜二の使う、あの紀尾井町の料亭だった。

電話を取り、すこし遅れる旨を料亭に伝えて、竜一は腰を上げた。

35

料亭での銀行との話し合いはうまくいった。数十億の巨額な残高のせいもあるが、まだ一年も経っていないのに次々と各種の企業を支配下に置いた竜一の手腕に、一目も二目も置いていることが話の端々にうかがえた。

なにしろ金がダブついているご時世だ。銀行は金を貸したくてウズウズしている。融資の名目は、それらしき担保さえあれば、どうとでもなる。だが竜一の望んでいるのは、一にも二にも、迅速性だった。手間暇のかかる銀行には用はない。

そう竜一が話すと、善処すると彼らは約束してくれた。

深夜の零時。リビングでブランデーを飲んでいると、咲が帰ってきた。

「どうした？　珍しく酔ってるじゃないか」

咲は酒に滅法強い。少々のことでは酔いは顔に出ない。しかし今夜の咲は、首筋までが赤くなっている。

「いい話だと、ついつい飲みすぎるわ」

ガウンに着替えた咲が竜一の前に座る。

「ロスからエージェントが来たので、飲んでたのよ」

まだ飲み足りないのか、咲がブランデーをグラスに注ぐ。

「今、人気の女優をふたり呼んでおいたら、上機嫌だったわ」

「で、なんだ？　いい話、ってのは」

　咲の事業にはさほど関心はない。聞いたところで、竜一にはしょせんわかりはしない。聡明な咲のことだから、金以外のことでの相談は無用というものだ。

「『ホテル・ジャパン』の支店がロスにあるのは知ってるでしょ？」

　竜一はうなずいた。

　四谷にある「ホテル・ジャパン」。創業からまだ二十数年と日は浅いが、客室数も多く、有名テナントも多数入居していて、客層の質も良い。そのせいか、今では国際会議や華やかなイベントも度々開催され、日本を代表するホテルのひとつとして認知されるまでになっている。その「ホテル・ジャパン」は、勢いをかって、数年前に、ロスの「リトル・トーキョー」近くに、同名のホテルを開設した。当時は話題になったものだ。

「それが、どうした？」

　グラスを傾けながら、竜一は訊いた。

「エージェントの話では、あのなかのエステティックサロンが資金繰りに窮しているそうなのよ。鳴り物入りでオープンしたのにね」

「わずか数年で、資金ショートをきたすなんて、いったい、どんな経営センスをしてんだ」

　竜一は笑った。

「設備に相当金を注ぎ込んだらしいんだけど、結局、人材の問題ね。美容業を甘く見てるのよ」

「それで、どうしようというんだ？　買収しようとでも？」

「そうよ。そこを手に入れれば、『レインボー咲』の知名度は格段に上がるし、なにより、海外にも店舗があるということで、ステータスも得られるわ。それに、四谷の『ホテル・ジャパン』内に、うちのエステティックサロンや美容サロンをオープンさせる可能性だって生まれる」

有名ホテルは、入居させるテナントには、とても気を遣う。二流、三流のテナントを入居させれば、ホテル全体のイメージダウンにも繋がるからだ。

「じゃ、そうすればいい。どうせ、大した金はかからんのだろう？」

「エージェントの話では、五億もあれば十分だそうよ」

「はした金だな」

「むこうの業界でも狙ってるところがあるらしいんだけど、迷ってるらしいわ。なにしろ、日本のホテルだから、客のほうの心配をしてるのよ。それに、日本語と英語の両方に堪能なスタッフを集める自信もないんでしょ。その点、うちは大丈夫。有能なスタッフは十分いるしね。それに、来春のビルの完成前に、そこを確保できていれば、これ以上ない宣伝効果も生むとおもう。なんといったって、女という生き物は見栄の塊だから、そういうのに弱いのよ」

竜一と咲の弱点は、既存の有力企業とのコネクションがないという点だ。これぱかりは、
金と裏の筋の力をもってしても、いかんともしがたい。
　咲は今、大西の顔を最大限に利用して、芸能プロダクションや有名女優、歌手などに人脈
を広げてはいるが、いかんせん、発足してからまだ一年と経ってはおらず、しょせんはポッ
と出の、おのぼり美容企業としかおもわれていないだろう。
　それは竜一のほうの「グローバルTSコーポレーション」にしてもそうだ。支配下に置い
た企業はすでに十七社にまでなったが、そのいずれも、世間からさほど認知を受けていない
企業ばかりで、「グローバルTSコーポレーション」の存在を広く認めさせるには、有力企
業との提携か吸収、もしくは世間の耳目を集める独自の巨大プロジェクトを成功させる必要
がある。今はまだ、その前段階にすぎないのだ。
「で、金さえあれば、なんとかなりそうなのか？」
　たばこに火を点けながら、竜一は訊いた。
「エージェントは、そう言ってる。でも私は、自分のこの目で見て、調べないと信用しない
わ。失敗する金は惜しくはないけど、失敗の二文字が、私には許せないの。信用も傷つくし、
なにより、プライドに傷がつく。だから、近日中に、エージェントと一緒にロスに飛ぶわ。
いいでしょ？」

咲の目が赤いのは、単に酔いのせいばかりではないようだ。熱意が伝わってくる。

「なら、そうしたらいい。咲の話に、おれが一度でも、ノー、と言ったことがあるか？　その話を是が非でもまとめてくるといい」

「そう言ってくれるとおもったわ」

咲が満足そうにうなずき、メンソールたばこに火を点ける。

「ホテルチェーンを作るというのが、貴方の究極の夢なんでしょ？　貴方の作ったすべてのホテルに、『レインボー咲』の冠の掛かった店舗があるのを想像しただけで胸が躍るわ」

「咲の喜びは、おれの喜びでもある。咲の店舗の常連客がセレブの女たちで溢れたら、ホテルのイメージアップには、この上なく有効だよ」

まだ先の話だが、咲同様、それを想像するだけで、竜一の胸も躍った。

「私がしばらく日本を空けると寂しいでしょ？」

咲が妖しげな目で竜一を見る。

「おれたちの最優先は、事業だ。まあ、そのあいだは、おれなりに頑張ってるさ」

「冷たいのね。言葉だけでもいいから、寂しい、と言ってよ」

たばこの煙を吐きながら、咲が笑った。

「ところで、例の男のほうは、その後、どうなったの？」

「沖というやつのことか？」

「そうよ。こうして話していても、貴方の頭のなかから、彼のことがかたときも離れていないのがわかるわ」

「久本の話では、今のところ、なりをひそめているらしい」

一日に一回、久本からは報告が入る。

今、沖にはふたりの男が張りついている。内ひとりは、大手の興信所から引き抜いたという腕っこきの男で、久本は全幅の信頼を置いているらしい。だから、沖にすこしでも怪しい点があれば見逃すようなヘマはしないとのことだった。

「だがな……、それがかえって気に食わん。なにしろ特捜への異動話があったほどの優秀な男だ。簡単に引き下がるとはおもえんのだ」

「もし彼がなにかを暴くために動いているとしたら、どうするつもり？」

「どうするとは？」

竜一は空のグラスにブランデーを注いだ。

「わかってるくせに」

咲がたばこの灰を払った。顔色ひとつ変えない。

たぶんこういうところが、時として竜二の背に悪寒を覚えさせるのだろう。

「まさか、検事上がりの男を脅したところで調べをやめはしまい。むしろ墓穴を掘ってしまう」

「つまり、消すということね」

平然とした顔で咲が言った。

「しかたがない。大望の前だ。見過ごすというわけにもいかない」

咲が考えるように、首を傾げる。たばこの火を消すと、言った。

「貴方、これまでに久本の手を借りて、人を消したことがあるの？」

「いや、ない。拳銃の手配や盗難車を用意させたことはあるが、な。ただその場合でも、標的のことについては、ひと言も話さなかった」

「つまり、自分の手でやったわけね」

咲が新しいたばこを一本抜き出す。

「最後のケリをつけるのに、他人の手は借りない。それは、おれの主義だ。綻びが生じるのは、いつだって、他人任せにしたときだ」

「でも、父からは、これからは直接自分の手を汚すようなことはするな、と厳命されたじゃない」

「大組織の頂点に君臨してる会長だから、言える言葉だ。だが、おれの場合はちがう。信頼できるのは、自分自身しかいない」

「そのとおりよ。久本の扱いには注意したほうがいい。現に父だって、久本は信用しているけど、信頼はしてないわ。その証拠に、父は久本に、貴方や竜二さんのことを、必要最低限のことしか教えていない。父が私に、むかしから教えていたことがなんだかわかる？」

竜一を見つめる咲の目は鋭かった。

「やくざは誰ひとりとして信頼するな、ということよ。盃とか義理とか義兄弟とか言って美化してるけど、あんなのはすべて、ウソッパチ。金と権力のバランスを保つために作り出した童話だそうよ。信用し合えないからこそ、逆にその手のものを利用してる」

「なにが言いたい？」

咲の真意を測りかねた。

「久本には気を許してはいけない、ということよ。こんなこと考えるのは嫌だけど、もし父が亡くなったら、久本の態度はガラリと変わるわ」

「わかった。十分すぎるぐらい注意するとしよう」

三日後、咲はロスに旅立った。

結局竜一は、ロスにいる殺し屋、ジョン・キムについてはなにも教えなかった。義父である会長と咲、そして自分と咲の関係。このふたつの関係のどちらに重きを置くのか、判断に迷ったからだ。

もし義父が亡くなったら――、あのとき言った咲の言葉が、竜一の迷いを深くしていた。

会長はもう年だ。いずれは死ぬ。そうなれば、重要な後ろ楯を失って、窮地に落ち入る。せめて、こちらの事業を軌道に乗せていなければ……。

迷いを振り払ったとき、電話が鳴った。直通電話だ。

久本の声。すこし待ってくれ、と言って、部屋のドアをロックしてから、竜一は受話器を耳に押し当てた。

「なにか？」

――いえね。例の男が、たった今、羽田から飛び立ちました。

「羽田から？　どこへ？」

――北九州市のようです。

数時間前に旅行社に寄ったのを、腕っこきの調査員が尾行し、行先を突き止めたらしい。

――宿もわかってます。博多のNホテルです。

――それで、とは？　まさか、そこまで尾行はできんでしょう。それとも、追っかけましょうか？

「それで？」

「いや、いい。ご苦労さんでした」

電話を切り、竜一は頭をめぐらせた。

北九州市……。小倉時代のことを調べようというのだろうか。

午後からの会議は、上の空だった。一時間ほどで切り上げ、自室にこもった。

しだいに疑惑が確信へと変わった。まちがいない。沖は尾行をやめた代わりに、美佐と竜二の小倉時代について調べようとしているのだ。

部屋のドアをロックしてから、羽田の予約センターに電話した。朝一番の北九州行きを予約する。

次いで、沖の宿泊先のNホテルにも電話して、四日間の予約を入れる。沖の滞在は二、三日ということではないだろう。

念のため、すべて偽名を使った。

たばこを一本吸い終えてから、もう一度電話に手を伸ばす。

夕刻の五時前。竜二は在席しているだろう。交換手に黒木の名を名乗った。

――矢端です。

すぐに竜二が電話に出る。

「今、だいじょうぶですか」

――取り込み中ですので、コールバックします。社のほうでよろしいですか？

「お願いします」

電話を切って、十分もしないで竜二からかかってきた。

――なにかあったのか？

「例の男が、北九州市に飛んだ。やつの動きを探るため、おれも、あすの飛行機で北九州市にむかう」

竜二の息を呑む気配が伝わってくる。

――別件でじゃないのか？

「それをたしかめる必要がある。四、五日は東京を留守にする」

――まさか……。

「心配するな。探るだけだ」

――気をつけろよ。

「帰ったら、また電話する」

電話を切った。

伍代を呼び、あすから数日間出張に出ると伝えて、竜一は社を後にした。

沖の自宅に侵入する絶好の機会だった。

青山通り沿いのスポーツ用品店に顔を出し、茶のスウェットの上下、同色のキャップとスポーツタオル、それとランニングシューズを購入して家に帰った。

夜の九時。買ってきたスウェットに着替え、首にスポーツタオルを巻き、キャップを深々と被る。

この姿なら、ランニングしているとしか見られないだろう。

家から大分離れた場所までランニングし、通りかかった空車に乗り込んで、五反田にむかった。

沖の家の住所は頭にたたき込んでいる。家の手前、二、三百メートルのところでタクシーを降りた。

全身がゾクゾクする。久しぶりに味わう緊張感だ。

むかし東京に来たてのころ、ボクシングジムに通うかたわら、毎日のようにランニングをしたものだ。だが、身体がなまっていた。小走りでランニングをしただけで、息が上がった。

途中、何人かとすれちがったが、誰も気にもとめない。

沖の住むマンションの前を通りすぎる。誰もいなかった。

数分走ってから、引き返す。やはり誰もいない。

駐車場の車の陰から、マンションを観察した。

ありきたりのマンションだ。部屋は402号室。

数分、じっとしていた。キャップを深く被り直し、マンションの入口にむかう。

万が一を考慮し、エレベーターを使うのはやめた。脇の階段を一気に四階まで駆け上がった。

誰とも遭遇しなかった。

四階のフロアには人影はなかった。

誰かと遭遇すれば、計画は中止だ。

ロスのジョン・キムは、ピッキングも手慣れたもので、竜一は見よう見真似で、その技術をマスターしている。

鍵穴に針金を差し込み、ロック状態をたしかめた。

発見されたときは、逃亡すると決めている。しかし誰にも見られずに、ものの二、三分でロックの外れる音がした。

素早く身を入れ、一度深呼吸してから、しばらくじっとしていた。

薄暗いなかで、しだいに目が慣れてくる。

2DK。ありきたりの造りだ。手術用のゴム手袋をしてから、ドアをロックし、リビングの明かりを点けた。

男のひとり住まいにしては、きれいに整理されている。

簞笥、テレビ、書棚、木製のデスク。

隣のベッドルームをのぞいた。万年床のようなベッドがひとつあるだけだった。

他には目もくれずに、デスクだけを集中的に調べた。

引き出しのなかには、いろいろな資料が入っていた。丁寧にひとつずつを手に取り、チェックした。チェックし終えたものは、元の状態に戻した。

一番下の引き出しに、ファイルがあった。

広げて見た。

新聞や雑誌の切り抜き。そのいずれもが、美佐に関するものだった。

未来との架け橋を持つ少女、寄宿舎のそばの大火を予言した少女、それに九州を襲った大洪水を予言したこと、セント・ヘレンズ山の大噴火……。堀内が脳梗塞で倒れたときの記事もあった。

そして、竜二。矢端竜二とは何者なのか。メモ書きには、竜二の出自と、入省した年月日までが記されている。

まちがいなかった。沖は、美佐と竜二に異常なほどに興味を抱いている。

ファイルを元に戻した。

他に、沖と関係のある人間に関するメモはないのか探したが、それらしきものは見当たらなかった。やつの単独行動なのだろうか。

もう一度、周囲をぐるりと見回してから、リビングの明かりを消した。

37

博多のNホテルにチェックインしたのは、九時すぎだった。

チェックインを終えてから、ロビーの公衆電話から、Nホテルに電話を入れた。沖和紀さんの部屋に繋いでほしい、と告げた。

ものの十数秒ほどで、男の声がした。

「沖村さんですか」

――いや、沖です。

「これは失礼、交換手がまちがえたようです」

謝りの言葉を吐いて、電話を切った。

どうやら沖は、まだ外出していないようだった。

身ひとつだ。部屋には入らずに、ロビー脇の喫茶室に入って、客室用エレベーターのほうに注意を払った。

沖の顔は、久本が隠し撮りした写真で知っている。

三十分ほどして、エレベーターから降りてきた沖の姿をとらえた。右手に小さなバッグを下げている。

沖はフロントで何事かを話してから、喫茶室のほうにむかってきた。

竜一はコーヒーを飲むふりをして、やりすごした。

コーヒーを飲みながら新聞を読み終えた沖が腰を上げる。

竜一も精算して、沖の後を追った。

タクシーに乗り込んだ沖を見届けてから、竜一も後続のタクシーに身を入れる。

「興信所の者なんだが、あの車を追ってくれ」

万札を一枚、運転手に差し出す。

好奇心丸出しの顔で、運転手がうなずく。

沖がタクシーを降りたのは、地元の新聞社、「北九州日報」の前だった。なんの迷いもなく、新聞社に入ってゆく。

タクシーから出て、しばらく新聞社を見つめた。

見つめているうちに、しだいに竜一は怒りを覚えた。

昨夜の沖の部屋の捜索。そして、今度は新聞社だ。沖の狙いは、もうはっきりしている。

沖をつけ回すことになんの意味があるのか。狙いがわかった以上、もう消えてもらうしかない。検事上がりとはいえ、沖など、取るに足らない存在なのだ。問題は、彼ひとりを消して片づくかどうかだ。

いつまでも、こんな男のために時間を費やすのは腹立たしい。

調べるだけ調べればいい。そして、調べ終えたネタと共に、あの世に旅立たせよう。

しかし、その前にやるべきことがある。口を割らせるのだ。一連の調べは、単独行動なのか。他に仲間がいるのか。それだけはたしかめねばならない。

車に戻り、運転手に、ホテルに戻るよう言った。

フロントに一泊分の料金と残り三日間のキャンセル料を払って、空港にむかった。

その夜、竜二の部屋に電話を入れた。

いつものように、夜空の星が見たい、との言葉を投げ、質問は一切封じて、東京タワーの入口で待つと伝えた。

夜の十時。東京タワーの入口で待っていると、歩いてくる竜二の姿が目に入った。

「小倉に行ったんじゃなかったのか？」

周囲に目を配りながら、竜二が訊く。

「行ったが、馬鹿馬鹿しくなったんで、トンボ返りした」

歩きながら話す、と竜二に言って、歩調を合わせる。

「昨夜、やつの部屋に忍び込んだ」

「えっ」

竜二が歩みを止める。

「心配は要らんよ。誰にも見られてやしない」

昨夜の顚末を竜二に教えた。

「やはり、あいつは、おまえと美佐を調べてやがった。きょうは、北九州市の新聞社に足を運んでた。たぶん、調べの延長だろう。やつの狙いがはっきりした以上、尾行するのは無駄だとおもったよ。やつには、消えてもらうことにする」

「久本に頼むのか？　それとも、このあいだ言ってたロスの男に任せるのか？」

「その両方共、ナシだ」

「ということは……」

「おれが料理する」

　ぶっきら棒な口調で、竜一は言った。

「しかし……」

　また立ち止まった竜二の顔に、不安の色が浮かんでいる。

「おれは、ヘマはせんよ。それに、久本に頼むには、リスクがある。彼には、こっちの弱みを見せるわけにはいかない」

　たばこに火を点け、咲が仕事のためにロスに出掛けたことを話した。

「この前、咲と話し合ったんだ。会長は、いずれ死ぬ。死んだら、久本はおれたちの目の上のタンコブになる。彼がおれに従順なのは、おれへの忠誠心からではない。会長の力があるからだ。その会長が亡くなれば、先はどうなるかわからん。ロスの男は、おれの隠し玉だ。いずれ使うときがくるだろう」

「しかし、危険すぎないか」

「信用できるのは、おれたちふたりだけだ。だから、おれが直接手を下す。その前に、沖を拉致して、口を割らせる。この件に、他にも誰か関わっているのかを、な。すべて、おれに任せろ」

「会長からは、もう直接手を汚すことはやめるよう、言われたんじゃないのか？」

「会長にも黙っているさ。やつが死ねば、久本は疑うだろう。だが、それしか方法がない。久本には、やつの一件は片づいたと報告して、忘れるよう、言っておく」

なにか言いかけた竜二の口を封じて、いい季節になったな、と話題を終わらせた。

「おれたちは、急がねばならん。先日の咲との話で、おれは気づいたよ。今のおれたちは会長に依存しすぎている、とな。会長はもう、六十の半ばだ。いつなにが起きたって、ふしぎじゃない。それで、だ……」

竜二が嫌がるだろう話をしなくてはならない。たばこを指先で弾いて、竜一は言った。

「竜二。おまえは、運輸省を辞めろ。そして、まゆみと結婚するんだ。結婚して、源平の心を摑め。二階堂急便を手中に収めろ」

「まゆみ、とか……」

竜二の心が痛いほどわかる。顔が、引きつっている。

「物流二法の制定も近いんだろ？　その前に、二階堂急便を乗っ取らねばならない。おまえがまゆみと結婚すれば、大西の件もうまくゆく」

大西が振り出したり、裏書きした手形の問題の処理に、いずれ源平が乗り出す。そのときに、竜二が源平の懐に深く入り込んでいれば、なにかと有利に事が運べるだろう。

「美佐とは、大陸に着いたときに、一緒になればいい。まゆみなんてのは、どうとでもなる」

竜二が黙り込んだ。

いつの間にか、東京プリンスホテルの近くまで来ていた。

「わかった。そうしよう。竜一は危険な橋を渡っているのに、このおれひとりが、のほほんとして、黙っているわけにはいかない」

「そうか。それでこそ、竜二だ」

「で、辞表や、結婚はいつにしたらいい？」

「辞表は、年内だな。結婚は、その後、来春にでもするといい」

曽根村は竜二に、政治家になれ、と言った。

まゆみと結婚すれば、いろいろと騒がれるだろう。しかし、それが竜二の次のステップとなるのはまちがいない。

「美佐を、会長や咲に紹介するのは、運輸省を辞める前にする必要があるな。おまえがまゆみと結婚することがわかったら、感受性の強い美佐のことだ。どうなるか、わかったものではない」

「美佐には、おれの口から、なんとか言い含める」

肚が固まったのか、竜二の表情は毅然《きぜん》としていた。

「それで、沖を殺るのは、いつだ？」

「東京に帰ってきたら、すぐに、だ。久々に血が騒ぐ」

つぶやく竜一の胸は、事実、血が躍っていた。

空車が来るのが見えた。

手を挙げて、止めた。

「竜二。正念場だ。覚悟を決めろよ」

「竜一のほうこそ」

竜二をタクシーに乗せた。竜一に一度、手を振ってから、竜二がタクシーの背凭《せもた》れに頭を乗せる。

走り去るタクシーを見送る竜一の頭のなかでは、早くも、沖の殺害計画が練られていた。

38

卓上の電話が鳴った。交換手が、沖さんという人からです、と告げた。

瞬間、竜二は息を呑んだ。沖？　あの沖のことか。

息を整え、繋ぐよう、交換手に言う。

「矢端ですが……。沖さんといわれると、どちらの方ですかな？」

――いや、突然の電話で失礼します。初めて、お電話するんですよ。

「ならば、切りますよ。私も暇じゃないんでね」

――ちょっと待ってください。非礼は百も承知なんですが、矢端課長補佐にすこしお話をうかがいたかったんです。私はライターをやってまして、主に官庁関係や経済問題などが専門なんですが。

「なるほど。じゃ取材ということですかな？」

――そうです。

「ならばお断りしましょう。公務の話はできませんので」

まちがいなかった。あの沖和紀だ。即座に電話を切ってもよかったが、いい機会のようにもおもえた。

――そうおっしゃるとおもってました。じつは私、以前検察庁に勤務してたことがありましてね。

「検察庁？」

――そうです。検事をやってたんですよ。

沖の口調には、半分恫喝めいた響きがあった。

「それで?」

――つまり、私の取材にはそれなりの意味があるということです。

「おっしゃってる意味がわかりませんが」

――その経験から、いい加減な話は書けないということですよ。どうでしょう? 少々お時間をいただけないでしょうか?

竜一に相談すべきか迷った。だが、沖の狙いを知る、またとないチャンスかもしれない。

「いいでしょう。どういう内容なのかわかりませんが、二、三十分程度なら」

――ありがとうございます。では、時間とか場所は、矢端課長補佐にお任せします。私のほうは、いつでもかまいません。

頭をめぐらせた。浮かんだのは、紀尾井町の料亭だった。

「では、これから言う所に、今夜の八時に顔を出してもらえますか。私の名前で席を用意しておきます。ただし、お断りしておきますが、しょうもない取材でしたら、即刻、話はやめにしますよ」

――わかっております。

竜二は、紀尾井町の料亭の場所と名前を告げて、電話を切った。

席を立ち、階下にむかう。周囲に目を配ってから、公衆電話に十円玉を放り込んだ。

竜一がすぐに電話に出る。

「今、だいじょうぶか？」

——ああ。どうした？

「たった今、あいつ——沖から取材の申し込み電話があった」

——なにっ、直接電話してきたのか？

「そうだ。いい玉だ。自分が検事上がりだということをほのめかして、強要しやがった」

——で、どうした？

「受けてやることにした。やつの狙いを知る絶好の機会だとおもってな」

今夜の八時に、紀尾井町の料亭で会うことにした、と竜二は言った。

「電話での話しぶりからすると、拉致したところで単独行動なのかどうか、生半可なことでは白状しないようにおもえた。だから、おれが探りを入れる。やつの処分はそれからでも遅くない」

——わかった。どこまで調べたのか、その探りも入れてこい。

電話を切った。

「矢端さん。どうされたんですか？」

瞬間ギクリとした。

同じ課内のノンキャリの年輩者が、赤電話と竜二を訝《いぶか》る目で見ていた。

「私用の電話でしたんで、席で話すのを遠慮したんですよ」

まさか竜一との話を聞かれてはいるまい。竜二は笑ってやりすごした。

八時に料亭に顔を出すと、すでに沖は来ていた。

「いつものお部屋に通しておきました」

馴染みの女将が丁寧に頭を下げる。

「そうですか」

軽く会釈をして、竜二は奥の部屋の襖を開けた。

下座に座っていた男が、立ち上がって竜二を迎える。

「こんな所をわざわざ。恐縮です。昼間、電話をした沖和紀です」

沖が丁重な挨拶をよこした。

「矢端です」

竜二は、当然という態度で上座に腰を下ろした。

「しかし、取材を受けるのにも料亭を使われるとは」

竜一から写真を見せられて沖の顔は知っていた。しかし生身の沖は、写真の印象よりもはるかに若々しい。それに図太さもうかがえる。

「妙な誤解を受けるのもなんなんで、費用は公費ではなく、私費ですので」

「それは、また。うらやましいかぎりですな」

身辺を嗅ぎ回っていた沖のことだ。南青山のマンションに外車。派手な暮らしぶり。隠す必要などなかった。

無視して、たばこにライターで火を点けた。

「それで、取材とは、どんな？」

たばこの煙を吐きながら、竜二は訊いた。

「その前に——」

沖が名刺を取り出す。

名刺には肩書の類は一切なく、ただ名前と住所とだけが記されている。

「ライターをなさってると言われましたな？」

「そうです」

沖が持参した本を二冊取り出して、竜二の前に置く。

「他にも書いたものはいろいろとあるんですが、一応、私の代表作ということになってます」

　出された本を手に取った。『官僚の背徳』に『心霊術師の罠』。

「生憎《あいにく》と、こっち方面には疎いんで」

　パラパラと頁を繰って、テーブルに戻した。

「それで？」

　本の感想も口にせず、沖を見つめた。

「私は今、新聞に――まあ、新聞と言っても、タブロイド版の夕刊紙なんですが――、週に一回連載をやらせてもらってまして、タイトルは、「裏を読め」という、取材物なんですがね。これがおかげさんでなかなか好評なんですよ。それでまあ、矢端さんに興味を抱いたということなんです」

　沖の見つめる目が鋭くなったような気がした。

「なにしろ、運輸省内では切れ者との噂が高い。それに――」

　沖が室内を値踏みするような目で見回す。

「その若さで、私費でこんな料亭も使われているし、外車を乗り回すほどだ」

「見たのですか？」

　とぼけて竜二は笑ってみせた。

「省内では、もっぱらの評判ですよ。まあ、半分はやっかみでしょうがね。なにしろ、男の目から見ても惚れ惚れするほどの男前な上に、キャリア組。わかるような気がしますよ」

「事実ですよ」

あっさりと竜二は認めた。

「私はミミッチく生きるのが嫌いでしてね。なにしろ親の遺産が、この狂乱相場で膨れ上がってしまった。金なんてのは、使ってこそ意味があるんです。墓場に持っていけるわけじゃあるまいし」

「なるほど。それが矢端さんの人生哲学というわけですか?」

「それがすべてじゃない。人生なんてのは短いというのもつけ加えておきますか。貴方だって、あしたコロリと死ぬかもわからない」

たばこの灰を払いながら竜二は笑った。

「なるほど。ところで、親の遺産と言われたが、矢端さんは小倉の出身でしたな?」

竜二は黙ってうなずいた。

「失礼だが、興味があるんで調べさせてもらった。なんでも、ご両親は、火災で亡くなられたとか。いやそればかりか、双子の兄上まで亡くされている……」

「そうですよ。私は天涯孤独の身ですよ。それがなにか問題でも?」

「いや、変な言い方だが、自由で、ただただうらやましくおもってるだけです。それで、なぜ、運輸官僚になど？　私共の感覚からすると、なにも官僚などにはならずに、優秀な頭脳と潤沢な資金があれば、民間の世界で自由に生きたほうが、とおもうんですがね」

「自由に生きる、ですか……。なるほど、そういう見方もあるんでしょうな。しかし私は、今でも自由に生きてますよ。それに、こんな若僧でも、民間のお偉いさんが私の顔色を見ながら振る舞っているのが、とてもおかしい。つまり、金では手に入らない権力というのも手に入れている。まあ、こんな考え方をすること自体が自由であることの証でもあるんですけどね」

もう一本たばこを取り出して、火を点けた。

「これまでの官僚にはないタイプですな。矢端さんは」

「既存のタイプが良い、ということなら、私は官僚としては失格ですな。しかし、仕事で失敗してるわけではないので、ニュータイプの官僚として評価してくれると幸いですよ」

「それはまあ、認めましょう。ところで、ご両親はなにをなさってたんですか？　それほどの遺産を残されるとは？」

「検事上がりの貴方だ。調べられたんでしょう？」

沖から視線を外し、たばこの灰を払った。

「いや、それがどうにも解せない。廃品回収業で、それほどの遺産が残せるものなんですかな？　いや、これは失礼。廃品回収業を見下してるわけじゃないんですよ」

　とってつけたように言って、沖が軽く頭を下げた。

「いや、見下されたとしても、一向に気にしませんよ。もうすぎ去った過去です。うちの両親は馬車馬のようによく働いてましたよ。それに、こんなことを言ってはなんだが、ドケチだった。亡くなった兄と私は、小さいころから、勉強などする必要はない、と言われて、こき使われたもんです。おかげで、かなり広い土地が残された。遺産というのは、両親の生命保険金と、その土地ですよ。ある製鉄会社が、買い取ってくれたんです。金額まで教えなきゃならんのですか？」

「できたら……」

　上目遣いで沖が見る。

「まるで、私が不正を働いていると言いたいかのような目ですな。しかし、そこまで教える気はない。必要だったら、ご自身で調べられることだ。なにしろ、検事だったんでしょ？　お手の物じゃないですか」

　竜二は蔑むような目で、沖を見返した。

「ところで――」

口にしたとき、部屋の外で人の気配がし、お酒はどうなさいますか、と言う女将の声がした。

「必要ない。なにかこちらが言うまで、放っておいてくれ」

「わかりました」

女将の引き下がる気配がした。

「なにを訊こうとしたんだったかな……」

竜二はとぼける口調でつぶやいた。

「そうだ。以前は検事だったと言われたが、どうして退職なさったんです？　いろいろと質問をされるからには、私のほうにも訊く権利はあるんでしょう？」

女にダラシのない男。どう答えるのか、腹のなかで竜二は笑った。

「女で失敗しましてね。いや、面目ない」

沖が首に手をやった。

「なるほど、女ですか。一番クダらない辞め方ですな。奥さんはガッカリされたでしょう」

「離婚されちゃいましたよ」

あっけらかんと言って、沖が笑った。

「それで、ライターに？　弁護士になるという手もあったじゃないですか」

「人を弁護するというのは柄じゃないんでね。追及するのが性に合ってるんですよ」

「なるほど。人生はいろいろだ」

「そうです。人生はいろいろですよ。失礼して、私もたばこを吸わしてもらいますよ」

沖がたばこを手に取り、簡易ライターで火を点ける。

「しかし、貴方は大学に行かれたのに、なぜ双子のお兄さんだけは、ご両親のもとに残って仕事を手伝われたのです？　ご兄弟揃って、優秀だったそうじゃないですか」

沖がたばこをくゆらせながら、刺すような目で竜二を見る。

「むかしのことを根掘り葉掘り調べられたというわけだ」

皮肉のこもった目で、竜二はくち元に笑みを浮かべた。

こいつは、小倉にまで行って、当時のことを訊き回ったにちがいない。

「死んだ兄貴は、ね……。自分を犠牲にする代わりに、私にだけは勉強をつづけさせてくれるよう、両親に言ってくれたんですよ。おかげで私は、今こうして楽をしていられる。すべて、死んだ兄貴のおかげですよ」

「なるほど。弟おもいのお兄さんだったというわけだ。しかし、それにしては情が無いですな」

「情が無い？　どういう意味かな？」

「ご両親とお兄さんのお墓は、小倉の以前のご自宅のそばにあるのに、一向に墓参りに訪れた形跡がない。いや、ね。折角でしたんで、私も焼香してきたんですよ」

瞬間、カッとした。こいつは、そこまで調べ回っていたのだ。

「私の兄への供養は、私が立派に出世すること、と肚を括ったんですよ。いつまでも過去にこだわっては、前へ進めませんからね」

「人生もいろいろなら、人の考えもいろいろというわけですな」

挑発するような言い方だった。

「それで、取材というのは、私の過去についてのことだったわけかな?」

「それもある。なぜ、こんなに羽振りのいい官僚がいるのかと大変興味をそそられましたんでね。悪しからず」

竜二はテーブルの本を手に取った。

「『官僚の背徳』ですか。つまり、私の羽振りの良さは、汚職かなにかに手を染めているのではないか、と疑ったわけだ」

「そう疑うのは自然でしょう。しかし、こちらが調べたところでは、どうやらその疑いはなさそうだ。矢端さんの説明を百パーセント信じたわけではないが、まあ、いちおう信じましょう」

「不愉快な言われ方だが、まあ、いい。ところで、今、それもある、と言われたが、他にどのような？」

「じつは、こんなことを言ってはなんなんだが、最初に興味を抱いたのは、矢端さんではなかった。別の人物に興味を覚えて調べているうちに、矢端さんに出会《でくわ》したというのが真相でしてね」

「ほう……。別の人物とは？」

竜二は注意深く、沖の顔を見つめた。

「私の興味は、官僚とかの現実社会に関する事柄と、それとは真逆の、なんと言ったらいいのか、オカルト的な事柄とにある」

そう言って、沖がテーブルの上のもう一冊の本を手に取る。

「じつを言うと、この『心霊術師の罠』のほうがそちらの本よりも売れましてね……」

沖が手に取った本をパラパラとめくる。

「いや、世のなかは、じつに奇っ怪だ。妙な予言をしたり、警告を発したりする者がいる。大体は、ペテンなんですがね。ところが、なかには、ペテンでもなんでもなく、本当に予知できる人間もいるようなんですな。そのなかのひとりが、吉野美佐という盲目の女性なんですよ」

沖が本を置き、上目遣いに竜二を見る。

「ご存じでしょう？　吉野美佐さん」

竜二の腸《はらわた》は煮えくり返っていた。やはりこいつは、美佐に探りを入れていたのだ。

「知ってたら、どうだと言うんだね？」

「そんな目で見られたら、畏縮《いしゅく》してしまいますよ」

沖が卑屈《ひくつ》な笑みを浮かべた。

「彼女、これまでに様々な現象を予言してるんですが、それが恐ろしいまでに当たっている。自然現象を予知できるなんて、ペテンじゃ無理だ。火災、洪水、火山の噴火――、それこそいろいろだ。ちょっと毛色の変わったところでは、引退した前首相の堀内の脳梗塞なんてのもある。それればかりか、彼女には別な才能もあるようでしてね。近ごろでは、覆面童話作家としても活躍してるようだ」

「それが、この私とどんな関係があると言うんだね？」

竜二の怒りは頂点に達していた。

「親しいんでしょ？　彼女と」

「私のことなら、いくら調べられてもいい。しかし、彼女のこととなると別だ。ライターというのは下品な仕事だな。他人の私生活をのぞき見するなどとは」

「しょうがないですよ。それが仕事なもんですから」

　柳に風とばかりに沖が受け流す。

「知りたいんですよ。吉野美佐さんのことが。じつに興味深い。彼女、地元の九州では有名人らしいんだが、数年前に、突然東京に行ってしまった。調べてみると、矢端さん、貴方とどうやら同郷らしい。どういう女性なんです？　彼女は」

「話すことはなにもない。ご用件は、これで終わりかな」

　料亭を待ち合わせ場所に選んだが、最初から、酒も肴も出すつもりはなかった。

「ところで、お宅は、これらのことをどこの誰と組んで調べてるのかね？」

「誰とも組んじゃおりませんよ。外部にネタが洩れたら、台無しじゃないですか。しかし、取材の裏というのは、ご当人に会ってたしかめないとね。それが筋というもんでしょ」

「後生大事にそのネタとやらを抱えて、好きにすればいい。私はなにを書かれても、一向にかまわんよ」

「居づらくなりますよ。省内に」

「だったら辞めるまでだよ。私は別に今の職にこだわっちゃいない」

　竜二は拍手を打った。すぐに女将が顔を出す。

「お客さんがお帰りだ」

女将が、えっという顔をする。

「食事は、ひとりでさせてもらう。女将、この客人を見送る必要はない。ひとりが好きなようだ」

「いやぁ、参りましたな。ケンもホロロの対応ですな」

苦笑した沖が腰を上げる。

「いちおう、挨拶という筋は通させてもらいましたよ」

ひと言、言い残すと、沖が背を向けた。

食事は三十分後でいい、と言って女将を追い払い、部屋の電話を手に取った。元麻布の家に電話する。

竜一がすぐに出た。

「おれだ」

高ぶる気持ちを鎮めて、竜二は言った。

——どこからかけている？

「例の料亭だ。たった今、野郎は帰った」

——で、どうだった。

「案の定だ。おれや美佐のことを嗅ぎ回ってる。しかも、野郎、小倉の寺にまで顔を出してやがる」

沖と交わした話の内容を竜二は教えた。

「それに、おれの金の出所を疑ってやがる。そればかりか、ひょっとすると、火災事故の件まで疑ってるかもしれん」

――おまえがやったのではないか、と？

竜一の息を呑む気配が伝わってくる。

「いや、あのときおれは、東京にいた。むろんそれは調べてるだろう。だから、それはない。あの野郎、おれたち兄弟が優秀だったと言いやがった。たぶん、自宅周辺での聞き込みまでしたにちがいない。つまり疑ってるのは、あれが事故だったのかどうか、死んだ竜一は、本当に竜一だったのかどうか、そうしたことに目を向けてるんじゃないかとおもう」

――ふーん。

竜一がうなった。

「野郎、なぜおれだけが大学に進学したんだ？　なんてことを訊きやがった」

――なんて答えたんだ？

「ありのままをだ。兄貴は犠牲になってまでおれを進学させてくれた、とな。おれの腹は久々に煮えくり返ったぜ。野郎、美佐に対して、異常なまでの関心を抱いてやがる。できることなら、おれがこの手で――」

――竜二、落ち着け。野郎は、どの道、ケリをつける。それで、やつは、ひとりで嗅ぎ回ってるのか？

「そう言ってたが、わからん。しかし、もし誰かと手を組んでいるとしたら厄介なことになる。慎重にしたほうがいい。おれと会った直後に、不審な死に方をしたら、疑われる」

――話はわかった。どうするか、善後策をこれから考える。だが、当分のあいだは、おまえと会うのは控えたほうがいいな。

「おれも、そうおもう」

ご苦労だった、と言うと、竜一は電話を切った。

39

夜の十時。電話が鳴った。まゆみからだった。

ブティックの仕事が終わると、週に一度はかけてくる。

――わたしです。お仕事のほうは忙しいんですか？

訊くまゆみの声は、嫌になるほどへりくだっている。無理もない。この一ヵ月ほど放りっぱなしだ。

瞬間、結婚しろ、という竜一の言葉が頭をよぎる。

「ああ、すまなかったな。どうだ？　商売のほうは」

ブランデーを口に含み、いつもよりやさしい口調で言った。

――仕事のことを訊いてくれたのなんて、初めてじゃない。でもうれしいわ。正直、退屈よ。やりたくてやってるわけじゃないし……。

今では、会ってほしい、などとは言わなくなった。会うときは、竜二がいつも決めている。まゆみの心が手に取るようにわかる。会いたくてしかたがないのだ。

「辛いおもいをさせているが、もうすこしの辛抱だ。おれも、そろそろ、おまえとのことを考えなくちゃならんな。一度、親父さんと会ってみるか」

――えっ、本当？

おもってもみなかったのだろう。まゆみの声が裏返っている。

「本当だ。だが、そうなると、おれも省を辞めなければならなくなる。言ったように、運輸官僚が直接利害に結びつく民間の業者の娘と一緒になることなど、許されるわけがない」

――うれしい……。

まゆみは泣いているようだった。

「親父さん、いくつになった?」

——もうすぐ七十七よ。言ってなかったけど、見合いの話をわたしがことごとく断るから、最近、とても元気がなくなってたの。子供はわたしひとりだから、後継者のことが頭から離れないみたいなのよ。竜二さんが会ってくれたら、大喜びすることは保証するわ。

しゃくり上げながら、まゆみが言う。

結婚すれば、竜二が二階堂急便を継いでくれるとまゆみはおもっている。源平もまた、自分に会えば気に入るだろうとの自信もあった。

——会いたいわ……。

「おれもだが、今は駄目だ。マスコミの一部の人間が、おれに監視の目を向けているから、注意しなくちゃならんのだ」

沖と会ってから、三日が経った。以前にも増して注意しなくてはならない。

——わかったわ。我慢する。

「親父さんと会う時期がきたら、おれのほうから連絡する。たぶん、一、二ヵ月後ぐらいになるだろう」

竜二は電話を切った。

ブランデーを注ぎ足し、美佐の顔をおもい浮かべた。

まゆみと結婚しても、そのことは美佐には伏せておくつもりだった。

まゆみと家庭を持っても、竜二の行動にはまゆみは目を瞑るだろう。もし他に女の匂いがしても、黙っているはずだ。つまり、美佐との関係はなにひとつとして変わらないのだ。

だが感受性の強い美佐を騙しつづけられるだろうか。正直なところ、自信はなかった。

しかし、沖のやつ……。美佐のことは、どこまで調べたのだろう。

美佐の両親が事故で死亡したことは調べ上げているにちがいない。そして、それがキッカケで視力を失ったことも。だが美佐の両親の運送事業が二階堂急便によって潰されたことまで摑んでいるだろうか。

美佐が覆面作家として童話を書いていることも知っていた。これはライターという職業からして、知るのは容易だろう。

問題なのは、美佐の両親の死の原因が二階堂急便にあることを知っていたときだ。美佐と竜二が特別な関係であるのは知っている。その竜二が二階堂源平の娘と結婚することに疑いの目を向けることはないのか。

まあ、いい。いずれ沖は、竜一の手によって葬り去られる。厄介なのは、沖の調べに加担した者がいたときだ。

沖を消すのは、時機を見てからにしたほうがいい、と竜一には言った。しかし、今すぐにでも消したくなる。

ブランデーを揺すりながら、竜二は考えつづけた。

40

竜二からの報告を受けて、久本に沖の日常行動を報告するよう、言った。真意は教えなかった。彼の日常行動がわかれば、拉致する場所や時を定めることができる。むろん、久本の手は借りない。竜一は、自分の手ですべてを遂行するつもりだった。

その久本から、報告があった。

沖は二日前に姿を消したという。五反田の自宅は放りっぱなしにして、家には帰ってないらしい。不動産業者に訊いたところ、賃貸契約を解除したとのことだった。

家財道具を置きっぱなしにして、身ひとつで姿を消したのだ。行先はわからないという。

竜一は地団太を踏んだ。身の危険を察知して姿を隠したにちがいない。

すぐに竜二に連絡を入れた。

「おまえ、やつが警戒するようなことを言ったのか？」

——いや、心当たりはない。単なる引っ越しではないのか？

「家財道具を放りっぱなしにしてか」

——妙だな……。

そう言えば——、竜二がおもいついたように言った。

——人間はいつ死んだっておかしくはない。あしたコロリと死ぬことだってある、みたいなことを言ったな。まさか、それを脅迫と受け取ったともおもえんが……。

「わかった。いずれ、姿を現すだろう。おまえは、用心してろ」

不可解な気持ちを抱いて、竜一は電話を切ろうとした。

——話がある。

「なんだ？」

——まゆみに、源平に会ってもいい、と言った。あの女、泣いて喜んでやがった。一、二ヵ月以内に、源平に会おうとおもう。まゆみが見合い話を断りつづけるんで、源平、相当落ち込んでるらしい。

影山に依頼した株の買占めは、順調に進んでいる。おかげで、大西が裏書きした手形の総額は、三百億ほどまで膨らんでいる。そろそろ次の計画を進めるべきかもしれない。

「わかった。源平とは一ヵ月以内に会うようにしろ。源平の懐に飛び込むんだ。おまえが二階堂急便に入れば、今、大西に振り出させている手形の処理がスムーズにいく」

大西には、この二年以内に、二千億近くもの手形の裏書きをさせるつもりだ。そして「吉兼倉庫」と「浜田運輸」の株も突きつける。手形と株の処理。竜二の腕の見せどころになる。

──問題は美佐のほうなんだが。

「それは、おまえでなんとかしろ。なに、まゆみと一緒になったところで、美佐とわかれるわけじゃないんだ。すべてが終わったら、まゆみなんてのは捨てればいい」

──それはわかってる。しかし会長と咲さんに、美佐を会わせるという難題がある。おれは、源平に会う前のほうがいいとおもう。なにしろ美佐は感受性が強い。もしなにか不安を与えたら、同意するかどうかわからん。

「そうか……。咲がアメリカから帰る前に、どうするかの結論を考えよう」

──咲さん、いつ帰ってくるんだ？

「あと一週間もしたらだ。どうやら、例のエステティックサロンの買収の目処も立ったらしい。本当なら、咲が帰るまでに、沖の一件も片づけておきたかったんだが」

電話を切り、竜一は頭をめぐらせた。

手形の一件は、いずれリークする。そうなれば、大スキャンダルになるだろう。源平から政界に流れた金も袋だたきにあうはずだ。源平は、二階堂急便の存続をかけて、手形の回収に当たるだろう。

その渦中に、大西には自殺を装って消えてもらう。

ビルからの投身自殺。首吊り……。方法はいくらでもある。裏の事情を知る大西が消えれば、残るのは多額の負債という数字だけだ。まちがっても、「グローバルTSコーポレーション」が暗躍していたことを知られてはならない。

41

まゆみがグッタリと寝込んでいる。竜二はそっとベッドから抜け出し、窓際に立って外の景色を見つめた。

赤坂のシティホテル。まゆみと寝るときは四谷のシティホテルがお決まりだったが、沖の目を警戒して、初めてこのホテルを利用した。

部屋が替わったことも手伝ったのだろう。久しぶりに抱いてやったまゆみは、半狂乱になって乱れた。知り合った当初は、男の裸体を見るのも恥じらっていたのに、今では成熟した女の欲望を露骨にぶつけてくる。

しかし、まゆみが乱れれば乱れるほど、竜二の気持ちは醒めてしまう。頭のなかに浮かぶ美佐の顔を追い払わねばならなかった。

まゆみの起きる気配がした。

「すごかった……」

こういう羞恥心のカケラもない言葉も今では平気で吐く。それがまた竜二の気持ちを重くさせてしまう。

「なにか、身辺で変わったことはないか？」

「変わったこと、って？」

まゆみがキョトンとした顔をする。

「なきゃあ、いい」

この女が他の女より秀でているのは、顔と身体だけだろう。一部のマスコミが目をつけている、と話してやったのに、その意味すら瞬時に理解しようとしない。

「それで、竜二さん。父に会ってくれるのね？」

「そのつもりだ。だが、言っとくが、すこしでも親父さんが横柄な態度を取るようだったら、おれは早々に立ち去るぜ」

「そんな……。父はワンマンな男よ」

「なら、事前に、まゆみがなんとかするんだな。おれの性格は知ってるだろ？　おれは人に頭を下げるのは好きじゃない。まちがっても、親父さんに頭を下げて、まゆみと一緒にさせてくれ、なんて言わないぜ」

　この女は、マゾっ気があることを今では竜二は知り抜いている。こういう言い方をしたほうが、燃えるのだ。

「父が怒って、一緒になることを許してくれないかもしれない……」

　まゆみが端整な顔を歪めた。

「なら、しょうがない。まゆみも諦めるんだな。世のなかには、おれ以外にも、腐るほど男はいるんだ」

「そんな……。絶対に嫌。わたし、竜二さんと一緒になれないくらいなら、死ぬわ」

「じゃ、親父さんに、そう言うんだな」

「竜二さん、わたしを愛してくれてないの？」

　すがりつくような目でまゆみが竜二を見る。

「愛？　愛だけで、人生がやれるか？　愛なんてのは、いっときの夢だ。人生のほうが長い」

　美佐にはまちがっても言えない言葉がくちをつく。

「まゆみを失って悲しいのは、いっときだけだ。おれには壮大な夢がある。その夢のひとつを失うかもしれんのだぜ。官僚のキャリアという身分を賭けてるんだ。なにしろ、まゆみと一緒になるのなら、官僚を辞めねばならない」

　まゆみがもう自分なしでは生きられないことに竜二は自信を持っている。必死で源平にすがるはずだ。

「そうよ、ね。竜二さんがそこまで肚を括ってくれてるんだから、わたしがなんとかしなくてはね」

「親父さんの、まゆみと一緒になる条件は、会社を継いでくれることなんだろ？　言っちゃなんだが、おれは『二階堂急便』なんてのを継がなくたって、生きる術はいくらでもある。親父さんに、媚《こ》びへつらう必要なんて、これっぽっちもないんだ」

「わかってる。だから怖いの」

「親父さん、肉親はまゆみひとりなんだろう？　怖いんだったら、会う前に親父さんに、よく言い聞かせておくんだ。おれには、金も地位もある。『二階堂急便』には、行ってやるんだ、ということをな」

　まゆみを抱き寄せた。硬軟混ぜ合わせる。突き放したような物言いの後は、やさしくしてやるのがコツだ。

「わかった。そうする」

　まゆみの手が竜二の分身に伸びる。まゆみは、セックスに益々貪欲になった。芸者だった母親に似たのかもしれない。

もう一度まゆみを抱くのは、トドメのようなものだ。

竜二は荒々しい手つきで、まゆみの女陰をまさぐった。

42

まゆみから連絡が入ったのは、二週間後だった。

源平が会うとのことだった。数日後に上京するとのことで、赤坂の源平の行きつけの料亭を指定された。

当日、仕事を早めに切り上げ、自宅に戻って、アルファロメオを駆って赤坂にむかった。

赤坂の料亭街は黒塗りの車のメッカだから、竜二のアルファロメオは、否が応でも目立つ。

料亭に車を滑り込ませる。

迎えた仲居が竜二のアルファロメオを見て、驚いた顔をする。

「『二階堂急便』の会長に呼ばれたんだが」

もう来ているという。仲居に案内されて、部屋にむかった。

「お客様がいらっしゃいました」

仲居の呼びかけに、部屋のなかから、どうぞ、という野太い声が返ってきた。

襖を開けると、写真で見たことのある源平の顔が下座の席にあった。隣にいるまゆみの顔が緊張で強張っている。

内心、竜二は笑っていた。あの横柄な源平が下座で迎えるということは、まゆみが必死で説得したにちがいない。

「お待たせして、申し訳なかった」

竜二は、鷹揚に挨拶した。業者と会うときのいつもの態度だ。そして、当然という顔で、上座に座る。

「初めまして。運輸省の矢端竜二といいます」

「いや、こちらこそ。二階堂源平です」

名刺交換するふたりを、源平の横のまゆみが不安げに見つめている。

「いや、娘から話を聞いて、ビックリしました。結婚したい相手がいるので会ってほしい、と。しかもその相手というのが、私共のお目付役の運輸省の方とは」

「偶然です。それもあって、長らくつき合ってきたまゆみさんには、絶対に内緒にするよう、言ってしまった。まゆみさんには悪いことをした」

そう言って、竜二は隣のまゆみに視線を向けた。

まゆみが小さくうなずいたようだった。このうなずきのなかに、竜二は、まゆみが必死になって源平を懐柔したことを認識した。

「自動車局の課長補佐ですか」

源平が竜二の渡した名刺をしげしげと見つめる。

「そうです。運送業務全般を指導するのを仕事としているというわけです」

「お若いのに、ご立派だ。俗に言う、キャリアということですな」

「まあ、世間では、そういう呼び方もしますな」

「大学は東大ですか？」

まゆみに言い含めて、二週間という時間が経っている。むろん源平は、そのあいだに、竜二のあらゆることを調べているはずだ。

「そうです。すでにご存じなんでしょう？」

竜二は笑ってみせた。

「いや、じつは、そうなんだ。娘から話を聞いて、腰を抜かすほど驚きましたんでな」

「むろん、省内での評判も？」

竜二は、もう一度、笑って見せた。

「うむ。まあ……」

曖昧にうなずき、源平が拍手を打って、仲居を呼ぶ。

「おい。酒の用意をしてくれ。まずはビールからだ」

すぐにビールが運ばれた。

源平がビールを注いでくれた。

「では、乾盃といきましょう」

「乾盃？　まだ話をしてませんよ。乾盃は話の結果しだいですよ」

まゆみの顔面から血の気が失せた。オロオロとした目を、源平に向ける。

「なるほど。聞いてたとおりの御仁だ。なに、私は強気の男は嫌いじゃない。世のなかで生き抜いていけるのは、自分の信念を持った人間だけですからな」

源平が苦笑した。

「まゆみさん。席を外してくれないかな？　お父上とふたりだけで話がしたい」

まゆみを見据えて、竜二は言った。

「そうしなさい。女将に言えば、別の部屋で待たせてくれる。話が終わったら呼ぶよ」

源平に促されて、当惑と不安の入り交じった顔のまゆみが腰を上げた。

「では、話の本題に入るとしましょう。まゆみは、結婚するのなら、矢端さん以外は絶対に嫌だと言っている。だが結婚というのは、当人の意思だけではどうにもならん。それで矢端さんの気持ちは？」

竜二はたばこを口にくわえた。

「まゆみさんと知り合って、彼女の口から素姓を聞いたときは驚きましたよ。まさか、私の職務に関連した企業の娘さんだとは知らなかった。もし知っていたら、まちがってもつき合いはしなかった。ご承知のように、私の所属先は、運輸業界を指導する立場にある。その私がまゆみさんと結婚ということになれば、立場上、私は運輸省を辞めねばならない。悩みましたよ。まゆみさんを取るか、仕事を取るか、でね」

竜二はたばこの灰を払った。

「それで？」

源平が探るような目を竜二に向ける。

「まゆみさんの話によると、彼女の結婚相手は、『二階堂急便』を継ぐことが絶対条件だ、と父上からは言われているとのことだった。なにしろ、ひとり娘さんらしいですからね」

竜二はもう一度、たばこの灰を払った。

「それで、私も私なりに、『二階堂急便』を調べさせてもらった。こう言ってはナンですが、私は自分の仕事に自信を持っている。上昇志向も強い。人がなんと言おうと、将来は事務次官を狙えるだけの実力も持っていると自惚れてもいる。その私が自分の職をなげうってでも身を任せられる会社なのかどうか、知りたくなって当然でしょう」

「それで？」

同じ台詞を吐いた源平が、初めて不安そうな表情を見せた。

「なかなか強引な手法を駆使されて、今のような会社になさったようだ。なに、強引な手法を嫌ってるわけじゃない。小さな会社がのし上がるのには、創業者は人には言えない苦労をする必要があるし、ね。それに、政界とのパイプもかなり太いようだ。数年前に、国税庁が入ったときには、前首相の堀内にも金が流れている……」

ちがうかな？　と言って、竜二は笑った。

源平の顔が見る間に赤くなった。怒りの色ではなかった。屈辱に耐えているのだ。

「まだある。『二階堂急便』の悲願は、全国を網羅したネットワーク作りだ。だが、目の上のタンコブのような障害も抱えている。『東京二階堂急便』だ。なにしろ、社長の大西勇は、ひと筋縄ではいかん。首都圏を牛耳っている『東京二階堂急便』が反旗を翻せば、全国のネットワーク作りに支障をきたしてしまう。ちがいますかな？」

やんわりと竜二は笑った。

大西が手形を乱発していることなどは、まだ教えるつもりはなかった。この話をすれば源平は、肝を冷やすだろう。

「いや、驚きました。矢端さんは手強い。噂以上の人だ」

「なに、今話したのは、ほんの氷山の一角ですよ。貴方に話してないことは、他にもいろいろある」

「どのような……？」

源平が半身を乗り出す。

「今は、話すわけにはいかない。なにしろ私は、国家公務員という立場だ。守秘義務というものがありますからな。早い話が、たたけばいくらでも埃が出るということですよ」

竜二は源平の顔から視線をそらして、灰皿でたばこの火を揉み消した。

「ここまでは、貴方の会社、『二階堂急便』の話だ。これから、私の話をしよう。私のことは調べられたんだから、いろいろな話を聞いているとおもう。嘘と真実が入り交じった話をね。しかし私が話すのは、真実と受け取ってもらって、けっこうですよ」

源平がうなずく。

「まず、私には肉親と呼べる者が、ただのひとりもいない。私が十八歳のとき、両親も双子の兄も、火災事故で亡くなってしまったんですよ。この話はご存じですかな？」

「いや、そこまでは調べていなかった。それは気の毒だった」

軽くうなずいてから、竜二はつづけた。

「そのおかげと言ってはナンだが、私にはかなりの金額の遺産が入った。そして、その遺産がこの狂乱の株高、不動産の値上がりによって、何倍にも膨れ上がってしまった。なに、それを自慢してるんじゃない。貴方の総資産には及ばないが、私自身も相当の資産を有している、ということを話してるんですよ。つまり、私がまゆみさんと一緒になるということは、資産目当てではない、ということを、まず貴方に知っておいてもらいたい」

「いや、決してそんなふうには考えていないですよ」

「それはよかった。で、私は自分の資金力を背景に、省内では揺るぎのない人脈を作ったんです。省内の偉いさんたちの弱みも握っている。そんなところが、型破りの官僚と噂される背景のひとつになってるんでしょうな。ところで、こんな私に目をつけた一部のジャーナリストがいる。むろん、どんな点をつつかれても、これっぽっちもやましいことなんてない。やっかみと妬みが原因だろうとおもってるくらいです。しかしそれがあまりにひどいようなら、私にも覚悟がある。官僚なんていつ辞めたっていいんです。独立して、なにかをはじめればいい。なにしろ私には、今話したような豊富な資金力と、少々自惚れが勝ってるかもしれないが、人よりは秀れていると自負する頭脳もある。なにをやったって、成功する自信がありますからな」

これだけ高飛車に出れば、源平の押しつけがましさは抑えることができるだろう。源平がワンマンだとはいえ、しょせんは運送屋という小さな世界のなかでの話だ。

どういう反応を源平が示すのか、竜二はさりげなく彼の態度に視線を注いだ。

「参りましたな。矢端さんは噂どおりに、切れる御方だ。お世辞抜きに、これほど自信に満ちた人にお目にかかるのは、久しぶりですよ。自信のない男は魅力がない。正直、惚れましたよ。どうですか？　まゆみはあんな娘ですが、結婚してくださらないだろうか？」

「つまり、私に『二階堂急便』の後継者になれ、と？」

「そうです。お願いできんでしょうか？　なにしろ私はもうすぐ七十七という年で、先はそう長いもんではない。後を誰に委ねようかと日々頭を悩ませていたんですよ。矢端さんなら、文句はない。安心して、後を任せられる」

源平が頭を下げた。

その瞬間、竜二は勝利を確信した。あとは、こちらの要求を呑ませるだけだ。

「条件が、ひとつふたつある。この条件を認めてくれなければ、まゆみさんとの縁はなかったものとして諦めましょう」

「言ってください。うちの社内にいるのは、こう言ってはナンだが、ボンクラばかりだ。とてもではないが、後など任せられんのですよ」

「そうですか。では、申し上げよう。まずひとつ目は、会社で抱えてる問題をなにひとつ隠すことなく、正直に私に話してくれること。もうひとつは、『二階堂急便』の株は、現在貴方が七割近くを持っておられるが、そのうちの三割を私に譲ってくださること。貴方が四割を持っていれば、実質的なオーナーということに変わりはない。私は株を持つことによって、単なる傀儡《かいらい》の社長と言われなくて済むし、発言力も強まる。いずれ近いうちに、物流二法も制定されるでしょうから、それに対応できる会社の方針も打ち出せる。こんなことを言ってはなんだが、貴方の年齢では、それらに対応するのにひと苦労でしょう。下手をすると、ここまで大きくした『二階堂急便』が足踏みしないともかぎらない。私なら、強固な地盤を築けるし、さっき目の上のタンコブと言いましたが、ご懸念の『東京二階堂急便』の問題だって、うまく処理しますよ」

源平が赤ら顔を引きつらせた。おもってもみなかった条件なのだろう。

「それが最終的な条件なんですかな？」

「そうです。今の地位をなげうってもいい、と考える譲れない条件です」

「数日、考えさせてもらっていいですかな？」

「けっこうですよ。結論が出てから、またお会いしましょう。乾盃するかどうかは、その結論しだいです」

竜二は腰を上げかけて、言った。

「そうそう、私には政界にもそれなりの人脈がありましてね。さっき国税庁うんぬんの話で堀内前首相の話を出しましたが、それはしかるべき筋から得た情報でして、決して他言はしませんから、安心してください」

これで十分だろう。あとは、まゆみがどう源平にすがりつくかだ。いやすがりつくまでもない。数日後、源平が畳に頭をこすりつけて、まゆみと一緒になってくれ、と懇願するのが目に浮かぶ。

料亭を出るとき、まゆみには声をかけなかった。それは唯一、美佐に対しての贖罪《しょくざい》のつもりだった。

43

ロスから帰った咲は、以前にも増して生き生きと動き回っている。ロスのエステティックサロンの買収話がうまく運んだせいだ。

そのせいか、「レインボー咲」のスタッフまでが活気に満ちている。

順調だ。すべて順調だ。唯一、心に引っかかっているのは、沖というライターの存在だ。行方をくらましてから、久本に頼んで沖の動向を探らせたが、未だに姿すらも見出せないでいる。

竜二からは、源平と会ったときの報告は受けた。

決して下手に出ることなく、虚仮《こけ》にしたらしいが、かえってそれが効果的だったはずだ、と言って笑っていた。

あしたか明後日ぐらいには、源平から、また会いたい、との連絡が入るはずだ、と自信ありげに言っていた。

あの竜二のことだ。ぬかりはあるまい。

午後になって、村上と伍代、そして若い手島を社長室に呼んだ。

「これから一年以内に、傘下の会社で見込みのないやつを五社ほどピックアップしろ」

「どうするんですか？」

「整理するんだ。うちの会社が傷つかんうちにな。各社の抱えている不良債務を、そこにつけ替えて消えてもらう。手段や方法は、それぞれ考えろ」

大西の手形の処理がある。どの途、「二階堂急便」本社がすべての尻拭いをすることになるのだが、マスコミは大騒ぎするだろう。そのためには、今から準備しておくのに越したことはない。

手島は、村上と伍代に優《まさ》るとも劣らないほどに仕事ができる。それと、成功を夢みていて、悪を悪ともおもわないところがある。竜一が求める人材にぴったりなのだ。

なにもせずに、平凡な生活が幸せだ、などと吐《ぬ》かす人間に興味はない。平凡は、人生の敵だと竜一は考えている。

三人が出ていったのと入れちがいのように、咲が顔を出した。

「なにか用事？」

咲がソファで足を組む。今やすっかり女実業家の雰囲気がある。

「じつはだな——」

竜一がたばこをくわえると、素早く咲がカルティエのライターで火を点ける。

「新築の自社ビルが建つまで、咲の会社はどこかに移転したほうがいいかもしれん」

「どうして？　なにか不都合でも？」

「この一年ほどのあいだで、少々荒波が立つかもしれない。咲の事業は、イメージが最優先される。それに、なんといっても、目立つ事業だからな」

竜一は、大西の振り出した手形で大スキャンダルが起きそうなことを話した。

「金額が金額だ。それに政界も巻き込むようなスキャンダルだ。うちは、知らぬ存ぜぬで押し通せるが、咲のほうはそうはいかん。マスコミの格好の餌食になりかねん。なんせ有名な女優たちが出入りしているからな。なに、嵐がすぎ去れば、戻ってくればいい。そのころには、新社屋も完成しているはずだ」

「移転するのは一向にかまわないけど、だいじょうぶなの？」

「当初の計画より、スピードが速まった。竜二は運輸省を辞めて、『二階堂急便』の娘と、年内に結婚する」

数日前に、竜二が源平と会ったことを竜一は話した。

「それで竜二さんは、『二階堂急便』に入るわけ？」

「そうだ。竜二にはこれからひと肌脱いでもらわなけりゃならん」

「美佐さんのほうは問題ないの？」

「あいつがなんとかするだろう。それで、咲と会長を美佐に会わせる件なんだが、竜二とまゆみの結婚が本決まりになったら、段取りを組むよ」

「そう。楽しみだわ。じゃ、私のほうも移転先を早々に探してみるわ」

咲が部屋から出ていった。

44

美佐のマンションにむかう竜二の足取りは重かった。家を訪れるのは、ほぼ三週間ぶりだ。

沖の存在を知ってから、周囲には万全の注意を払うようにしていたが、今はもう、正直どうでもよかった。竜一の話では、彼は姿を消してしまったらしい。

ドアブザーを押すと、すぐに平田良子の声が返ってきた。

玄関に出迎えた美佐が笑みを洩らす。

「いらっしゃい。きょうは絶対に、にあんちゃんが来る、と先生に言ってたのよ。だからにあんちゃんの大好きなクラムチャウダーを作ったの」

美佐の笑みが引っ込み、顔を曇らせる。

「なにかあったの？　にあんちゃん」

靴を脱ぐ竜二は、美佐の顔は見なかった。

「なにか？　とは？」

ことさら平静を装って竜二は訊いた。だが内心、舌を巻いていた。

「だって、にあんちゃんの雰囲気、すごく暗いんだもの」

「気のせいだよ」

竜二は美佐の腕を取り、リビングに入った。

「いらっしゃい。竜二さんがちょっと来ないと、美佐ちゃん、とても機嫌が悪いんですよ。でも、きょうは朝から上機嫌。どうして、竜二さんが来るのがわかるんでしょうね」

良子が笑いながら、ソファを勧めた。

「どうだい？　童話作りのほうは、進んでるのかい？」

「ええ。すこしだけど。でも、自分で書くのにも、大分慣れたわ」

「そうなんですよ。これ、見てください」

そう言って、良子がテーブルの上の原稿を竜二に見せる。

おもわず竜二は目を見張った。自分で書く練習をする、と言ってたころとは雲泥の差だ。

タイトルは、『もうひとつの地球、たどり着いた大地』となっている。

「これが新作かい？」

竜二の胸中は複雑だった。

竜一が言った言葉が蘇る。いいか竜二、目的を達成したら船から下りろ――。まるで、その言葉を暗示するかのようなタイトルだ。

きょうは美佐に、運輸省を辞めて、民間の会社で働く、と言うつもりだった。

だが、その気持ちは一気に失せた。運輸省を辞めることは、この先もずっと内緒にしておいたほうがいいかもしれない。

二日前、源平とまた会った。態度は、最初のときよりも、もっと卑屈だった。

そして、竜二に深々と頭を下げて、まゆみと結婚してくれ、と言った。竜二が呈示した条件をすべて呑むという。

隣に座るまゆみは喜色満面だった。涙さえ浮かべていた。

承諾した旨返答し、初めて乾盃のグラスを合わせたのだった。

挙式は秋にし、盛大に行いたいという。

すこし考えたが、結局、同意した。源平の側からはつき合いのある政治家連中も多数出席するし、会社の主だった連中も呼ぶとのことだ。曽根村からは、将来、政治家を目指すよう、言われた。そのための顔見せ披露になると考えたからだ。

だが竜二は、省に辞表を出すまで、この件は極秘にするように、と釘を刺した。

竜二のほうも、列席者の顔ぶれを選ばなければならない。省内では、金に物を言わせて手《て》懐《なず》けたお偉方もかなりいる。だが、その人選には慎重を期す必要がある。

良子が食事の準備をした。

「このクラムチャウダー、美佐ちゃんが朝から作ってくれたんですよ」

「そのようだね。美佐、ありがとう」

「おいしいかどうか、食べてみて」

ひとくち、口をつけてみた。うまかった。

食べる竜二のようすをうかがっている美佐の気配を痛いほどに感じる。後ろめたさでいっぱいだった。

これから先、いつまで美佐を騙しつづけられるのだろう。

「うん。とてもおいしいよ」

「本当？　うれしい」

無邪気に喜ぶ美佐に、竜二の気持ちは益々ふさいだ。

食事は、イタリアン風で、パスタの他に、白身魚のカルパッチョ、生ハムにサラダが添えられている。これらは、良子が作ってくれたのだろう。

いつの日か、こうした日常がごく当たり前となる日が訪れるのだろうか。

「やっぱり、きょうのにあんちゃん、どこか変。私になにか、隠し事してない？」

スプーンの手を止め、美佐が首を傾げる。

「おれが、美佐になんの隠し事をしなくちゃならないんだ？」

「そうよね」

美佐が笑い、スプーンを動かす。

「ところで、この一、二ヵ月、変なことはなかったかい？」

「変なこと、って？」

「外出するとき、誰かに見張られていたとか、妙な電話があったとか、そんなことだよ」

「ないわ。先生、なにか、あった？」

「そうね、特になかったわ。取材の申し込みは、私がすべて断ってるし……。そういえば、数日前に、どこの出版社かは名乗らなかったけど、美佐ちゃんの特集を組みたいので、写真撮影をさせてほしい、という申し込みがあったわ。もちろん断りましたけど、とてもしつこくて、嫌な感じだったわ。りゅう、という覆面童話作家が美佐ちゃんであることは知ってる、なんて、半分脅し口調で……」

「えっ、先生。そんなことあったの？　なにも言わなかったじゃない」

「美佐ちゃんが心配するといけないから黙ってたのよ」

もしや、沖ではないだろうか。美佐は目が不自由ということで、一切その手の取材は断っている。今ではもう、マスコミも暗黙の了解事項として、自粛しているほどだ。

「最近、美佐に異常なほど関心を寄せている一部のマスコミに関係した人物がいる。十分に注意したほうがいい」

「にあんちゃん。どうしてそんなこと、知ってるの？」

「おれのところにも取材に来たんだよ。どうやら、この家に出入りしてるところを見られたらしい。関係ない、と取材は断ったけどね」

「そうなんだ……。にあんちゃんにも迷惑をかけてるのね」

美佐が眉を曇らせた。

「迷惑ってほどのことじゃない。おれのほうはどうということもないが、美佐は気をつけるんだぞ」

良子が食事の後片づけをはじめた。

「ところで、美佐。話があるんだが」

「なんの話？」

「美佐が人と会いたがらないのは知っている。でも、どうしても美佐と話がしたいという人がいるんだ。会ってくれるかい？」

「どういう人なの？」

「大きな会社の社長と、その娘さんだよ」

「その人たち、って、にあんちゃんにとって大切な人？」

「そうだな。大切かどうかは別にして、とてもよくしてもらっている」

「会って、どんな話をするの？　私の予言が必要なら、今は自信がないわ。童話を書くようになって、そうしたことが頭に浮かばなくなってるのよ」

「ただ会うだけだよ。かつて、美佐にはふしぎな能力があったことを知っててね。ぜひ一度、会わせてほしい、と頼まれたんだ。もし予言めいたことを頼まれたら、正直に、今はもう、そうしたことは浮かばない、と断ってくれていい」

「そうか。にあんちゃんがきょう暗いのは、その頼み事があったからなんだ。いいわ。会うわ。で、いつ？」

「そうだな。先方の予定もあるだろうから、決まりしだい、電話するよ」

それからしばらく他愛のない話をして、美佐の家を出たのは、夜の九時すぎだった。

マンションの前で、周囲に神経を配った。特に気になるような点はなかった。

竜二は来たときと同じような重い足取りで自宅マンションのほうに向かった。

45

白金の料亭――。

約束の七時を十分ほどすぎたころに、曽根村が姿を見せた。

「おう、待ったか」

「いえ。すこし早く着いただけです」

竜一は咲と並んで、下座に座っていたのだが、立ち上がって挨拶をした。

「すっかり、若手実業家の風貌になってきたな。咲、おまえもだ。どこからどう見ても、女実業家だ」

曽根村は上機嫌だった。

「恐れ入ります。会長にそう言っていただくと、自信が持てます」

すぐに酒の用意がされた。

咲が竜一と曽根村のグラスにビールを注ぐ。

「それで、猛。美佐という娘が会うことを承諾してくれたそうだな」

「ええ。竜二も、二階堂源平の娘との結婚が決まりましたので、その前に会長と咲に会っていただこうと」

「なんだ。竜二は、源平の娘と結婚するのか？」

曽根村はすこし驚いたようだった。

「はい。『二階堂急便』に対する復讐には、それがベストと考えましたので。源平が京都の芸者に生ませた子供なのですが、彼の血を引いているのは、その娘ひとりだけなのです」

「つまり、その娘と結婚するということは、竜二が『二階堂急便』を継ぐというわけか」

「そういうことです。源平はかねてからそう考えていたそうです」

曽根村が声を出して笑った。

「いや、じつにおもしろい。おまえたち兄弟が考えることは、笑える。しかし、そうなると、竜二は運輸省にいるのはまずくなるだろう？」

「秋口に結婚する予定ですが、その前に竜二は省を辞めて、『二階堂急便』に入ります。民間の運送業者の娘と結婚したんでは、色目で見られますからね。でも、これはまだ第一歩です」

竜一は、曽根村の空のグラスにビールを注いだ。

「というと？」

「会長は以前、竜二に政治家になれ、と言われた。そのための第一歩ということです。源平は、脱税の揉み消しのために、前首相の堀内に数億円の工作費を支払った。その他にも、『東京二階堂急便』の大西は、『信政会』の竹口に多額の裏金を渡している。いってみれば、『二階堂急便』という会社は、政界とはズブズブの関係なんです。『二階堂急便』の裏金庫番の役割を果たしている『協立商事』。ここを焙《あぶ》り出してみれば、臭い話など腐るほど出てくることでしょう。竜二が『二階堂急便』の懐深くに入り込めば、それらがすべてわかります」

「なるほど。『二階堂急便』を手に入れるばかりか、そこを足場に政界に出ようというわけか」

曽根村がまた声を出して笑った。

「そういうことです。正に、一石二鳥というわけです」

「まったくおまえら兄弟には恐れ入る。山猿同然の源平では、おまえら兄弟にかかっては手も足も出んだろうな」

「まだ、あります。今現在、大西には、三百億ほどの手形を振り出させたり、裏書きさせていますが、この二年以内にはその額を二千億近くまで膨らませるつもりです。しかしいずれこれは、大スキャンダルになることでしょう。そのとき源平はどうするか……。放っておけば、『二階堂急便』の命取りになってしまう。結局は、本社の『二階堂急便』が、大西の振り出した手形のすべての尻拭いをせざるを得なくなる。そのときのためにも、竜二が『二階堂急便』にいることは、大いに役立つというわけです」

「しかし、はたして源平が尻拭いをするかな？」

「大丈夫です。竜二は娘のまゆみと結婚する条件に、会社が今抱えている問題のすべてをさらけ出すことと、源平が保有している『二階堂急便』の株の三割を譲渡すること、このふたつを源平に突きつけたのです」

「ほう……。ずいぶんと高飛車に出たもんだ」

曽根村がにやりと笑う。

「まゆみは、竜二にゾッコンなんですよ。竜二と一緒になれないなら死ぬ、とまで言ってるんです。それに運輸官僚、それもキャリアという肩書は、源平にとってはヨダレが出るほどに欲しい。娘婿とするのに、これほどの人材はいない」

「結局、源平は、その条件を呑んだというわけか？」

「そうです」

竜一はビールを飲み、平然と笑った。

「ですが、これでもまだ不十分です。この先の布石も打ちつつあります」

竜一は「吉兼倉庫」と「浜田運輸」の株を集めていることを話した。

「つまり『東京二階堂急便』の値打ちを高めるためです。東京は、東西の運送網の要です。そこを牛耳っているのが『東京二階堂急便』なのですから、他社に寝返られては、源平にとっては始末が悪い」

「そう言い含めて、大西に手形を切らせているのか？」

「そういうことです。ですが『東京二階堂急便』の値打ちは、物流二法が施行されるまでです。つまり、この二年が勝負なんです」

「それで急いでるのか？」

竜一は無言でうなずいた。

「いや、じつにおもしろい。大胆かつ緻密《ちみつ》な計画だな」

曽根村が満足げにうなずき、拍手を打って女将を呼んだ。

「おい、ドンペリを一本用意してくれ。それと、料理もどんどん運んでくれ」

すぐにドンペリが運ばれた。

「おい、咲。前祝いだ。おまえが開けてくれ。おまえは、いい亭主を持った。猛といるかぎり、前途は洋々だ」

「私の目に狂いがあるとでもおもったのですか？」

咲が艶然《えんぜん》と笑い、ドンペリの栓を抜く。

「ちと早いが、まずは乾盃だ」

曽根村の差し出したシャンパングラスに、竜一は自分のグラスをぶつけた。澄んだ音が部屋に響いた。

「ところで、猛」

シャンパンを飲み干すと、曽根村が言った。

「おまえ、沖という人間を久本に調べさせてるそうだな」

「はい。久本さんから聞かれたんですか？」

竜一はすこし緊張した。

「そうだ。あいつから大まかな報告は受けている。沖という男、竜二や美佐の周辺を嗅ぎ回ってるそうだが、おまえは、やつのことをどうするつもりだ？　自身の手を汚して、消すつもりだったのか？」

「私が代わりにお答えします」

横で聞いていた咲が曽根村に鋭い視線を投げる。

「主人も竜二さんも、今が一番大事なときです。すこしでも邪魔する人間がいたら消えてもらわなければなりません。お父様は主人に、自ら手を汚すことは控えるように言われた。でも私は、久本を使うことはやめるよう、主人に進言したんです。久本に弱みを握られるからです」

「弱み？」

曽根村が目を細めた。

「そうです。お怒りにならないで聞いてほしいんですけど、今はお父様が組織の長として君臨してますから、弱みとはなりません。でも、お父様はもう六十の半ばを超えた。これから、いつ、なにがあってもおかしくはない年齢なのです。もしお父様が他界されたら、主人や私を護ってくれる人はいません。私たちは、自らの力で自分たちを護らねばならないのです」

「すると、なにか？　久本は信用できない、と？」

「信用はしています。でもそれは、お父様がいればこそです。信用と信頼はちがいます。私たちは、お父様を信頼しています。でも、久本は信頼していません」

「なるほど……。信用と信頼か……」

「そうです。ですから私たちは、お父様が元気なうちに、確固たる事業を築かねばならないのです。うちの主人の前身については、久本にも黙っておられるのでしょう？」

曽根村が目を瞑り、考え事をしている。

「わかった。沖の一件は、わしに任せろ。久本ではない人間を使って処理しよう」

「そのときには――」

竜一は曽根村に言った。

「どこか、人目のつかない場所で内々に処分されるんでしょうが、彼への尋問は私に任せてもらえませんか？」

「どんな尋問をしようというんだ？」

「なにをどこまで調べたのか、それと、誰か他に仲間の者がいるのかどうかをです。もし仲間がいたとしたら厄介なことになります。沖が消えたことで、もっと執拗《しつよう》な調べをしないともかぎらないからです」

「わかった。沖の身柄を押さえたら、必ずおまえに尋問の機会を与えよう」

料理が運ばれてきた。

曽根村が満足げに箸を動かす。竜一も空腹を覚えて、卓上の料理に箸を伸ばした。

「ときに、猛。美佐という娘には、いつ会わせてくれるんだ?」

「この一ヵ月以内でしたら、会長の都合のよい日に」

「では、一週間後の土曜日にしよう。おまえも同席するのか?」

「いえ。それはできません。美佐には妙な霊感のようなものがあって、今でも私が生きている、と言い張っているのです」

竜一は青山墓地に花見に行ったときの一件と、ホテルオークラの中華料理店での一件を語った。

「ですから私が同席すると、美佐がなにを言い出すかわからないのです」

「なるほど」

「それと会長と咲にはくれぐれも注意してほしいのですが、美佐は竜二が結婚することを知りません。ですから、その話は絶対に出さないでください」

「美佐は竜二に惚れているのか?」

「そうです」

「じゃ、竜二のほうはどうなんだ?」

「美佐の気持ち以上です」

「竜二ほどの男前なら、なにも目の不自由な娘にのぼせ上がらなくとも、他にいくらでもいるだろうに」

曽根村は怪訝な顔をした。

「私たち兄弟が悲惨な幼少期をすごしていたとき、美佐とその両親は、とてもやさしかった。美佐は、私たち兄弟を実の兄のように慕って、遊ぶのもいつも一緒でした。竜二は、ああ見えて、心根がやさしいんです。だから美佐に対して強い愛情を抱くようになったとおもわれます。もっとも、私が竜二に関して危惧するのは、あいつのその心根のやさしさなのですが……」

「そうか……」

小首を傾げただけで、曽根村はそれ以上は訊かなかった。

「では、会うのは、ここでいいかな？」

「その旨、竜二に伝えておきます」

食事を終えると、曽根村は先に帰った。

「咲。わかってるだろうが、美佐を自分の事業の広告塔に使おうというのは駄目だぞ。そして美佐と会うのも、今回の一回きりだ。でないと、ボロが出かねない」

不服そうだったが、咲が小さくうなずいた。

46

土曜日。省を出る竜二の気持ちは陰鬱だった。

自宅に帰り、六時すぎに、国産車のほうに乗って美佐を迎えに出た。

竜一から連絡があったのは数日前で、七時に例の白金の料亭で会うことが決まったという。むろん竜一は同席しない。会うのは、曽根村と咲、美佐と竜二の四人だけだ。

マンション前の路地ぎりぎりに車を駐め、部屋のインターフォンを鳴らした。

美佐の装いを見て、竜二は目を見張った。

「にあんちゃんに恥ずかしいおもいをさせるのは嫌だから、きのう、平田先生と一緒にブティックに買いに行ったのよ」

そう言うと、美佐がくるりと身体を一回転させた。

いかにも春らしい黄色のスーツ。軽やかな装いだが、気品に溢れている。

「とてもきれいだよ。ねえ、先生」

竜二の言葉に、平田がくち元を綻ばす。

「美佐ちゃん、すっかり大人の女性になったわ。ブティックの店員さんも、美佐ちゃんの美しさに嘆息を洩らしてたわ」

美佐は外出するときには、薄い色のサングラスを掛ける。彼女は彼女なりに、目が不自由なことを気にしているのだろう。

だが今目にする美佐は、サングラスをしていなくても、決して目が不自由になど見えない。

「じゃ、行こうか。遅れると失礼だからな」

美佐には竜一から電話があってすぐに、連絡を入れた。

料亭という言葉に、興味津々の声を返してきた。

「先生も一緒じゃ、本当に駄目なの？」

「きょうは、遠慮してもらったほうがいい」

曽根村と咲を見て、平田がどんな感想を美佐に伝えるかわからない。すくなくとも、ふつうの人種でないことぐらいはわかるはずだ。

「そうよ、美佐ちゃん。私は留守番しているわ。私に遠慮は要らないから、おいしい料理を食べてらっしゃい」

若干、心細げに美佐がうなずく。

マンションを出て車に乗るとき、周囲に神経を配った。

このところ沖の気配を感じたことはない。だが、どうしても気になってしまう。

美佐を後部座席に座らせて、車を動かした。

二十分ほどで、白金の料亭に着いた。駐車場に車を滑り込ませる。

駐車場にはすでに二台の車が駐めてあった。一台は、咲のBMW。もう一台は、曽根村のプレジデントだ。プレジデントのほうの窓はすべてスモークガラスで、運転席には男がひとり座っていたが、竜二の車を無視するかのように、微動だにしなかった。

やはり平田を連れてこなくてよかった、と竜二はおもった。スモークガラスのプレジデントを見れば、不審におもっただろう。

女将は竜二の顔を覚えていた。

小さくうなずいただけで、すぐに奥の部屋に案内する。

「お客様がお見えになりました」

「おう。入ってくれ」

曽根村の声が返ってきた。

「失礼します」

襖を開け、竜二は一礼した。

後ろの美佐が緊張しているのが手に取るように伝わってくる。

曽根村は、床の間を背にして、咲と一緒に座っていた。

「お久しぶりです。こちらが、吉野美佐さんです」

「初めまして。吉野美佐です。竜二さんが大変お世話になっているとか。きょうはお招きいただいて、ありがとうございます」

曽根村と咲の顔に、驚きの表情が浮かんでいる。

「いや、わざわざお越しいただいて、申し訳なかった。しかし話に聞いていた以上にお美しいんで、正直、驚いてしまった。私は――」

一瞬、竜二の顔を見てから、曽根村が言った。

「矢端さんに、仕事の面でいろいろとお世話になっている宇田始《はじめ》といいまして、そして同席しているのは、娘の咲と申します」

曽根村が宇田と名乗ったところに、彼の配慮を感じた。

「宇田咲です。父以上に、私も驚きました。本当にお美しい方なんですね」

「まあ、挨拶はそれぐらいにして、ともかく腰を下ろしてくれ」

曽根村が向かいの席に顎をしゃくった。

「では、失礼して」

竜二は美佐を自分の隣に、導くようにして座らせた。

そのとき竜二は、美佐の身体がいつになく硬直しているのに気がついた。

「どうした？」

「いえ、なんでもありません」

答える美佐のくち元も固かった。

「美佐さんは、お酒は飲めるんだろう？　ワインに日本酒、ビール、なにがよろしいかな？」

美佐の全身をなめるように見ながら、曽根村が訊く。

「いえ、私はお酒はたしなみません。お茶でお願いします」

竜二はおもわず美佐に目をやった。

美佐はそこそこに酒は飲める。美佐の家で食事をするときには、決まってワインを一、二杯飲むほどだ。

「それは残念だ。お美しい女性と酒を飲むのは好きなんだが」

「なんでしたら、ほんのひとくちだけでも、おつき合いしていただけません？　父も喜ぶとおもいますけど」

咲が美佐を見ながら言う。

「ですから、私は、たしなまない、と言ってるのです」

美佐の激しい拒絶に、そうですか、と咲が苦笑を浮かべる。

「まあ、いいじゃないか。我々は酒にして、美佐さんはお茶ということで、とりあえず乾盃といこう」

曽根村が女将を呼び、日本酒とブランデー、それにお茶をひとつ用意するよう、言った。

美佐の表情は、来る前とはちがって明らかに異常だった。喘ぐように、小さく呼吸をしている。

酒とお茶が運ばれた。

「では、改めて、きょうはお越しいただいて、ありがとう」

曽根村が盃を掲げた。

お茶を手にする美佐の指先がかすかに震えている。

美佐が薄い色のサングラスを外そうとしたが、おもい直したように手を止めた。

「宇田さん」

美佐を横目で見ながら、竜二は取り繕うように言った。

「以前、お話ししましたが、美佐は事故で視力を失ってしまった。サングラスをお許しいただきたい」

「なに、一向にかまわんよ。それに、美佐さんのサングラス姿というのはとても絵になる」

曽根村が笑った。

不服そうな表情で美佐がうつむいている。

「私、視力は失いましたけど、なにも困ってはいません。視力を失った代わりに得られたこともありますから」

「ほう……。それはなにかな？」

　曽根村が身を乗り出す。

「人には見えないものが見えるようになったんです」

「例えば？」

「人の心です」

「では、私たち親娘の心も見えるのかな？」

「今は、見えません」

「それはまた、どうして？」

「私の心が他にあるからです」

「他とは？」

「申し訳ありませんが、それは言えません」

　美佐がキッパリとした口調で言った。

「いやね、宇田さん」

　取りなすように竜二が口を挟む。

「美佐は今、こっそりと子供向けの物語を書いてましてね。一旦その世界に入ると、他のことは見えなくなってしまうんですよ」

「たしか美佐さんは、これまでにいろいろなことを予言したり推察したりした、と聞いた。そしてそのことごとくが現実のものとなっているとも。では、そうした能力も、今は働かない、ということかな？」

　美佐がなにか言おうとするのを制して、竜二がまた代弁した。

「そうです。ですから、美佐からなにかを聞きたいというご希望があるのでしたら、どうか諦めていただきたい」

「矢端さん。それじゃ、まるで肩透かしを食ったような気分だわ。私、美佐さんにお訊きしたいことがたくさんあったのに」

　咲がブランデーを飲みながら、美佐に視線を注いでいる。

「なにを訊きたいのですか？」

　訊く美佐の顔は、青ざめていた。

「私の未来ですわ」

「見えますけど、それは言えません。他のことにしてください」

「あら、どうして？　私は知りたいんです。なにを言われてもかまいませんわ」

「駄目です。絶対に」

美佐が強く頭を振った。

「なにか、よくないことが見えるんですか？」

「言えません」

美佐がくち元をキッと結ぶ。青ざめた顔が美佐の美しさをきわだたせている。

「わかりました。では、私が今、している仕事がなんなのか、見えますか？」

「女性を美しくしようという、そんななにかの仕事です。でも……」

「でも、なんですか？」

仕事を言い当てられて驚いたようだ。竜二をチラリと見て、咲が訊く。

「それは、上辺だけのようです。貴女には、とてつもなく大きな男性の影があります。その男性のためなら、と……」

答える美佐の身体が小刻みに痙攣した。そして、突然、激しい頭痛に見舞われたかのように、顔を歪める。

「どうした？　美佐」

竜二は美佐の痙攣を抑えるように、彼女の肩に手を回した。

「なんでもありません。だいじょうぶです」

美佐が声を絞り出す。

「宇田さん。美佐の体調が悪いようです。お話はそれぐらいにしてもらえませんか」

「おう、そうだな。咲、訊くのは、もうやめなさい」

曽根村も美佐のようすに驚いているようだった。

「まあ、とにかく食事にしよう」

女将を呼び、料理を用意するよう、曽根村が言う。

美佐の痙攣はつづいていた。

次々と料理が並べられたが、美佐は食欲がない、と謝りの言葉を言って、箸を取ろうとはしなかった。

「宇田さん。せっかくお招きいただいて申し訳ないんですが、ご覧のとおりの体調です。またの機会ということで、よろしいですか？」

竜二は、恐る恐る曽根村に言った。

「そのようですな。話をいろいろと聞きたかったのだが、しょうがない」

曽根村の表情に怒ったところはなかった。しかし咲のほうは明らかに気分を害した顔をしている。

「咲さん、申し訳ない」

竜二は咲にも謝りの言葉を投げて、腰を上げた。

曽根村も咲も、引き止めようとはしなかった。

美佐の手を取り、竜二は玄関にむかった。ふしぎと、あれほど身体を痙攣させていたのに、すでに平常に戻っていた。

車のドアを開け、美佐を後部座席に座らせた。

「美佐。いったい、どうしたんだ？」

車を発進させると、すぐに竜二は訊いた。

「にあんちゃん。私、あの親娘、嫌いです。にあんちゃんも、親しくおつき合いするのは控えたほうがいいとおもう」

「どうしてだ？　さほど話をしなかったじゃないか」

ミラー越しに、美佐の表情をうかがった。

美佐の顔色も、ふだんどおりに戻っていた。

「あの人たち、よくない人たちよ。席に座った途端、ものすごい邪気に私は襲われたの。そして……」

「そして、なんだね？」

「こんなことを言ったら、また、にあんちゃんは怒るかもしれないけど、あの咲さんという人に、いちあんちゃんの匂いを感じたのよ」

「えっ」

おもわず言葉を失った。対向車線の車とぶつかりそうになる。激しいクラクションを鳴らして、車が通りすぎた。

「馬鹿なことを言うな。なんで、竜一の匂いがするんだ」

「でも、したのよ。あの人、自分の未来が見えるか、と訊いた。……私には見えたわ」

「どう見えたんだ？」

竜二の胸は、激しく鼓動を打っていた。

「大きな火、それも野原を焼き尽くすような大きな火だったわ。その火のなかに、あの人がいたの。それもひとりじゃなかった。誰かはわからなかったけど、男の人よ。ふたり共、その火のなかで、なにかを叫んでいた……」

「やめろ。そんな話は聞きたくない」

「そうよ、ね。その男の人が……、そんなこと、あり得ないもの」

ミラーのなかの美佐は、またおもい出したのか、青ざめていた。

やはり、美佐をふたりに会わすべきではなかったのだ。

「咲さんという人の仕事は見えたけど、彼女のお父さんという人のほうは、まったく見えなかった。真っ暗で、なにもないの。あのふたり、本当に親娘なの？」

「そうだよ。美佐に嘘をついてなんになる。美佐、ふたりのことは忘れろ。もう二度とふたりには会わせない」

竜一や咲のことには敏感になるのに、美佐はなぜ、おれのことは見えないのだろう。だが、一度だけ、今の仕事は好きではないだろう、と言われたことがある。もし見えているのなら、まゆみのことをなにか訊くはずだ。

美佐のマンションに戻ってきたのは、八時すぎだった。

出迎えた平田が怪訝な顔をする。

「美佐の体調がすぐれないようなので、帰ってきたんだ。今夜は、ゆっくり休ませてやってほしい」

部屋には上がらず、美佐の肩を軽くたたいてから、竜二は車に乗り込んだ。

身体には、冷や汗が滲んでいた。

47

咲の帰ってきた気配がした。

「早かったな」

竜一はテーブルのグラスにウイスキーを注ぎ足した。

咲が無言で着替えをはじめる。

「で、どうだった？」

「どうもこうも、あの美佐さんという人、私や父に好印象を抱かなかったみたい」

ガウンに着替えた咲が不快そうに顔を歪めた。そしてテーブルのウイスキーボトルに手を伸ばす。

竜二と美佐に会ったときのことを、ウイスキーで舌を湿らせながら咲が語りはじめた。

「でも、なにかが見えるというのは、本当かもしれない。私の仕事をズバリと言い当てたわ」

「そんなに、身体の具合が悪そうだったのか？」

「全身を痙攣させてたわ」

どうやら咲も、美佐に好印象を持たなかったようだ。内心、竜一はほっとしていた。この調子なら、美佐を遠ざけることができる。

「でも、私の未来が見えると言ったのに、どうしてそれを話そうとしなかったのかしら。なにか、不吉な影でも見えたということなのかしら」

咲の表情は、納得しかねていることをうかがわせた。

「気にするな。未来なんて見えるわけがない」

「でも、彼女、『未来との架け橋を持つ少女』なんでしょ？」

「予言したことがたまたま当たったというだけのことだ」

そうは言ってみたものの、竜一は美佐のふしぎな能力を惧れてもいた。

「会長は、どう言ってた？」

「父は、元々、ああいう能力については懐疑的なのよ。興味本位で、彼女に会ってみたかっただけ。でも、彼女の美しさには驚いてたわ。竜二さんが夢中になるのもわかるような気がする、って」

「そうか。また会いたいようなことを言ってたかね？」

「父も、好印象を抱かれなかったことに気づいたみたい。一度会ったから、満足したんじゃない」

咲の口調は投げやりだった。未来が見えた、という美佐の話が引っかかっているのかもしれない。

「おれたちが信じるのは、目の前の現実だけだ。美佐のことは、もう忘れろ」

「そうよね。気にするほうがどうかしてる。忘れるわ。あの調子では、私の仕事の広告塔にしようとしても無駄なようだし」

そう言う咲の表情は、どこか未練げだった。

48

新しい移転先探しに苦労していた咲が、ようやく眼鏡にかなう場所を見つけたのは、それからひと月ほど経った梅雨に入るころだった。

表参道近くの新築ビルで、入居予定の企業の突然のキャンセルによって、舞い込んだ話らしい。

「なんでも、取引先が倒産したことで、資金繰りが難しくなったそうよ。でもラッキーだったわ。ここからそう離れていないし、たとえ一、二年という短い期間でも、企業イメージに合わないような所は嫌だったし」

咲は上機嫌で、移転の準備に取りかかった。

「レインボー咲」が越した後は、不動産部門と証券部門の人員を拡充して使う予定だった。

人員は、今や七、八十名にまで膨らんでいる。ようやく「グローバルTSコーポレーション」は、企業としての体《てい》をなしはじめている。

着実に、夢に一歩一歩近づいている。竜一は満足だった。だが、これはまだ、序の口にすぎない。

その日の夜、自宅に曽根村から直接電話がかかってきた。竜一は緊張を覚えた。これまで曽根村が直接電話してきたことなどない。

――例の件だが。

瞬間、なんの一件だかわからなかった。

――忘れたのか。沖というやつのことだ。

曽根村の口調は、冷静だった。

「忙しかったもので、つい忘れてました」

それは本当だった。竜二や久本のくちからもなにも聞かされてなかったし、ついつい頭の片隅からも消えていた。

「それで、なにかわかりましたか？」

――久本とはちがう、別動隊を動かして調べておったんだが、居所を摑んだよ。やつは今、月島のほうにあるマンションに住んでいる。銀座の女の住居に転がり込んでな。今夜、拉致しようとおもっている。

淡々と曽根村が喋る。

——むろん、その道のプロだから、痕跡など一切残さない。それでどうする？　尋問とやらをやるのか？

「むろんです。どうしたらいいんですか？」

咲が風呂から上がってきた。ガウンを着ながら、ふしぎそうな目で竜一を見る。

——女が銀座から帰ってくる夜の十二時までには、事を終わらせる。沖を運び込むのは、河口湖の近くの、空き家だ。これから言う住所に、顔を出せ。むろん、覆面をしてだ。深夜の二時。そこにいる連中には、山田だと言えば、すべてわかるようにしておく。近隣には、人は住んではおらん。尋問とやらが終わったら、おまえはそのまま帰ればいい。後片づけは、連中の仕事だ。

「わかりました」

竜一の返事を聞くと、何事もなかったように、曽根村は電話を切った。

「どうしたの？」

受話器を置く竜一に、咲が訊く。

「会長からだ。例の男を今夜、拉致するそうだ」

「そう」

顔色ひとつ変えずに、咲がうなずく。

「零時になったら外出する。帰りは明け方近くになるだろう」

「どこまで行くの？」

ウイスキーボトルを洋酒棚から出しながら、咲が事もなげに訊く。

「河口湖辺りまでだ」

曽根村に教えられた住所をメモした紙を指先で弄んだ。

「中央道でなら、二時間もかからないわ。私、寝てるかもよ」

「いいさ。おれにも一杯くれ」

久しく眠らせていた血が騒ぐ。ウイスキーを喉に流し込むと、血が更に騒いだ。まるでアルコールによって、眠りから醒まされたようだった。

関東周辺の道路地図を広げて、場所の見当をつけた。

咲はそれ以上、なにも訊かなかった。むしろ、関心がなさそうだった。

「咲」

竜一は咲の手首を握った。

騒ぐ血を鎮めるには、抱くことだった。心得たように、咲が腕を竜一の首に回す。

抱き上げ、竜一は咲をベッドに運んだ。

深夜の零時近くになって、ベッドから出た。咲は眠っている。

ランニングウェアに着替え、目出し帽を手に駐車場に向かう。

メルセデスに乗り込み、深呼吸をしてからエンジンを作動させた。

霞が関インターから首都高、そして中央道に向けて車を走らせる。

スピードには気をつけた。パトカーの目を引いてはならない。

午前一時半。河口湖のインターチェンジを出て、国道137号線を北上する。

曽根村は連中と言った。しかし誰がボス格で何人いる、などよけいなことはなにも言わなかった。知る必要はない。竜一自身も山田なのだ。

見当をつけていた道筋を左折した。

暗いなかに、河口湖の標識が見えた。あの暗闇の向こうが河口湖なのだろう。

ポツン、ポツンと民家が建つ一角の先に、雑木林が広がっている。住所はたしかめようがないが、まちがってなければ、その辺りに曽根村が言った一軒家があるはずだ。

雑木林の一角に車を駐めた。

二時十分前。目出し帽を被って周囲を見回した。遠くに民家の明かりが見えるだけで、人っこひとり、車の一台も見当たらない。

竜一は、二十メートルほど先の一軒家にむかって慎重に歩いた。

一軒家の庭には、地味な国産車が駐めてあった。

国産車の陰に隠れて、なかのようすをうかがった。

小さな明かりが洩れている。もう一度周囲に神経を配ってから、一軒家の扉に手をかけた。

「誰だ？」

家のなかから低い声がした。

「山田だ」

竜一と同じように目出し帽を被ったスーツ姿の男が現れた。無言で、竜一に顎をしゃくる。

家のなかは小さな明かりひとつで薄暗かった。その薄暗い部屋で、目隠しと猿ぐつわをされた男が縛られて椅子に座らされていた。

男を挟むようにして、やはり目出し帽にスーツ姿の男がふたり、アルミ製の椅子に座っている。

男たちの年齢などはわからなかったが、目出し帽からのぞく目は鋭かった。

「自分らは、表にいますんで」

竜一を迎えた男がひと言言うと、仲間のふたりを促して部屋から出ていった。

「沖和紀さんだな」

竜一は低い声で訊いた。

沖が抵抗するように、身体をすこし動かした。

「大声を出すなよ。もっとも出したところで、近隣に人はいないがな」

竜一は沖の猿ぐつわを解いてやった。

「誰だ、あんたらは？　俺になんの用がある？」

沖が喘ぎながら、言う。

「質問に答えてもらおう。まず、ひとつ目だ。なんで急に、五反田の家から消えた？」

「俺を見張ってたのか？」

「ずっとな」

「女が家に越してくるよう言ったからだ」

「銀座のネエちゃんが、か？」

竜一は鼻先でせせら笑った。

「それにしちゃあ、越すというより、逃げるような姿の消し方だったじゃないか」

沖が黙り込んだ。身体が小きざみに揺れているのは、恐怖からだろう。

「まあ、いい。じゃ、次の質問だ」

「目隠しを取れ。どうせ、殺す気なんだろう？」

「怖くはないのか？」

「こんなことをして、ただで済むとおもうなよ」

「ほう、強気じゃないか。さすがに検事さんだったことはある」

一瞬迷ったが、竜一は沖の背後に回って、目隠しも解いてやった。

男が目を瞬かせて、竜一を見る。その目は、恐怖で怯えているように見えた。

「誰だ？　あんたは？」

「誰でもいい。たしかなことは、おまえの命を握っている男ということだ」

覚悟を決めたのか、沖がしだいに落ち着きを取り戻す。

「突然襲われて、目隠しされた。ここに来るまでに、いろいろ考えたよ。こんな荒っぽいことをするやつは誰だろう、とな」

「それで、おもい当たったかね？」

竜一は笑ったつもりだったが、目出し帽のくち元が動いただけだった。

「俺の留守中に、部屋に侵入したやつがいる。おまえか？」

「さて、なんの話だ？」

「白ばっくれるな。俺は家を空けるとき、万が一を考えて、部屋に仕掛けをしとくんだ。玄関戸口、机の引き出し、異変があればすぐにわかる」

「なるほど。じゃ、おれということにしておこう」

用心深い男だ。これはひと筋縄ではいかない。

「なにを調べに来た？　やはり、あいつの指示だな？」

「あいつ、とは、誰だ？」

「矢端竜二だ」

「誰だね？　そいつは」

「そこまで言わせるのかね？」

沖がくち元に笑みを浮かべた。

こいつは怯えてなどいない。さすがに、検察上層部に逆らって辞めただけのことはある。

「こんな目に遭わされて無事に済むとはおもっちゃいない。さっさと殺れ」

強がりではなさそうだ。沖が目を瞑った。

「そうはいかない。いろいろと訊きたいことがあるんでな」

竜一は、アルミ製の椅子のひとつに腰を下ろした。

「俺が喋るとでもおもうかね？」

挑戦的な目で、沖が竜一を見る。

アルミ製の椅子の横には、ペンチと錐が置いてある。たぶん曽根村が拷問用に用意しておくよう、命じたにちがいない。

「喋らせるさ」

竜一はペンチに向けて、顎をしゃくった。

「無駄だな。俺は検事を辞めたときに、自分の人生は終わった、とおもっている」

「なるほど。度胸は認めてやる。なら、なぜ突然、五反田の家を放り出した？　恐れたのではないのかね？」

「恐れた？　馬鹿を言っちゃいけない。俺は自分が臭いと睨んだことは、トコトン調べなきゃ気が済まん性質《たち》でな。念を入れただけのことだ」

「なにを、臭いと睨んだんだね？」

「矢端だよ」

「あいつの、どこが臭いんだね？」

「すべてさ」

吐き捨てるように、沖が言った。

「そうかい。それも、今夜で終わりだな」

「それは、どうかな。今夜がはじまりかもしれんぞ」

沖がにやりと笑った。

瞬間、竜一はカッとした。右足で、沖の腹部に一撃を食らわした。

沖がもんどり打って、椅子から転がり落ちた。

「やはりな」

沖が表情を変えずに、つぶやく。

「なにが、やはりだね？」

床に転がる沖を見下ろして、竜一は訊いた。

「おまえの激昂《げきこう》ぶりを見れば、あいつの狼狽ぶりが目に浮かぶようだ」

「今夜がはじまり、とはどういう意味だね？」

「座らせろよ」

平然とした口調で、沖が言った。

「いいだろう」

竜一は沖の身体を起こし、椅子に座らせた。

「たばこを一本吸わせろよ。どうせ冥土《めいど》に行く身だ。最後の一服ぐらい、いいだろう？」

舌を巻いた。生半可なことでは、こいつは口を割りそうにない。

たばこに火を点け、沖の口にくわえさせようとした。

「腕の縄も解いてくれ。たばこを吸えんだろう」

どうせ逃げられやしない。表には三人いるのだ。竜一は縄を解いてやった。

沖がうまそうに、たばこを吹かした。

「おまえの言うことは聞いてやった。今度はそっちの番だ。はじまり、とはどういう意味だ？」

「言葉どおりさ。俺は検察庁は辞めたが、これでも、人気者でな。俺の話に耳を傾けるやつは多い」

沖がたばこの煙を吐く。

「調べたところじゃ、矢端の小倉の実家は、十数年前に火災事故で焼失している。焼け跡からは、矢端の両親と、双子の兄との三人の焼死体が発見された。つまり、矢端は天涯孤独の身というわけだ。その代わりにやつの手元には、両親の保険金と実家の土地が転がり込んだ。今の贅沢な暮らしぶりは、そのおかげらしい」

竜一は無言で沖を見つめた。淡々と話す沖のくちぶりには、自信らしきものさえ感じる。

「田舎のへっぽこ警察でも、最初は疑ったらしい。当日は、激しい嵐だったようだ。そんな日に、火災事故が起きるのはおかしいとおもったんだろう。まあ至極、当たり前の話だ。真っ先に疑われたのは矢端だった。だが、当日の矢端には、東京にいたとのアリバイがあった。それで、結局、事故ということで幕引きとなった。焼死体の確認をしたのも矢端だ。どうだい？　臭うだろう？」

沖が吸い終えたたばこの吸い殻を足元に落とし、靴先で踏みにじった。

「その、どこが臭うというんだね？」

竜一の背に、ジワリと汗が滲んだ。

「当時の報告書を見ると、三人の遺体はひどく傷んでたらしい。しかし、やはり田舎警察だよ。矢端の証言をそのまま鵜呑《うの》みにしやがった」

沖がジロリと竜一を見る。

「それで？」

「焼死体は、本当に両親や兄のものだったのかな。まあ、両親については本物だったろう。だが、双子の兄についてはわからん」

「馬鹿馬鹿しい。そんな与太話を調べてたのか」

たばこを吸いたくなった。目出し帽の下の部分を広げて、たばこをくわえた。

「馬鹿馬鹿しいか……。たしかにそうかもしれん。だが、俺の鼻は、ピクリときたのさ。近隣の住人の話では、死んだ両親と双子の兄弟は、似ても似つかぬほどに容貌がちがっていたらしい。容貌どころか、ここもな」

そう言って、沖が頭をつついた。

「つまり、本当の親子だったのか、疑わしいということだ。それが証拠に、双子は幼いころから両親に酷い仕打ちを受けてたらしい。学校にもロクすっぽ行かせてもらえずに、廃品回収業の手伝いをさせられていたとの証言もある。矢端たち兄弟が、両親に恨みを抱いていたとしてもおかしくはない」

「与太話は、それで終わりかね？」

危ないところだった。この世のなかにこんな疑いを持つやつがいたとは……。

「もし、兄弟がグルだったとしたら、どうだ？」

「そんな話、誰が信じる、ってんだね」

「もし俺が不審死をしたら、かつての仲間たちは興味を抱くだろうよ。なにしろ俺は、このところ、こればっかり調べてたからな」

「腕を出しな」

おとなしく沖が従う。

竜一は沖の手を縛り上げ、猿ぐつわも元どおりかませた。

「さすがに、東京の元検事さんだ。田舎の警察や検察とは大ちがいだ。あとは、冥土に行って、じっくり調べるんだな。冥土の土産をひとつ、やろうじゃないか」

竜一は目出し帽に手をかけた。

沖が食い入るように、竜一の顔を見つめている。

「どうだい？　おれは矢端と似てるかい？」

沖が目を見開き、猿ぐつわのなかのくちを激しく動かした。

ゆっくりと目出し帽を被り直し、竜一は背を向けた。

外にいた三人が、無言で竜一を見る。

「会長から言われてるだろうが、やつの処分は任せた。絶対に発見されないようにしてくれ」

竜一を出迎えた男が、やはり無言でうなずいた。

49

太陽のギラつく八月に入った。

リオの太陽は灼熱という言葉がピッタリだが、日本のそれは身も心もグッタリとさせる。

「レインボー咲」が出ていった後、村上たちに命じて、新たな人員を増やし、ビルの三フロアは「グローバルTSコーポレーション」が占めている。

事務所のなかは活況を呈していた。

中途採用の連中は、いずれもどこかの企業で働いていた面々で、実力はあるが、それを発揮できずに鬱憤を抱えていた。それが、おもいどおりに働ける場を得たのだ。活況を呈して当然だった。

竜一は、新しい企画を立てた人間や、功績を上げた人間には、惜しみなく金を与えたし、社内での地位も保証してやった。

ふしぎなもので、企業というのは活況を呈すると、おもしろいように優秀な人材が集まる。村上や伍代に命じていた潰す企業の選別も終わり、今は徐々にそれを実行に移す局面を迎えている。

夕刻の四時すぎに、影山が来た。

首筋の汗を拭いながら、社長室に入ってくる。

「いやあ、暑いですな」

女子事務員に、冷えた麦茶を用意させた。

「リオの暑さとちがって、こっちは湿気が多いんで、ウンザリする」

影山の前に座って、麦茶をひとくち飲んだ。

「そうか。社長は、リオデジャネイロ出身でしたよね。ご家族の方は全員、むこうに？」

「家族は、洪水に遭って皆死にましたよ。だから、日本で骨を埋める覚悟です」

リオの話を出したことを竜一は後悔した。むこうの話を聞きたがることは目に見えている。

「ところで、順調に進んでますか？」

話題を転じるように、竜一は訊いた。

大体のところは、伍代の報告を聞いて知っている。

「まあ、順調ですな。この秋ごろまでには、『吉兼倉庫』も『浜田運輸』も、十パーセント近くまでの株は集められるでしょう。で、目標はどのくらいまで？」

「十四、五パーセントぐらいまでですかね。その近辺までできたら、また指示を出しますよ」

「わかりました。ところで、隣の自社ビルの工事も順調に進んでるようですな」

ビル建設は更地にする工事も終わって、今は基礎工事の段階まできている。

「影山さんが、いい建設会社を紹介してくれたからですよ」

「しかし、社長の手腕はすごいですな。日本で事業を展開されてから、まだそれほど時間が経ってもいないのに」

「優秀な社員に恵まれたからですよ」

「奥さんの会社、『レインボー咲』は、どうなさったんですか？」

「表参道のほうに越しましたよ。業種があまりに異なるんで、一緒のビルにいるのもどうかとおもったんでしょう。私は、彼女の会社のことはまったくわからんのですよ。完全な別企業と考えていただいていい」

いずれ、「グローバルTSコーポレーション」は激震に見舞われる。咲の会社とは別ということを強調しておくに越したことはない。

「株のほう、うちがバックにいることは洩れてないでしょうな？」

「大丈夫です。いろいろな手だてを講じてますから。そろそろ、株集めの裏のストーリーを披露してもらえませんか？」

「それは知る必要はない」

ピシャリと言った。影山がバツの悪そうな顔をする。

「そうですな。詮索しない、という約束でしたな」

「下のフロアに伍代がいます。報告書や預り証の類は、彼に任せてますんで」

「わかりました」

一礼し、麦茶をひとくち飲んでから、影山が腰を上げる。

沖の始末をつけてから、二ヵ月半が経っている。

新聞やテレビでの、変死体発見のニュース報道はない。曽根村とも、その件で話したことはない。

きっと沖は、河口湖の湖底に沈められたのだろう。

しかし、間一髪だった。沖の存在を知らなかったなら、彼の追及の手は、もっと奥深くにまで伸びていただろう。

だが、検事時代の同僚に話したというのは本当だろうか。もしそうなら、沖が失踪したことでなんらかの動きがあるはずだが、目下のところ、竜二の身辺で怪しい動きはない。

あれは延命のための脅しだったにちがいない。忘れることだ。かつての痕跡を知る者などもうこの世には、誰ひとりとしていないのだ。

夕刻の六時に社を出て、ホテルオークラの別館にむかった。

一階のフィットネスクラブ。七月に会員になり、以来、週に一回顔を出している。軽いトレーニングの後、プールで泳ぐのだ。

これからは、益々ハードな日常になる。身体をなまらせてはならない。

二十メートルプールを十往復した。軽やかな泳ぎに、周囲の者たちも見とれている。

小さいころから水泳は得意だった。あの鬼畜のような養父母も、夏の仕事の終わりに、洞海湾で泳ぐことだけは許してくれた。水遊びは金がかからないし、なにより屈強な身体となることは、仕事に役立つとおもったからだろう。

リオにいたときの唯一の楽しみもまた、海で泳ぐことだった。

身体が慣れたせいか、近ごろでは十往復しても疲れない。泳ぐことで日中のクソ暑さを忘れた。

ロッカールームで着替え、フロントで予約してあった部屋のルームキーをもらう。部屋は本館ではなく、別館にしてもらっている。

部屋に入るなり、ルームサービスに、ステーキ二人前と山盛りのサラダを注文した。ついでに、水割り用のアイスキューブをバケットに入れて持ってくるよう、言う。

電話が鳴った。約束の八時だ。

「チェックインは終えたか？」

――ああ、言われたとおり、本館のほうに部屋を取った。

竜二の声は、心なしか暗かった。

「来るときに、注意は怠らなかっただろうな？」

――大丈夫だ。タクシーも二度乗り換え、遠回りした。

「気づかれぬよう、部屋に来い。食事はまだだろう？　ステーキを頼んでおいた」

――そいつはありがたい。五、六分で行く。

竜二と会うのは、沖を始末してから初めてだ。

電話することにも注意を払い、竜二の自宅に電話するのは控えた。かけるのは、竜二のデスクだけにし、それも公衆電話を使った。

竜二も同様だ。電話は、公衆電話でするよう、きつく言った。これなら、盗聴されていても問題はない。

ノックの音。それも、二回ノックの後に、三回。竜二と取り決めた符丁だ。

ドアを開けると、素早く竜二が部屋に入ってくる。

「で、どうだったんだ？」

早速、竜二が訊く。

電話では、片づいた、とひと言言っただけで、詳しい話はなにもしていない。

「まあ、落ち着け。ルームサービスが来た後で、ゆっくり話すよ」

「そうか。おれのほうは、きょう、辞表を出したよ」

「驚いてただろう？」

「局長のやつ、唖然《あぜん》としてたよ。その話も、あとでする」

辞表を出しても、すぐに退職できるわけではない。事務の引き継ぎなどがいろいろとあるからだ。

ルームサービスが来た。部屋の入口ですべてを受け取った。竜二には念のため、身を隠すよう言った。

ルームサービスの姿が消えてから、部屋に置いてあるミニチュアボトルのウイスキーで水割りを作った。

「まずは乾杯といこう。ひとつは、邪魔者が片づいたこと、もうひとつは、退職の前祝いとしてだ」

「そうだな」

竜二とグラスを合わせた。

「これからが、本当の勝負だ。気を引き締めろよ」

「竜一も身辺には気をつけろよ」

ひと泳ぎしたあとのステーキの味は格別だった。あっという間に、平らげた。

竜二も電話で暗い声を出していたのが嘘のような食欲だった。

「気が気じゃなかったんだ。で、沖のほう、どんなだったんだ？」

ひと息入れ、水割りを飲みながら、竜二が訊く。

竜一は事の顚末を話してやった。

「そうか……。沖のやつ、そこまで調べてやがったか。しかし、かつての検事仲間に話したというのは本当だろうか？」

「わからん。あいつの落ち着いた態度と、妙に度胸の据わった点を考えると、あながち、ハッタリとはおもえないような気もする。しかし、仮にそうだとしても、なんの心配も要らんよ。十数年前の出来事だし、なんの証拠もないんだ。もうこのことは忘れろ。それで、省のほうは、どうなんだ？」

「辞める理由を訊かれたが、一身上の都合だと言って、受け流したよ。しかし、おれが『二階堂急便』の娘と結婚すると知ったら、驚くだろうな」

「いつ、明かすつもりだ？」

「黙ってるさ。結婚式の招待状を受け取って腰を抜かすだろうよ」

「辞めるのは、今月いっぱいで、か？」

「そうだ。源平は、十月に式を挙げたがっている。源平とまゆみに、すべてを任せたよ」

「美佐のほうはどうなってる？」

一瞬、竜二が暗い顔をした。

「あいつ、曽根村と咲さんに会わせてから、ようすが変なんだ」

「変とは？」

「ふさぎ込むようになってしまった。口数も極端にすくなくなった」

「おまえの異変に気づいたということか？」

「わからん。平田さんの話では、夜遅くまで童話を書いてるそうだ」

竜二の辛い気持ちが手に取るようにわかる。

水割りをくちに含み、竜一は言った。

「辛いのはわかるが、辛抱しろ。おまえがまゆみと結婚するのは、『二階堂急便』をたたきのめすためだ。言ってみれば、美佐の両親の復讐のためだ。いずれおまえは、美佐と一緒になる。だから美佐のことで心を乱されるな」

「わかってる」

うなずきながらも竜二の顔は暗かった。

「それで、咲さんのほうは、美佐への関心は薄れたのか？」

「あの日、帰ってきて憮然としていたよ。美佐に好印象を持たれなかったことが腹立たしかったんだろう。咲は気性が激しいから、もう無理な願いをすることもないだろう」

「会長のほうは？」

「大人だからな。美佐の虫の居所が悪かったんだろうと、気にもしていない」

「そうか。とりあえず難関を切り抜けたんだな」

竜二がほっとした顔をする。

「しかし、沖を片づけたとはいえ、安心はできん。もしやつの話が本当だったとしたら、かつての仲間たちは、沖が消えたことを不審におもうはずだ。だから、いくらおれの身元が割れてないにせよ、互いに会うことは極力避けたほうがいい。連絡は、互いの自宅は避け、電話するのも公衆電話を使うんだ。盗聴にも気をつけんとな」

「わかった」

竜二が気を引き締めるような目でうなずいた。

50

竜二が辞表を出したことは、すぐに噂となった。

局長、課長のみならず、事務次官の大森からも慰留された。局長、課長はわかる。これまでに、竜二が個人的に金をバラまいていたからだ。業者からもらえば、汚職となるが、同じ省内で働く人間から金をもらったところで、なんの罪にもならない。

しかし大森事務次官から慰留されたのは意外だった。彼の顔は知っていても、個人的に特に目をかけられていたわけでもなく、さすがに金を渡したこともない。なにしろ事務次官といえば、省内の事務方のトップであり、上には大臣がいるだけなのだ。いくら竜二が省内では一目置かれるキャリアだとはいっても、まだまだ事務次官クラスの人間にとっては、青二才の存在にすぎない。

大森に呼ばれたときには、さすがに竜二は緊張した。だが、もうすぐ省を去るということが肩の力を抜かせもした。

事務次官室に入ると、大森が来客用ソファに座るよう、言った。

座るなり、大森が切り出した。次官まで昇りつめただけに、身体全体から自信が漲《みなぎ》っている。

「辞表を出したようだね」

「はい。いろいろとお世話になりましたが、考えることあって、辞めることにいたしました」

「なにか、不満があったのかね？」

大森が度の強そうな眼鏡を取って、布で拭きながら竜二を見る。

「不満はありませんでした。あくまで一身上の都合です」

「そうか。期待しておったんだが……。君は同じ東大出身だったしな。それに、局長や課長の評価も高かった。仕事ができる、と言ってね」

竜二は丁寧に頭を下げた。

「恐れ入ります」

「それに、型破りだったそうじゃないか。噂は耳に入ってたよ。君が辞めるというんで、ざっと目を通してみたんだが――」

大森が手にした書類に目を落とす。

「君は、配属されてから、一度も異動を経験してないんだな。ふつうは、三年もいたら、勉強のために、地方異動をするはずなんだが……」

「局長や課長がもうすこしいるように、と言って配慮してくれたんだとおもいます」

「配慮？」

大森が眼鏡を掛け直し、小さく笑った。

「彼らが配慮したとはおもえんな。彼らは君より目上とはいえ、いずれはライバルになる可能性があるんだ。どんな手を使ったのかね？」

「どんな手とは？」

「君は、官僚らしからぬほど、すごく裕福だったらしいじゃないか」

「買収したとでも？」

「そうは言っとらんよ。金というのは使ってこそ、金だ。ちょっぴりうらやましくおもっただけだよ」

わかった、と言うと、大森は腰を上げた。

「まあ、民間で頑張ることだ」

言うだけは言った、とでもいうふうに大森は口を歪めると背を向けた。

局長は、大森事務次官から慰留されるぞ、と竜二に耳打ちした。しかしこれが慰留なのだろうか。

　わだかまりを抱いたが、一礼して竜二は部屋を出た。


　シートに頭をのせ、目を閉じた。羽田を発ってから一時間がすぎている。

広島は初めてだ。まゆみはきのう、新幹線で現地に着いている。一緒に行こうとの誘いは、仕事を口実にして避けた。

　まゆみと新幹線で長旅することを考えただけでうんざりする。

　窓から眼下を見下ろした。雲海の下に、途切れ途切れに、青い海が見える。

あと数日で、退職する。長いようで短い官僚の生活だった。こうして上空から海を見ると、これまでとはまったくちがう世界に飛び立つことを実感する。

「二階堂急便」の本社は広島だ。源平の住居も市内にあるらしい。

　一週間ほど前、父が会いたいと言っている、とまゆみから広島行きを持ちかけられた。気は進まなかったが同意した。まゆみとの結婚を承諾したのだ。断るわけにもいかない。それに、一度は、「二階堂急便」の本社を見ておく必要がある。

　広島空港から「二階堂急便」の本社にむかった。

「二階堂急便」は地元では有名企業で、会社名を告げただけで、タクシーの運転手はうなずいた。

四十分もしないで、広島市街に入った。

物珍しげな目で、街並みを見回した。典型的な地方都市だ。ビルが建ち並び、路面電車も走っている。しかし、道往く人々はどこか垢抜けない。

七階建のビルの前に横づけされた。

「ここですよ」

運転手がビルを指差す。

車を降りて見上げると、ビルの屋上に、「二階堂急便」と大きく書かれたネオン看板が掲げられており、その横には会社のシンボルマークである隼《はやぶさ》が翼を広げている。

今は午後の四時。日が落ちると、あのネオンが下品な輝きを放つのだろう。

源平には、会社に直接顔を出すと伝えてある。まゆみは芸者とのあいだに生まれた子供だから、本妻のいる家には寄りつかない。今ごろは、市内のホテルで、竜一と源平の話が済むのを待っているだろう。

ビルの横には大きな駐車場があり、隼のマークをつけた大小のトラックが何台も出入りしている。

一階の受付に顔を出した。愛敬のある顔をした受付の女性に名を告げた。

受付の女性が緊張の顔で、うかがっております、と言って頭を下げる。

源平には、結婚のことは社内ではまだ内緒にしておくよう、言ってある。たぶん彼女は、監督官庁の人間が来訪するとでも聞かされているのだろう。

受付に現れた女性事務員の案内で、最上階の七階にエレベーターで上がった。

フロアの左右には、会議室らしき部屋がふたつあり、会長室は突き当たりだった。

竜二は鼻でせせら笑った。

もうすこし気のきいた本社ビルを想像していた。これでは、田舎の一企業でしかない。名前は知れ渡っていても、運送業などしょせんこんなものなのかもしれない。

女性事務員が会長室と書かれたドアをノックして、お客様がお見えになりました、と告げる。

ドアが開き、源平が自ら迎えに出る。

「いやあ、ご苦労様でした。どうぞ、どうぞ」

女性事務員が驚いた顔をしている。たぶんこんな低姿勢の源平の姿など見たことがないのだろう。

「しかし、遠いですな、広島は」

「遠路はるばるご足労をかけました」

女性事務員にお茶を用意するよう言って、源平が竜二を招き入れる。だだっ広い部屋の壁際にはマホガニーのデスクが置いてあり、そのデスクの上には、隼の剝製《はくせい》が飾られている。

部屋のなかの置物は、どれも金にあかせたような代物で、成り上がり者を象徴しているかのようだ。

源平に勧められて、部屋の中央の応接ソファに腰を下ろした。

「まゆみと一緒に来られるのかとおもってましたよ」

「生憎と引き継ぎの仕事が大分残ってますんで」

土曜日のきょうは、休みをもらっている。一泊して、あすの朝一番で帰るつもりだった。

「ですから、長居もできんのですよ。まゆみさんにはのんびりしてもらって、私はあす帰ります」

「まゆみから聞いてます。残念だがしかたありませんな」

「まあ、誰に挨拶をするわけでもないんです。会社を見るだけなら十分でしょう」

女性事務員がお茶を運んできた。テーブルに置くと、一礼して、すぐに引き下がった。

「じゃ、一服したら、社内を案内しますよ」

「いや、それには及びません。ひと目見ただけで、大体のことはわかりましたから」

田舎都市に本社を構える運送屋。東京の大企業のオフィスに比べれば、月とスッポンだ。それに、社員も馬鹿面が揃っていることだろう。とても見る気にはなれなかった。

「それで、きょうお呼びいただいたのは、結婚式についての相談ですかな？　それでしたら、すべてお任せしますので、私の意見など不用ですよ」

「まあ、その件もあるが、先日取り決めた結婚の条件の再確認と、わしが一代でここまでにした『二階堂急便』の今後について話し合いたい、とおもったわけです」

「拝聴いたしましょう」

竜二はお茶にくちをつけた。

「式は東京のホテルで盛大にやりたいとおもっている。来賓の顔ぶれも考えて、ね」

「来賓の顔ぶれ、と言われますと？」

「堀内前首相も呼びたいんだが、脳梗塞を患って以来外出もままならんようだから、まあ、出席は無理だろう。あとは『信政会』の竹口先生をはじめとした何人かの政治家の方々を考えている」

源平が得意げに言った。

大物政治家の名を口にしたがるのは、成り上がり者特有の見栄だ。竜二は腹のなかでせせら笑った。

しかし、政治家連中と顔繋ぎしておくのは悪くはない。いずれは赤絨毯を目指そうとしているのだ。

「それに、竜二くんの後継ぎとしてのお披露目の場でもあるから、むろん、『二階堂急便』の全国十二主管店の社長連中には顔を出してもらう。あとは、業界の社長たちを考えている。いくらライバル企業とはいえ、祝いの席だから断られることもないだろう」

「招待客の顔ぶれは、会長に一任しますよ。私に異存はありません」

竜二くん、と初めて言われてしまった。もうすっかり身内の気分のようだ。

「竜二くんのほうは、どうするつもりかね？　役所の関係者を呼ぶのかね？」

「これからのことを考えると、有力どころの何人かには声をかけるつもりです。なに、彼らには飴をしゃぶらせてますから、まちがっても断られることはないでしょう」

「飴というと？」

源平が目を細めた。

「文字どおり、飴ですよ。連中、力は持っていても、懐は寂しいですからね」

竜二は声を出して笑った。

「なるほど。噂どおり、竜二くんは型破りの官僚のようだ」

源平が頼もしそうな目で、竜二を見る。

「それで、式の日取りは、十月の大安の日を考えているんだが」

「けっこうです。それで進めてください。ところで、結婚の条件の再確認と言われたが……」

結婚の条件を譲歩する気など微塵もない。もしグダグダ言うようだったら、婚約破棄もやむを得ない。

「竜二くんは、株の三割を要求された。それは、譲渡してくれ、という意味かな？」

「そんな気はありませんよ。買い取りますよ」

アッサリと竜二は言った。

「買い取ると言っても、百万や二百万の端金ではないよ」

「いくらなんです？」

「上場会社ではないんで、はっきりとした金額は出せないが、しかし、会社の資産価値から換算すると、五、六十億は優に超える」

源平が値踏みするような目で、竜二を見る。

「いいですよ。その金額で買い取りますよ」

表情ひとつ動かさずに、竜二は言った。

源平が目を剝《む》く。

「どうしました？　まゆみさんから聞いてないんですか？　私にはそれ相応の資産があるんですよ。それに譲渡してもらったんでは、言いたいことも言えなくなるし、買い取ったほうが、私のほうも気持ちが軽くなる」

「いや、正直驚きました。というより、益々竜二くんが頼もしくなってしまった。わかりました。株は竜二くんに譲りましょう。なに、結婚祝いですよ。税金についても、すべてこちらが処理しますから心配には及ばん」

「そうですか。じゃ、ご好意は有難く頂戴するとしましょう。それで、三つ目の『二階堂急便』の今後ということについては？」

失礼、と断ってから、竜二はたばこに火を点けた。

源平がテーブルの上の灰皿を竜二のほうにずらしてよこした。

「『二階堂急便』がなぜ未だに、広島のこんな田舎都市に本社を構えているのかわかりますかな？」

「知ってますよ。東京には、出たくても出られない事情があるからですよ。ガンは、『東京二階堂急便』でしょ？」

「さすがですな。うちの会社の形態はご存じで？」

「大体は、ね」

竜二は、「二階堂急便」について知っていることを淡々と語った。だが、「協立商事」のことだけは伏せた。

「よくご存じだ。うちの会社の出発点も知っておられる？」

「知ってますよ。奥さんの父親がここでやってた運送業から出発したんでしょ？」

裸一貫の源平が婿養子として入り、泥棒同然に母屋を盗み取った、と言ってやりたかったが、笑みで誤魔化した。それがために、古女房には頭が上がらないのだ。

「そうです。当時は、業とは程遠い、ちっぽけな運送屋だった。トラックを二台しか持ってないほどのね」

源平が当時をおもい起こすような目で、宙を睨んだ。

「そのときに、私は誓ったんですよ。いずれ将来は、絶対に日本一の運送会社にしてみせる、とね。そしてゆくゆくは、東京に本社を構えて上場してやる、とね」

「ところが、行手を遮るやつが現れた。目の上のタンコブのような存在がね」

「そうです。ほぼ日本全国を網羅する形態にまでこぎつけたんだが、大西には手こずってしまっている。大西というのは知ってますよね？」

「『東京二階堂急便』の社長でしょ？　彼、ずいぶんと派手な活動をしているようですな。うちの局でも評判ですよ」

「いや、お恥ずかしい」

　源平が苦虫を嚙み潰したような顔をした。

「うちの系列下に入った会社は、どこも過半数以上の株を手放したが、大西だけは頑として譲らない。そればかりか、本社には無断で、勝手なロビー活動までやっている」

「だが、無視するわけにもいかない……。なにしろ、『東京二階堂急便』は、大東京を縄張りにしている会社ですからな。今、大西に反旗を翻されると、東西を結ぶ運送業務に支障をきたしてしまう……。そういうことでしょ？」

「竜二くんは、私以上に『二階堂急便』の内情にはお詳しいようだ」

　源平が苦笑しながら、冷めたお茶をくちに運んだ。

「結婚したら、『二階堂急便』を継ぐことが義務づけられてる、とまゆみさんから聞かされてたんで、それなりに調べたんですよ」

「なるほど。じつは、まゆみが結婚したいと言ってきたとき、大変不安だった。とんでもない男を連れてくるようだったら、まゆみを家から放り出すつもりだった。しかし、安心しましたよ。竜二くんなら、安心して、会社を任せられる」

「いいでしょう。任せてもらいましょう。目の上のタンコブの『東京二階堂急便』の問題も、処理してみせましょう。そして、会長の目が黒いうちに、『二階堂急便』を東京に移した上で、上場もしてみせましょう」

自信満々に竜二は言った。

「いや、心強いかぎりだ」

源平の顔が綻んだ。どこにでもいる田舎の好々爺の顔だ。

せいぜい喜ぶがいい。近い将来源平は、懐刀として迎え入れた男が、じつは氷の刃だったことを知るだろう。

「家のほうは、当面は借家になるが、すぐにそれ相応の物を建てるとしましょう」

「どういう意味です？」

「結婚したら、新居が必要でしょうが」

「そういうことですか。それなら必要ありませんよ。今、言ったでしょう。必ず東京に本社を移して、上場させてみせる、と。そのためにも、私は東京にいる必要がある。広島のこの本社は、会長に任せますよ。『二階堂急便』に入社ししだい、優秀なスタッフ三人ほどを選んで、東京で活動しますよ。そして『東京二階堂急便』をひざまずかせてみせましょう」

広島に居を構えることなど考えてみたこともない。田舎の空気を吸って生活すれば、これまでの苦労が水泡に帰してしまう。

「そうか。わかった。竜二くんの好きにしたらいい。私は全面的に応援することとしよう」

源平が時計を見た。

「どうです？　これからまゆみと一緒に私の家に寄られますかな？」

「いや、遠慮しておきましょう。だいいち、まゆみさんも嫌がるでしょう」

まゆみは芸者とのあいだに生まれた子供だ。認知に同意したとはいえ、本妻が心良くおもうはずがない。

「そうですか。いやね、女房は身体が弱かった。そのあたりの事情は汲んでいただきたい」

源平が弁解がましく言った。

「わかってますよ。同じ男じゃないですか」

同じ男という言葉を強調し、竜二は笑った。

「こんな話はまだ早いんですが、私も年なので、一刻も早く孫の顔が見たいんですよ」

竜二は黙って、源平から視線をそらした。

冗談じゃない。まちがっても、まゆみとのあいだに子供など作る気はない。まゆみは野望と復讐のための道具でしかない。

「それなら、市内で一番の料理屋で食事をするとしましょう。念のために席は取ってあります」

そろそろ六時になろうとしている。

まゆみを呼びましょう、と言って、源平が受話器に手を伸ばす。その横顔は満足感で充たされていた。

東京にいる美佐に対して、激しい後ろめたさを覚えた。しかし、これは避けては通れぬ道なのだ。

竜二は己を鼓舞するように、残りの冷めたお茶に手を伸ばした。

51

寝苦しさで寝返りを打ったとき、電話が鳴った。

隣の咲も目を覚ます。

「いったい誰なの？　こんな時間に」

「おれが出る」

薄い毛布をはねのけ、竜一は部屋の電話を手に取った。なぜか、嫌な予感が背筋に走った。

「もしもし、宇田ですが」

――久本です。

「どうしました？　こんな時刻に」

時計の針は午前二時を指していた。

――会長が倒れられた。

「倒れた？」

おもわず声を裏返していた。

――ええ。今、救急車で病院に運んだところですが、脳梗塞のようです。咲さんにも話してもらえますか？

竜一の声に、咲もガウンを羽織って電話口に来る。

「会長が倒れたようだ」

「えっ、まさか」

ふだんは冷静な咲が顔色を変える。

「久本だ」

竜一は受話器を咲に差し出した。

電話を代わった咲が、久本に矢つぎ早の質問を浴びせている。

「わかったわ。これから車を飛ばすわ。横須賀の第一病院ね」

受話器を戻した咲が、青ざめた顔を竜一に向ける。

「私、これから病院に行くわ」

「おれも行こう」

「駄目よ、貴方は。数人の身内がつき添ってるようなの。父からも言われたじゃない。顔は出すな、って。貴方の存在が知られてしまう」

「しかし……」

竜一の顔を知っているのは、久本と曽根村の運転手、あとはボディガードの何人かだけだ。顔を出せば、曽根村との関係が明らかになってしまう。

「で、どうなんだ？　病状は？」

「面会謝絶だそうよ」

竜一が真っ先に考えたのは、曽根村の病状のことよりも、今後のことだ。もし曽根村の身になにかがあれば、今後の計画に支障をきたしてしまう。

「わかった。おれは家にいる。詳しい病状がわかったら、電話で教えてくれ。今晩は、寝ずに待っている」

うなずいた咲が、慌ただしく外出の準備に取りかかる。

数分もしないで、じゃ行ってくる、との言葉を残して部屋から出ていった。

一階のガレージでエンジン音が響く。そしてすぐに静寂が戻った。

口が乾いていた。眠気も吹っ飛んでいる。

リビングに行って、ウイスキーのロックを喉に流し込んだ。

曽根村がこのまま死んだときのことを考えたら、ゾッとした。つまり、これまでいかに曽根村に頼っていたか、ということだ。いつか咲が言っていた、曽根村がいつまでも健在であるとは考えないほうがいい、との言葉が蘇る。

曽根村の紹介で、金融筋とのパイプはできているが、もし曽根村が他界しても、関係は終わりにならないだろうか。大西に振り出させた手形。あれもなにかのときには、曽根村の助力を請うつもりだった。それに華僑をバックにした地下ルートの金の調達。これにも支障をきたすだろう。いや、まだある。裏の筋の揉め事は、すべて電話一本でなんとかなった。それも失われるのだ。

考えれば考えるほど焦燥《しょうそう》に駆られる。

リオから帰ってきて、これまでは順調すぎるぐらいに順調に進んだ。そもそも、それが異常だったのだ。

もう一杯ロックを作った。

電話に目が行く。竜二には知らせるべきではないのか。

竜二は三日前に広島から帰った。源平との話し合いはスムーズに進んだらしい。

二時半。今ごろは熟睡しているだろう。

電話を取り、竜二の家の番号を押す。

コール音を五つ数えたところで受話器が外れた。

「空の星を見たい。外の公衆から電話が欲しい」

――わかりました。

ひと言残して電話は切られた。

竜二は異変を感じ取っただろう。

十分ほどで電話が鳴った。

――なにかあったのか？

竜二の声に不安がのぞく。

「ついさっき、曽根村が病院に運び込まれた。脳梗塞らしい。咲が駆けつけている」

――病状はどうなんだ？　ヤバいのか？

「わからん。面会謝絶とのことだから、かなりマズい状態だとおもう。そろそろ咲が病院につくころだから連絡が入る」

竜二が沈黙を流した。

「おれは見舞いには行けん。組の関係者に見られると、後々マズいからな。咲からの報告しだいでは、おまえと今後のことを相談せにゃならん。あしたの昼に、おれの事務所のほうに電話をくれるか」

──わかった。

竜二はよけいなことはなにも訊くことなく電話を切った。事の重大さは十分にわかっているのだろう。

しばらく酒を飲みつづけたが、咲からの連絡はなかなかなかった。

もし曽根村がこのまま息を引き取ったなら、「紫友連合会」の跡目は誰が継ぐことになるのだろう。曽根村は一度もその話をしたことがない。

しかし誰が会長になろうとも、これからの支援は一切なくなるだろうし、それを請うつもりもない。当初こそ曽根村とは大組織暴力団の会長としてつき合ったが、今はもうちがうかたちへと変化した。それに曽根村が竜一に肩入れしているという事実を知っている者は久本しかいないのだ。

だがその久本は、曽根村が亡くなったら態度を豹変させるだろうから気をつけたほうがいい、と咲は助言した。

これからは、万が一に備えての自分だけの兵隊が必要になるかもしれない。竜一の頭のなかに、ロスの韓国人、ゲイのジョン・キムの顔が浮かんだ。あいつをこの前の沖殺害の件で使わなかったのは正解だったかもしれない。

電話の音に、竜一は受話器に飛びついた。

「どうだ？　会長の病状は？」

咲がなにか言う前に、息せき切って竜一は訊いた。

――一命は取り止めたわ。発見が遅かったら、危なかったそうよ。今はベッドで眠ってるけど、医師の話では、まちがいなく後遺症があるそうよ。

「まあ、そうだろう。前首相の堀内のようになるのか？」

――わからないけど、身体ばかりじゃなく、喋る言葉も難儀するだろう、と……。

咲の落胆ぶりが目に浮かぶようだった。

「そうか。取りあえず、命は助かったわけだ」

――私、今夜いっぱいはつき添うけど、でも仕事があるから、あした帰って、仕事の段取りをした上で、また出直すことにする。このことを知ってるのは、組の幹部連中のひと握りだけよ。もしわかったら大騒動必至だから。

それはそうだろう。跡目問題が絡むし、もし外に洩れたら、敵対組織とのあいだに緊張が走ってしまう。

「そうしたらいい」

そう言って電話を切り、竜一はソファに身体を投げ出した。

咲が曽根村の義娘であることを知っているのは、組の人間でもほんのひと握りだ。ましてや「レインボー咲」や「グローバルTSコーポレーション」の社員のなかにはそれを知る社員など誰ひとりとしていない。これからの咲の苦労がわかる。

竜一はウイスキーをなめながら考えつづけた。

回復したとしても、曽根村はもう廃人同様で、使えない。そして早晩、曽根村倒れる、の報は知られることになるだろう。

だが、待てよ——。廃人にも廃人なりの利用法があるのではないだろうか。

考えがまとまったところで、竜一はウイスキーを注ぎ足した。自然と笑みが浮かんだ。

竜二はおれのことを天才だと言った。マスコミは、悪魔の申し子と呼んだ。ならば、そう生きればいい。おれと一心同体の咲は、このおれの考えに同調するはずだ。

これからの計画は早める必要がある。

竜一はくわえたたばこに、デュポンのライターで火を点けた。

52

愛車のメルセデスを芝の東京プリンスホテルの駐車場に駐めた。

ほどなくして、運転席のドアがノックされた。
後部座席に、竜二が乗り込んだのを見て、竜一は車を発進させた。
夜の十時。そのまま車を芝公園から高速に滑り込ませる。
昼間、電話してきた竜二に、ここで待っていると告げたのだ。

（未完）

解説

有馬大樹

先日、ロッカーにしまってあった白川さんの生原稿を引っ張り出してきて、手に取ってみた。パソコンを使わない白川さんの原稿は全て手書き。久々にその字を目にしたとたん、二十代中盤から十数年にわたって担当編集者として白川さんと過ごした日々の思い出が溢れてきて、何も手につかなくなってしまった。あんなに笑うことも、あんなに怒ることも、あんなに泣くことも、もうないのかもしれない——そんなふうに思った。それくらい、白川さんとの日々は喜怒哀楽に溢れていた。

初めて会った時、白川さんは既に「有名人」だった。経済事件で実刑判決を受けた病葉《わくらば》。出所後に『流星たちの宴』で衝撃の小説デビュー。そして、『天国への階段』が大ベストセラーに（ドラマ化もされる）。浮き沈みの激しい経歴は伊達ではなく、『天国への階段』の印税を即座に使い果たし弊社に借金の無心をしたことで、社内では「要注意人物」だった。そんな白川さんが新人編集者だった僕にくれた初めての電話は、第一声がこうである。

「俺の担当編集者になる醍醐味を味わわせてあげようと思ってんだけどよー」

無頼派作家として名高い白川道からの電話ということで、僕のテンションは高かった。醍醐味ってなんだろう？　僕は、興奮しながら「はいっ！」と返事をした。そしてこう告げられたのである。

「十万円くらい用立ててくれねーか」

その後何度も繰り返されることになるやり取りの、記念すべき第一回である。こうして、白川さんとの泣き笑いの日々は始まった。

本書の解説を書くにあたって、白川さんの事実婚のパートナーである新潮社の中瀬ゆかりさんからは「悪口も書いていいからね」と言われていた。白川さんとは二十年以上の付き合いがあった弊社専務・石原正康からは「苦労話とか書きなよ」と言われていた。白川さんが「魂の双子」と言って愛した中瀬さんと、「イッシー」と呼んで信頼した石原。「二人に許されたからには、文句の一つでも書いたるわい」なんて考えていた。

ところが。

いざ何か書こうとした時に脳裏に浮かぶのは、大口をあけて豪快に笑う楽しそうな白川さんだった。いたずらっ子みたいな顔をしながら作品の構想を語るストーリーテラーの白川さんだった。一介のアルバイトに過ぎなかった十数年前の僕に「大人の男の世界」を見せてくれたダンディーな白川さんだった。リビングのソファでタバコをくゆらせながら少年時代の思い出を語るピュアな白川さんだった。

いつまでたっても文句が出てこない。当時は悩ましかった出来事さえ、白川さんを物語るエピソードとして微笑《ほほえ》ましく思い出してしまう。しまいには、「会いたいなぁ」とさえ思う始末。センチメンタルな気分に引きずられた僕は、久々に見てみようかなと思い立ち、白川さんの手書き原稿を引っ張り出したのである。二〇一五年四月十六日に白川さんが急逝して以来、意識的にも無意識的にも触ることのなかった生原稿。それを見ながら、僕は感情の渦にのまれてしまった。

「この原稿をもらった時は白川さん、やたら機嫌よかったなぁ」とか、「それにしても、字がうまいんだよなぁ、白川さん」とか、「この原稿を読んだ時は、興奮してすぐに電話したなぁ」とか、「どのツラ下げてこんな気障《きざ》な台詞《せりふ》書いてんだか」とか、感情がとめどなく波立つ。そこにあるのはただの原稿用紙ではなく、白川さんとの日々の結晶だった。どの原稿を見ても、その時に白川さんと交わした会話が思い出されて、無性に泣けた。

親と子ほど年の離れた白川さんをこんなふうに言うのは失礼だが、世話の焼ける男だった。金のかかる男でもあった。白川さんの要望に対して僕がサラリーマン的な対応をすると、「お前、そんなつまんないこと言うんじゃないよ」と怒られる。厭世《えんせい》モードに入った白川さんを楽しませるために、あれこれ話をしても上の空。百万円と百円の違いがわかってないのかと思うほど金銭感覚が狂っていたし、印税も借金も「ボタンをポンと押す」だけで振り込まれると思っている機械オンチだった。そんな白川さんに対して感情的になったことは何度もあるが、「書けたぞ」と言って渡される原稿は悔しくなるくらい面白かった。書いたばかりの原稿を白川さんの目の前で読ませてもらう機会もたくさんあって、ドギマギしながら感想を伝えたことを懐かしく思い出す。「お前、金ねえんだろ。飯食わしてやるよ」と電話をくれた白川さんにお昼ご飯を作ってもらったこと（信じられないくらい美味《うま》い）や、自宅で一緒に競輪中継を見ながら「これがこうなって、あれがああなって」と教えてもらったこと（最終的に予想は外れてたけど）……。

今にして思えば、白川さんはそうやって僕を「白川色」に染めていたのかもしれない。出会った頃は、白川さんに掛ける電話一本にも緊張して台本（白川さんの応答が想定外すぎて、あまり意味はなかった）を用意していた僕は、いつしか「白川さん、非常識だからなー」などとくだけた口調で話すようになっていた。

そういう僕が話し相手として気楽だったのだろうか、お蔵入りさせた作品や、構想段階の小説の話を白川さんがしてくれるようになった。『竜の道』のことを初めて聞いたのも、確か白川さんの自宅のリビングでコーヒー（白川さんが淹《い》れてくれるコーヒーはものすごく甘い）を飲んでいた時だったと思う。「ある双子がいてな。片っぽは裏社会でのし上がって、もう片っぽは官僚として出世するんだよ」とか、「で、この二人が結託してある人物に復讐するんだよ」とか、「で、もう一人、女がいてだな」とか、聞いているだけで面白そうだと思ったが、講談社から二〇〇九年に書籍化（その後、二〇一一年に幻冬舎文庫所収）された時は、想像以上の面白さに仰天しながら一気読みした。読後、「続きが早く読みたいです！」と白川さんに電話したことを覚えている。

白川さんは、「竜の道」シリーズを全三巻構想で考えていた。「超」がつくほど波瀾万丈なエンターテインメント巨編で、読者からもよくお電話をいただく人気シリーズだった。今回、シリーズ第二弾にあたる本書を改めて読み返した時、僕はやっぱりこう思った。「続きが早く読みたいです！」。でも、それを叶えてくれる白川さんは、もういない。「面白いだろー！」と言いながら得意満面の笑みでふんぞり返る白川さんともう会えないだなんて、未だに信じられない。

読者からよくお電話をいただくシリーズだったと書いたが、そのほとんどは「続きはいつ出るのですか？」という問い合わせだった。その時点での予定をお伝えするのだが、刊行は遅れに遅れた。実は白川さんは「『竜の道』って本当に面白いか？」と言って、なかなか書いてくれなかったのである。

こういう時の白川さんを動かすのは難しい。気持ちが乗らないことには一切動かないのが白川道。折に触れて、「竜一の激しさも、竜二の優しさも、どっちも白川さんっぽいですよね」とか、「白川さんの分身の二人を活躍させれば、元気も出ますよ」とか、「このシリーズは売れてるから、たぶんこれくらいのお金が白川さんに入りますよ」とか、そんな話をしては執筆モードに入ってもらおうとしたのだが、話に乗ってきそうで乗ってこない。原稿をいただくのにやたら苦労したことを覚えている。最終的に、弊社PR誌「ポンツーン」（二〇一六年よりデジタルに移行）で連載を始めてもらうことになったのだが、そのきっかけは白川さんが『竜の道』を読み返したことである。ある日の電話で白川さんがご機嫌に言い放ったのが、「有馬！　『竜の道』っておもしれーな！」。「……何度も言ったのに」と思いはしたが、僕はそういうコントロール不能な白川さんが大好きだった。このような過程を経て出来上がったのが、本書『竜の道　昇龍篇』である。

無頼派作家と形容されることが多い白川さんには、実際に破天荒なところはあった。こうと決めたら突き進む突破力もすごかった。その姿は、本書の主人公・矢端竜一と重なる。一方で、僕がよく知る白川さんは、異常に優しい一面も持っていた。時々、その優しさゆえに損をしているように思えることがあったが、白川さんのそういう一面が生んだのが矢端竜二なのではないかな、と僕は思っている。本書では、竜一と竜二の間に僅《わず》かな齟齬《そご》が生じるが、思い返せばそのあたりから白川さんは「竜の道」シリーズを書くのを嫌がるようになった。自分を二分したかのような二人が引き裂かれることに苦しみを覚え始めたのだと考えると、実に白川さんらしい。

※

二〇一五年四月十六日、白川さんは亡くなった。あまりにも突然すぎて途方にくれたが、僕は決して泣くまいと決めていた。白川さんは湿っぽいの嫌いだしな、と気を張ってもいた。でも、ダメだった。葬儀の日、棺の中で眠る白川さんを一目見た瞬間、僕は泣き崩れた。今まで生きてきた中で、あんなに泣いたことはない。小説の読み方を教えてもらって、くだらないことで笑い合って、つまらない愚痴を聞いてもらって、プライベートの相談にも乗ってもらって、時にケンカもした白川さんがいなくなった。あの日、編集者としての僕の青春時代が終わった。

その年の暮れに、僕は白川さんのデビュー作『流星たちの宴』を読み返した。二〇一六年の秋に新しい文芸誌を立ち上げることになっていた僕は、これからの自分の指針となる言葉を求めていたのだと思う。そして僕は以下の文章に出会う。

――真実なんてのは、いつだって時間の洗礼を受けなければ見えてきやしない。時間の渦中にいる以上、生きている今の真実など確かめようもない。

二〇一六年の手帳にも、二〇一七年の手帳にも、最初の一ページ目にこの文章を書き写した。ちょっと気負いすぎかなと思わないでもないけれど、この文章を目にすると「お前の好きにやればいいんだよ」という白川さんの声が聞こえる気がする。「つまんねえなあ、お前」と白川さんに嘆かれるような方向に僕が進まないための、御守りみたいなものでもある。豪快なのに繊細で、偉そうなくせにシャイで、たまに本気で憎たらしく思うこともあったけれど、絶対に嫌いにはなれなかった白川さん。「時間の渦中」にいた時はあんまりわかっていなかったけど、白川さんの横で泣いたり笑ったりしながら過ごしたあの日々が、ただのアルバイトだった僕を編集者にしてくれたのだと今は思っている。

白川さん。「この銀河には俺の居場所がない」なんて気障なことを言っていたあなただから、今ごろはどこか別の銀河にいるのかな。その銀河がどんな場所だとしても、白川さんは白川さんのまんまなんだろうな。いつになるかわからないし、行けるかどうかもわからないけど、僕がそっちの銀河に行く日が来たら、こっちの銀河では言えなかった一言を言わせてください。

僕を育ててくださって、ありがとうございました。

――「小説幻冬」編集長

この作品は二〇一五年十月小社より刊行されたものです。

竜《りゅう》の道《みち》　昇龍篇《しょうりゅうへん》

白川道《しらかわとおる》

平成29年4月15日　初版発行
令和2年9月15日　4版発行

発行人――石原正康
編集人――袖山満一子
発行所――株式会社幻冬舎
〒151-0051東京都渋谷区千駄ヶ谷4-9-7
電話　03(5411)6222(営業)
　　　03(5411)6211(編集)
　　振替00120-8-767643
印刷・製本―中央精版印刷株式会社
装丁者――高橋雅之

幻冬舎文庫

ISBN978-4-344-42592-7　C0193　し-14-24

幻冬舎ホームページアドレス　https://www.gentosha.co.jp/
この本に関するご意見・ご感想をメールでお寄せいただく場合は、
comment@gentosha.co.jpまで。